Comprendre la géopolitique

Du même auteur

Géopolitique de Jérusalem
Flammarion, 1998 ; rééd. « Champs », 2000, 2008

Le Moyen-Orient entre guerre et paix
Une géopolitique du Golan
Flammarion, 1999 ; rééd. « Champs », 2001

L'Art de la guerre par l'exemple
Stratèges et batailles
Flammarion, 2000 ; rééd. « Champs », 2002, 2008

Géopolitique de l'apocalypse
La démocratie à l'épreuve de l'islamisme
Flammarion, 2002 ; rééd. « Champs », 2003

La Grande Alliance
De la Tchétchénie à l'Irak, un nouvel ordre mondial
(avec Olivier Guez)
Flammarion, 2003 ; rééd. « Champs », 2004

Comprendre le Proche-Orient
Une nécessité pour la République
(direction d'ouvrage, avec Éric Keslassy)
Bréal, 2005

Géopolitique du sionisme
Stratégies d'Israël
Armand Colin, 2006, 2008

Atlas géopolitique d'Israël
Aspects d'une démocratie en guerre
Autrement, 2008

Voir aussi le site www.fredericencel.org

Frédéric Encel

Comprendre la géopolitique

Éditions du Seuil

Une première édition de cet ouvrage a été publiée au Seuil en 2009
sous le titre *Horizons géopolitiques*.

ISBN 978-2-7578-2293-7
(ISBN 978-2-02-084799-5, 1re publication)

À la mémoire de Richard Geller

Un grand merci à Agnès pour sa très précieuse relecture.

Liste des sigles et abréviations

AIEA: Agence internationale de l'énergie atomique
AKP: Parti pour la justice et le développement (Turquie)
ALENA: Accord de libre-échange nord-américain
ANC: African National Congress
ANZUS: Australie, Nouvelle-Zélande, États-Unis (réunis par un traité de sécurité)
Benelux: acronyme de Belgique/Nederland/Luxembourg
CCG: Conseil de coopération du Golfe
CECA: Communauté européenne du charbon et de l'acier
CEE: Communauté économique européenne
CEI: Communauté d'États indépendants (regroupe douze républiques de l'ancienne URSS)
CIJ: Cour internationale de justice
FARC: Forces armées révolutionnaires colombiennes
FINUL: Force intérimaire des Nations unies au Liban
FPR: Front patriotique rwandais
MONUC: Mission des Nations unies en République démocratique du Congo
OLP: Organisation de libération de la Palestine
ONU: Organisation des Nations unies
OTAN: Organisation du traité de l'Atlantique Nord
PKK: Parti des travailleurs du Kurdistan
SDN: Société des Nations
TNP: Traité de non-prolifération
UA: Union africaine

UE : Union européenne
UMA : Union du Maghreb arabe
UPM : Union pour la Méditerranée
URSS : Union des républiques socialistes soviétiques
ZEE : Zone d'exploitation exclusive

« Peu importe qu'il soit Blanc, Noir, Jaune ou Indien. Il suffit qu'il soit un homme, il ne peut rien être de pire. »

Mark Twain

Avant-propos

Pourquoi cet ouvrage ?

Depuis le milieu des années 1970 et la réinvention de la géopolitique par le géographe français Yves Lacoste, celle-ci a retrouvé une réelle épaisseur, s'est dotée d'un outillage intellectuel solide, et peut se targuer de proposer dorénavant un vrai raisonnement scientifique autour des *rivalités de pouvoir* sur des *territoires* et des *représentations* qui les accompagnent. La fondation, en 1976, de la revue *Hérodote* et surtout la création d'une formation doctorale géopolitique en 1989 (à l'université Paris 8) ont permis d'étoffer le concept et de former à présent un véritable tamis à travers lequel nombre de conflits sont étudiés, tant par des universitaires et des étudiants que par des journalistes ou de simples citoyens[1].

Mais avec la réhabilitation de la géopolitique, on assiste – revers de la médaille – à une inflation de discours et d'écrits se prétendant géopolitiques de gens qui, comme le faisait Monsieur Jourdain de la prose, accolent l'épithète à n'importe quoi ou presque ; or cette catharsis se produit au risque d'un galvaudage et nous rappelle que si tout peut être estampillé « géopolitique », rien ne l'est réellement.

Aussi, après avoir développé quinze années durant réflexion

1. Sur les outils et la méthode, on pourra se référer au préambule du *Dictionnaire de géopolitique* (dir. Y. Lacoste), Paris, Flammarion, 1995.

et expertise géopolitiques sur le Moyen-Orient, il me semblait impérieux d'apporter une petite pierre à l'édifice général en présentant, succinctement et de façon lisible, les principaux paradigmes consubstantiels à la géopolitique. Raisonnement et non science, démarche intellectuelle plutôt que discipline, la géopolitique mérite un traitement et appelle un emploi d'autant plus rigoureux que l'absence d'un cursus complet de la discipline « relation internationales », au sein de l'Université française, nous rend lacunaires par rapport à nos principaux amis européens et américains quant à la pensée de l'espace mondial et des grands enjeux planétaires.

Quelques rappels et précisions d'importance

D'emblée, je rappellerai que la géopolitique ne relève pas forcément de l'affrontement armé. Ainsi ne sera-t-on guère surpris de ne pas trouver dans ce livre beaucoup de considérations militaires : les rivalités de pouvoir sur des territoires ne dégénèrent pas systématiquement en affrontements armés, même si tous relèvent des rapports de force. Sun Zi (ou Sun Tse), le père des stratèges, disait qu'« un habile général ne se trouve jamais réduit à de telles extrémités : sans donner de batailles, il sait soumettre l'ennemi ; sans répandre une goutte de sang, sans donner l'épée, il fait tomber les villes ; sans franchir la frontière, il conquiert les royaumes étrangers et, dans le temps minimum, à la tête de ses troupes, il procure à son Prince la gloire immortelle, assure le bonheur de ses compatriotes et fait que l'Univers lui est redevable du repos et de la paix [1] ».

Ensuite et surtout, la géopolitique n'est pas nécessairement frappée au coin du cynisme. La prise en compte de certaines

1. Sun Zi, *L'Art de la guerre*, trad. du chinois par Jean-Jacques Amiot, Paris, Presses Pocket, 1993, p. 28.

réalités inhérentes aux relations internationales – primauté (jusqu'à un certain seuil selon les régimes et les dirigeants en place) des intérêts économiques ou stratégiques sur les considérations humaines ; recours récurrent à l'usage de la force armée ; instrumentalisation de thématiques populaires à des fins expansionnistes – procède-t-elle d'une attitude réellement « machiavélique » ? En outre, penser la guerre signifie-t-il l'espérer ? Certes pas, et Raymond Aron en son temps eut pour grand mérite de réhabiliter non pas le désir de guerre du stratégiste prussien Carl von Clausewitz mais son cadre conceptuel [1]. Au fond, cette défiance envers la géopolitique ne proviendrait-elle pas d'une confusion, celle de croire que le géopolitologue *souscrit* – par faiblesse, facilité, ou empathie pour son sujet d'étude – à des représentations jugées belliqueuses, ou, plus grave encore, qu'il *excuse* des comportements criminels ? Faut-il rappeler à cet égard que *comprendre* puis *expliquer* ne signifient pas forcément *adhérer* puis *encourager*, et que l'honnêteté intellectuelle constitue pour le chercheur de bonne foi un garde-fou en principe salvateur ? Il ne s'agit pas d'observer une *neutralité* de type relativiste qui met sur le même plan bourreaux et victimes – en cas de crime contre l'humanité notamment – sous couvert de rigueur scientifique, mais bien de tendre à l'*objectivité*, autrement dit à la tentative consistant sans (trop d') *a priori* à décrypter les représentations antagonistes avec une identique rigueur. Telle fut toujours en l'occurrence ma ligne de conduite sur les questions moyen-orientales.

Inversons le postulat : pourquoi un raisonnement géopolitique rigoureux, mené sur un conflit armé potentiel ou déjà entamé, ne permettrait-il pas de contribuer à l'éviter ou à en atténuer les effets meurtriers ? Autrement dit, pourquoi le géopolitologue ne pourrait-il faire acte et œuvre d'humanisme ?

1. Cf. Raymond Aron, *Sur Clausewitz*, préface de Pierre Hassner, Paris, Complexe, 2005.

Une telle espérance ne paraîtra incongrue ou présomptueuse qu'à ceux qui s'arc-boutent sur une conception négative de la géopolitique. À y regarder de près, les conflits excessivement meurtriers et hautement déstabilisateurs des Balkans et des Grands Lacs africains – pour ne prendre que les années 1990 – auraient vraisemblablement pu connaître une tournure moins tragique si les décideurs occidentaux, diplomates et hommes d'État, avaient consacré davantage d'efforts à appréhender les mécanismes belligènes et criminels qui se mettaient rapidement en place dans ces deux régions. Instrumentalisation par des pouvoirs politiques autoritaires de représentations populaires ; nationalismes serbes et croates puisant rancœur dans les temps médiévaux et la Seconde Guerre mondiale, construction raciale et fantasmatique hutu à l'encontre des « arrogants nilotiques » Tutsi... tout cela ne devait pouvoir s'ignorer, au moins chez les experts des Nations unies pour le maintien de la paix. Car ne péchons pas par naïveté : dans le cas des Balkans et du Rwanda comme dans presque tous les autres cas de guerre et/ou de crimes contre l'humanité, la vigilance d'analystes compétents pèse peu face aux intérêts réels ou supposés des puissances. Aussi en revient-on à la sempiternelle *Realpolitik* ne souffrant guère d'ingérence dans le jeu des rapports de force, *Realpolitik* précisément susceptible – paradoxe ? – d'être tempérée par... une vraie réflexion géopolitique.

Enfin, je crois profondément que le géopolitologue n'a pas vocation à abandonner son statut de citoyen critique. Une chose est de constater la noirceur du monde, une autre est de s'en satisfaire sans autre forme de procès. Si les droits de l'homme – et en particulier ceux de la femme – ne peuvent bien entendu incarner à eux seuls ni même prioritairement un invariant dans les choix géopolitiques des décideurs, les écarter tout à fait relève d'une certaine perversion. Comble de l'obscène, souvent une posture complaisante vis-à-vis de régimes tyranniques ne permet même pas d'obtenir un quelconque avantage, comme l'ont montré les approches de quelques présidents et ministres français des Affaires étrangères dans l'histoire diplomatique récente…

Aussi demanderai-je avec force et vigueur au lecteur de garder à l'esprit que le présent ouvrage est signé d'un géopolitologue de profession autant que d'un humaniste de conviction.

Frédéric Encel
Paris, janvier 2011

Préambule

Contre ces lieux communs qui entravent le raisonnement géopolitique

Trop de présupposés, de lieux communs parfois lénifiants, d'*a priori* faciles gênent l'observation pragmatique des conflits pour que l'on puisse s'abstenir d'en stigmatiser quelques-uns ici. Les deux premiers, parmi les plus répandus, s'inscrivent dans l'expression d'une évidence *a posteriori*, cette certitude de l'inéluctabilité de ce qui s'est produit, que Raymond Aron qualifiait d'« illusion rétrospective de la fatalité ».

Les trois autres lieux communs correspondent à une forme de prophétie auto-réalisatrice, que les Anglo-Saxons désignent par l'expression *self-fulfilling prophecy.*

Depuis toujours…

« Depuis toujours, Jérusalem est l'objet de convoitises et de conflits religieux et politiques. » Combien de cours et de chapitres d'ouvrages, d'articles et de reportages, de pourparlers de diplomates et de conversations entre citoyens débutent en substance ainsi ! Cette formule permet d'introduire une gravité particulière et une complexité en effet rarement démenties. Sur une question plus ou moins brûlante – Jérusalem ou tout autre dossier –, il s'agit de saisir l'auditeur, le lecteur, le téléspectateur, l'interlocuteur, et de lui faire immédiatement prendre conscience des enjeux. Or la sentence est trompeuse, induit en erreur, entrave toute réflexion géopolitique sérieuse. Par raccourci de langage ou paresse intellectuelle, on fige des *évolutions* multiples et diverses en une *situation* immuable, avec un arrière-plan faussement eschatologique. « Depuis toujours » implique un temps a-historique. Si Jérusalem (ou le Caucase, ou la Mésopotamie, ou Zanzibar !) est *« depuis toujours »* objet de litiges ou de conflits, il en sera ainsi *« pour toujours »*. D'où les deux hypothèses suivantes : soit les hommes de Neandertal et de Cro-Magnon se passionnaient déjà pour le site et s'affrontaient pour sa possession, soit des forces transcendantes ont décidé aux origines du monde de son caractère sacré et politiquement urticant. On ne s'attardera pas sur la première hypothèse, absurde. Dans le second cas, on rend *a priori* impossible tout changement substantiel, et notamment tout progrès vers un état de paix entre les belligérants actuels. Fi des diplomates dont le travail deviendrait vain, fi des engagements citoyens intérieurs et extérieurs pour la paix, fi de l'étude des idées et des revendications antagonistes, fi des enquêtes journalistiques censées éclairer les profanes. Que n'abandonnerions-nous alors, pauvres mortels, non plus une *question politique* mais une réalité dépassant la cité et le pouvoir des hommes ! En définitive, dans le champ des relations internationales, rien n'est *« depuis toujours »* ou *« à jamais »*. Des étapes historiques créent, marquent ou renforcent une sacralisation, d'autres l'édulcorent ou la rendent caduque. Tout fait historique marquant est le fruit d'évolutions généralement perceptibles sur des « temps longs » (Fernand Braudel) et de la conjonction de facteurs particuliers. Pour reprendre l'exemple emblématique de Jérusalem, on la sacralisa effectivement à trois reprises au moins (roi David, calife Omar, pape Urbain II), autant de paliers historiques pouvant appuyer une affirmation identitaire pour les personnalités et les régimes ultérieurs en temps de conflit. Mais cela a eu assurément un commencement et aura vraisemblablement une fin avant que ne disparaisse l'espèce humaine.

Il en va de même pour le « sens de l'histoire », notion particulièrement en vogue à l'époque encore récente des mandats de Bill Clinton, de l'élargissement de l'Europe, ou encore des accords israélo-palestiniens d'Oslo. Dans les trois cas comme pour tant d'autres, nombre d'observateurs semblaient donner à l'évolution un cours inéluctable : le triomphe américain et capitaliste face à l'Est communiste marquait la « fin de l'histoire » (Francis Fukuyama), le processus d'intégration à la Communauté économique européenne (CEE) / Union européenne (UE) ouvrait la voie à un modèle nouveau rendant enfin caduques les frontières, et la paix au Proche-Orient s'inscrivait dans le « sens de l'histoire » car les belligérants, de guerre lasse, n'avaient pas d'alternative à la paix. À chaque fois, une reconstruction interprétative accompagnait la nouvelle certitude. Ne soyons pas trop sévère ; bonne foi et bonne volonté constituaient généralement le moteur de ces prises de position aussi euphoriques qu'utopistes. Depuis, génocide des Tutsi rwandais, 11-Septembre, retour en force d'une Russie revancharde, effondrement du processus d'Oslo, coups de froid sur l'UE et autre crise financière mondiale ont opportunément rappelé sur un rythme effréné que rien n'est définitivement acquis dans le registre de la vie sociale et politique, et que l'histoire ne correspond pas à une ligne temporelle cheminant cahin-caha vers un horizon paisible fait de mieux et de progrès.

Les murs finissent par tomber

L'un des objets favoris de cette illusion selon laquelle « cela devait forcément se produire » concerne les murs, barrières de sécurité et autres dispositifs plus ou moins frontaliers censés protéger États et empires des migrants indésirables, des combattants ennemis, voire de la fuite de ses propres ressortissants. Puisque l'heure est à l'universel et au transfrontalier, il importe de diaboliser les murs et, le cas échéant, de ridiculiser leurs concepteurs. On rappelle ainsi *ad nauseam* qu'ils finissent toujours par chuter physiquement ou, à tout le moins, par perdre de leur intérêt ; en d'autres termes, très contemporains : pourquoi commencer à les ériger en dépit du bon sens (de l'histoire) ?

Or quel homme d'État responsable, quel dirigeant un tant soit peu rationnel entretient réellement la conviction – l'illusion plutôt – que l'ouvrage défensif dont il décide la construction s'inscrit dans une manière d'éternité ? Le mur d'Hadrien, la Grande Muraille de Chine, le mur de Berlin, le triple mur de sable marocain au Sahara occidental et autre barrière de séparation érigée par Israël auraient été destinés en leur contexte respectif à demeurer *ad vitam aeternam*, quels que fussent les bouleversements politiques, militaires et démographiques à venir ? Inconcevable. Les murs finissent certes par tomber – physiquement, tel celui de Berlin – ou par être abandonnés en l'absence d'intérêt touristique, mais non sans avoir généralement prodigué les effets recherchés pendant un certain temps. D'ici là, les rapports de force, les alliances, les données socio-économiques et les mentalités auront changé. En attendant, Rome contint deux siècles durant les Pictes au nord de la grande île britannique, une dynastie chinoise se préserva un temps des hordes mongoles, l'Allemagne de l'Est endigua l'hémorragie de ses ressortissants tentés par l'Ouest, le Maroc a partiellement vaincu le Front Polisario saharaoui, et Israël a réduit drastiquement le nombre d'attentats de type « kamikaze ». Certes, un cruel constat d'échec apparaît parfois très vite ; en Normandie, le formidable château fort médiéval de Château-Gaillard ne servit point et fut démantelé après accord diplomatique ; la ligne Maginot, aussi élaborée que budgétivore, fut contournée par les troupes allemandes en 1940. Pour autant, même ces cas de figure n'invalident pas l'observation globale ; en effet, outre leur vocation initiale, l'édification de ces ouvrages entraîne des effets tenus pour positifs par leurs promoteurs gouvernementaux, soit en interne pour rassurer l'opinion publique ou doper le marché local du travail, soit en externe pour afficher leur détermination.

En principe, chaque initiative politique, diplomatique, économique ou militaire déclenchée à un instant T par un gouvernement responsable répond à cette logique. Toute politique s'inscrit dans son temps, à un moment jugé opportun, s'entreprend dans ce temps précis et pour influer sur *des* temps qu'on sait devoir s'achever. Sa vocation est de produire des effets positifs le plus durablement possible et non perpétuellement, sachant que des circonstances nouvelles créeront immanquablement des situations où cette politique ne pourra plus ou ne devra plus se poursuivre. La vraie question reste celle de la légitimité et/ou de l'opportunité *présentes* de telle politique, dans la mesure où *le plus durable possible* ne signifie pas – sauf pour les naïfs, les mystiques et les déments – le *perpétuel*.

Le mieux socio-économique, un infaillible pourvoyeur de paix

Il en est de même concernant l'inéluctabilité de la paix liée aux difficultés économiques d'un État, lesquelles nécessitent la fin des sanctions internationales ou le retour des aides et des investissements étrangers. En raison de finances catastrophiques ou d'une situation sociale déplorable, des gouvernements privilégieraient un traité de paix ou, à tout le moins, une politique pondérée en matière de défense.

Las, le « besoin » est très subjectif dès lors qu'il s'agit du bien-être d'une population soumise à un régime despotique. Jusqu'où pourra-t-on la pressurer voire l'affamer sans risque de révolte ? Tant que le régime en place considère, à tort ou à raison, qu'il dispose encore d'une marge de manœuvre, il maintient le cap. Le cas nord-coréen est à cet égard très instructif; près d'un million de morts dus à la famine, des millions de personnes sous-alimentées. Cette sombre réalité n'a pas empêché le régime stalinien de Kim Il-Sung puis de son fils Kim Jong-Il de poursuivre une ruineuse politique d'acquisition de missiles balistiques et de l'arme atomique durant les décennies 1990 et 2000. En moins tragique et sous d'autres latitudes, dans les années euphoriques du processus de paix d'Oslo, on annonçait un accord israélo-syrien d'autant plus imminent que Damas avait « besoin » de s'ouvrir à l'économie de marché, à la suite de l'effondrement de l'ancien allié soviétique. Le coût politique de la paix sembla peut-être alors rédhibitoire au régime alaouite en regard du gain socio-économique qu'elle lui prodiguerait, et il ne la signa pas.

Incontestablement, l'augmentation du niveau de vie est de nature à favoriser la volonté de paix. Ou, pour inverser la logique, celui qui vit constamment dans la misère aura peu à perdre et, oracles fanatiques aidant, ira plus facilement grossir les rangs des soudards ou des terroristes que celui qui parvient à bâtir pour son foyer des conditions de vie décentes. Que d'indigents et de déshérités parmi les SA nazis (années 1930), les Khmers rouges cambodgiens (années 1970) et autres assaillants massacreurs en Afrique noire, libériens, ougandais ou congolais (années 1990-2000)… Mais gare à la corrélation abusive ! Tous les gens pauvres ne basculent pas dans la barbarie, et à l'inverse la position de nanti ne garantit en rien d'y échapper. Le 11 septembre 2001, quinze des dix-neuf terroristes à bord des quatre avions civils américains détournés sur les Twin Towers, le Pentagone et la Maison-Blanche étaient des sujets aisés de la richissime monarchie saoudienne, les autres provenant de familles moyen-orientales plutôt bourgeoises. Quant à l'ensemble du réseau Al-Qaïda, il bénéficie de rentes et d'avoirs qui s'évaluent à plusieurs centaines de millions de dollars, notamment *via* son grand argentier Oussama Ben Laden. En réalité, si la misère économique est un facteur aggravant non seulement des violences sociales et de la criminalité au sein d'une société, mais aussi du bellicisme d'un régime politique qui recrutera à loisir de pauvres hères pour ses troupes d'invasion ou de répression, elle n'explique pas à elle seule le phénomène, contrairement à l'idée que nombre de militants tiers-mondistes cherchent à imposer. À partir de 1914 en Europe, fortunés et modestes participèrent ensemble quatre années durant (citoyens ou sujets d'États authentiquement démocratiques de surcroît pour les Français, les Belges, les Britanniques et les Italiens), à un effroyable conflit. Leur niveau patrimonial respectif ne fut pas déterminant dans leur acceptation de monter au front…

La prudence s'impose également à l'échelle des États. Leur capacité à échanger, à exporter, à accroître leurs revenus et à améliorer leur balance commerciale n'est qu'un plus, un mieux, une condition nécessaire mais pas suffisante pour le maintien ou le renforcement d'un état de paix, pour chasser le spectre de la guerre interétatique. Jamais on n'enregistra un volume d'échange entre l'Allemagne et la France aussi considérable qu'en 1913 ; cette même année, la Grande-Bretagne était la seconde cliente de l'Allemagne en même temps que son premier fournisseur. En 1941, avant sa soudaine attaque sur Pearl Harbor, le Japon incarnait le premier partenaire économique des États-Unis. On pourrait additionner les exemples à l'envi ; ni la Grande Guerre ni la Seconde Guerre mondiale ne furent empêchées par de fructueuses interactions économiques et commerciales. Là encore, comme pour les individus, on peut admettre de bonne foi que l'État en crise profonde aura une propension plus grande à rechercher un dérivatif qu'un État prospère. L'Irak de Saddam Hussein, appauvri par huit années de guerre contre l'Iran (1980-1988) – un conflit certes par lui déclenché, mais avec le soutien du monde entier ou presque – chercha à se payer de ses efforts en annexant le Koweït pétrolifère en août 1990. L'Argentine du dictateur Jorge Rafael Videla, dont l'économie tanguait et où la contestation populaire grandissait, envahit les îles Malouines (Falkland) en 1982 afin de faire oublier à la population la misère socio-économique (et l'oppression) – dont il était pour partie responsable, comme dans le cas précédent. Mais ces exemples ne sont que partiellement satisfaisants ; rarement un conflit ne s'enclenche au seul motif de difficultés économiques. Rivalités territoriales, idéologiques, identitaires ne s'effacent jamais tout à fait ; reste à déterminer, au cas par cas, quel est le moteur principal de l'entrée en guerre (de toute façon coûteuse) chez l'homme d'État ou le gouvernement au pouvoir à l'instant T. Des États plus riches deviennent-ils plus pondérés dans leurs revendications, recourent-ils moins à l'usage de la force, de crainte d'entraver leur développement économique ? Pour certains, peut-être. Le plan Marshall de 1947 et, dans un autre registre, la construction européenne à partir de la CECA de 1951 puis du traité de Rome de 1957 procèdent de cette espérance de principe[1]. Mais rien ne permet d'en établir une théorie générale. La volonté de bénéficier d'un processus de développement favorisé par la paix ne reste qu'une *variable* et non une *constante* dans les prises de décision des leaders politiques, en particulier chez ceux qui exercent une férule despotique et n'ont donc pas de comptes à rendre à leurs opinions muselées.

Ponts, carrefours, lieux de passage...

Blaise Pascal disait qu'à force de s'agenouiller on finit par croire[2]. Si chaque espace du globe terrestre devient, à la faveur d'une observation qu'on voudrait géopolitique, *pont*,

1. CECA : Communauté européenne du charbon et de l'acier, réunissant la France, l'Allemagne fédérale (dite de l'Ouest), et le Benelux.
2. Pascal, *Pensées*, fr. 418, classement de L. Lafuma, Paris, Seuil, 1962.

carrefour ou *lieu de passage* plus ou moins stratégique, aucun ne le sera vraiment. Chacune de ces notions doit avoir une consistance, incarner des éléments objectifs, correspondre à une réalité tangible ; conceptuellement, le *pont* traduit des flux humains ou un transit de marchandises substantiel, un espace géographiquement obligé pour le transport de troupes, une volonté de lier ou de rapprocher – tel un *go between* – deux entités distinctes ou rivales, etc. Or généralement, on accorde ce statut informel à des entités n'en ayant ni la volonté ni les caractéristiques réelles. Mais puisqu'on le dit…

Parmi les représentations les plus courantes, la Turquie serait un *pont* entre Orient et Occident – ou entre l'Europe et l'Asie – et jouerait à ce titre un rôle important une fois dans l'UE. Si le territoire souverain turc comme lieu de transit énergétique existe (*pipe-line* Bakou-Tbilissi-Ceyhan), Ankara n'a pas toujours considéré les mondes arabe et perse comme des partenaires privilégiés, assumant au contraire une rivalité forte avec l'Iran au Caucase (soutien à l'Azerbaïdjan chiite mais turcophone contre l'Arménie), et une rancœur liée à la « trahison arabe » de 1916 (épisode de Lawrence d'Arabie). En outre, la Turquie entretient, depuis Atatürk dans les années 1930 puis l'entrée dans l'OTAN en 1949, une vision géopolitique et un axe diplomatique bien différents de ceux de ses voisins méridionaux et orientaux. Quant au vieux rêve pantouranien (ou panturc) des années 1990-1993, il ne résista guère aux réalités économiques (accès difficile et faible complémentarité avec l'est de la mer Caspienne) et linguistiques (incompréhension entre Turcs et peuples dits turcophones d'outre-Caspienne). De fait, l'Asie centrale échappe bel et bien à toute influence turque notoire[1]. Quant à l'exemple

1. En revanche, d'un point de vue stratégique, on peut légitimement admettre la Turquie comme un carrefour, avec les réserves qu'imposent la chute de l'URSS en 1991 (affaiblissement de son rôle au sein de l'OTAN) et le refus turc de laisser transiter les troupes américaines vers l'Irak en

positif que constituerait l'adhésion d'un État musulman à l'UE, il ne repose sur rien de tangible ; les sociétés arabes – et musulmanes de façon générale – n'y verraient-elles pas plutôt une trahison ou un privilège indu ? Considèrent-elles seulement la Turquie laïque (y compris sous les gouvernements conservateurs de l'AKP) qui abolit le califat en 1924 et dont les principaux alliés militaires furent les États-Unis et Israël, comme un pays d'islam ? Enfin et surtout, les élites et la population de Turquie se représentent-elles incarnant ce pont entre Europe et espaces asiatiques ? Voire. Du reste, à quel titre, à partir de quelles bases historiques ou philosophiques cette représentation prévaudrait-elle sur d'autres ? La Turquie comme *pont* au sens politique, culturel voire économique du terme est bien une chimère, essentiellement entretenue par les partisans de son adhésion à l'UE[1].

Le *lieu de passage* connaît lui aussi un immense succès, avec, de préférence, des sites cristallisant passions, rivalités et conflits fréquents ; le fait de se trouver sur un *lieu de passage* devenu ontologique permet ainsi d'expliquer à bon compte le pourquoi de cette passion belliqueuse. Cette fois encore, l'exemple de Jérusalem s'impose. Sur un planisphère, la ville se situe aux confins des trois continents européen, africain et asiatique, plus précisément sur l'étroit passage terrestre reliant

2003, acte qui ne provoqua finalement qu'une gêne mineure dans l'opération globale.

1. Ce lieu commun n'implique pas uniquement des États, puisque certaines populations sont susceptibles de jouer le rôle de pont entre deux autres groupes antagonistes. Ce pourrait être le cas des sépharades israéliens, comme Juifs originaires des pays arabes porteurs d'une certaine proximité avec ces derniers. Las ! À chaque scrutin depuis la fin des années 1970, les sépharades plébiscitent des gouvernements nationalistes peu enclins à des accords avec les Palestiniens, tandis que la gauche radicale et pacifiste se compose très majoritairement d'ashkénazes... (Cf. mon *Atlas géopolitique d'Israël*, Paris, Autrement, 2008).

le second au troisième. On en déduira donc naturellement une importance stratégique et, en conséquence, un état de tension, de siège ou de guerre permanent. Mais si on substitue au planisphère à très petite échelle une carte topographique du Proche-Orient et, mieux encore, de la zone Israël / Palestine, on s'aperçoit que la cité n'offre aucun avantage pour qui passe d'est en ouest et *vice versa*. Relativement difficile d'accès depuis la côte car située en moyenne altitude au fond d'un corridor escarpé, de faible valeur défensive car sise sur une crête sertie d'autres points plus élevés et dépourvue de ressources hydriques abondantes, Jérusalem ne présente objectivement guère de raisons tactiques ou commerciales favorables au retranchement ou à l'installation. Dans l'axe nord-sud, on emprunte la plaine côtière, dans celui est-ouest, le golfe d'Eilat / Akaba. L'historiographie des lieux en atteste : l'actuelle zone Israël / Palestine fut en effet maintes fois conquise – comme beaucoup d'autres territoires dans le monde –, mais rarement les armées s'affrontèrent pour la ville en particulier. Du reste, sauf depuis 1949 (pour l'État d'Israël contemporain dans sa partie occidentale), à aucun moment Jérusalem n'incarna la capitale d'un État-nation, d'un empire ou d'un quelconque sultanat.

Il en va de même pour Andrinople, dans cette Thrace qui constitue la minuscule partie européenne de la Turquie contemporaine, ville souvent contournée par des armées que menèrent des généraux ayant peu de temps à perdre en détours inutiles. En revanche, à quelques dizaines de kilomètres seulement, Byzance puis Constantinople (aujourd'hui Istanbul) est concrètement, *géographiquement*, un lieu de passage terrestre incontournable pour qui souhaite relier l'Europe à l'Asie en évitant, bien plus à l'est, la haute chaîne du Caucase ou les immenses plaines d'Ukraine.

À l'inverse, des villes ou des pays qui n'étaient pas des passages obligés ou des carrefours énergétiques, commerciaux ou militaires ont été ravagés ; c'est le cas de l'Afghanistan, à la fois désertique (sud-ouest), montagneux, et tout à fait enclavé en Asie centrale, pourtant successivement meurtri par la guerre civile de 1978, par l'invasion soviétique de décembre 1979 et les neuf années de guerre cruelle qui s'ensuivirent, par la théocratie taliban (1996-2001) et, depuis octobre 2001 quoique dans une moindre mesure, par la confrontation OTAN/taliban au sud-est du territoire.

Ajoutons enfin parmi les « carrefours stratégiques » le Tibet qui, parce que « toit du monde » selon l'expression consacrée, procurerait à la Chine un atout militaire précieux face à sa rivale indienne. Sur notre carte à très petite échelle, l'assertion semble justifiée. Mais là encore, à considérer des échelles plus grandes et la manière dont se déroulent les guerres modernes – surtout entre puissances dotées du feu atomique – elle tombe en désuétude. Ce n'est pas depuis le Tibet que Pékin lancerait une offensive déterminante ; faire franchir l'Himalaya aux blindés et à l'artillerie lourde relèverait de l'exploit, et la lenteur d'une offensive d'infanterie annulerait tout effet de surprise. Par ailleurs, les systèmes modernes d'observation satellitaire permettent d'épargner à un État de maintenir sur le « toit du monde », à un coût exorbitant par rapport à l'avantage conféré, des centaines de bases statiques peuplées de fantassins munis de bien modestes jumelles !

Ne multiplions pas les exemples ; c'est une fois encore au cas par cas, en observant minutieusement les réalités géographiques et leur impact sur les flux humains et marchands, qu'on décèlera ici et là des axes authentiques qu'on qualifiera selon leur nature – pourquoi pas – de ponts symboliques, de lieux de passage obligés, ou de carrefours stratégiques.

Grand pays, grande culture, grande histoire, etc.

Le langage diplomatique possède ses figures imposées. Lorsqu'un homme d'État fait une allocution publique lors d'une visite officielle à l'étranger, il vante les mérites de la culture, de l'histoire, les réalisations ou le courage d'un « grand peuple ». Rien que de très normal à cela. Imagine-t-on un président français se rendre dans le pays X et qualifier d'« assez grand » le peuple dont les représentants l'accueillent, de « banale » son histoire nationale, d'« insignifiante » sa culture et de « moyen » son courage au combat ? En toute logique la dimension rhétorique se développe et s'étoffe en fonction des enjeux politiques, stratégiques et économiques que représente pour les intérêts politiques et économiques de la France le pays visité.

Mais que l'observateur se satisfasse parfois de ces lieux communs dépasse l'entendement. Car là encore, si tous les peuples sont « grands », aucun ne l'est. Surtout, croit-on sérieusement enrichir l'analyse et pouvoir comprendre une crise par des évocations de la grandeur (appréhension si subjective !) passée ou présente d'une nation ? Soit ses dirigeants y font explicitement référence, et alors ce rappel fait sens, soit on tombe dans l'approximation mi-folklorique, mi-touristique. Lorsque le régime en place à Pékin évoque systématiquement la grandeur passée de l'empire du Milieu et son droit à retrouver sa place d'autrefois, il s'agit d'une représentation dont il faut, à l'extérieur, tenir compte ; car peu importe au fond qu'on considère ou pas la Chine comme « éternelle » ou « glorieuse », ce discours récurrent et manifestement très partagé par la population (chez les Han ultra-majoritaires du moins) donne une indication précieuse sur le degré et la nature de la détermination de Pékin à poursuivre le chemin de la montée en puissance. Faut-il pour autant fonder une politique vis-à-vis des droits de l'homme ou du brûlant dossier taïwanais en fonction de cette considération historique ? À plus forte raison, lorsque le président égyptien Gamal Abdel Nasser recourait à la « grandeur » de l'Égypte pharaonique pour sa propre propagande, peu importait le caractère hautement historiciste du discours ; les Arabes, sémites, ne provenaient pas des mêmes lignages que Pharaon ! Il s'agissait là encore de recours discursifs à des mythes fondateurs, au fond bien légitimes. En revanche, les puissances tierces devaient-elles déterminer leur positionnement dans les affaires du canal de Suez (1956) et de l'annexion du Koweït (Irak, 1990) au titre de la grandeur autoproclamée – ou réelle – de l'Égypte et de la Mésopotamie antiques ? Que l'Iran incarne une grande nation à l'histoire politique et spirituelle ancienne et riche ou pas – et en l'espèce nous pensons qu'elle l'incarne en effet –, on voit mal en quoi ce jugement de valeur interférerait dans les affaires nucléaires contemporaines, si cruciales pour la paix du monde à court, moyen et long termes. Était-ce en hommage et eu égard à la « grandeur » de l'Allemagne, célébrée à l'envi par le chancelier Hitler, que Chamberlain et Daladier signèrent en 1938 les calamiteux accords de Munich, initiative qui aurait indirectement les conséquences que l'on sait ? La réponse s'impose d'elle-même.

On pourrait recenser bien d'autres lieux communs et idées préconçues ; tel n'est pas l'objet principal de cet ouvrage. Du moins ceux établis comptent-ils parmi les plus problématiques pour qui cherche à mener un raisonnement géopolitique de qualité.

1

Qu'est-ce que la géopolitique ?

> « Livrer cent combats et remporter cent victoires, c'est bien, mais ce n'est pas le meilleur [...]. Jamais le Ciel n'approuva l'effusion du sang humain : c'est lui qui donne la vie aux hommes ; lui seul doit être maître de la trancher. »
>
> Sun Zi

De la même façon qu'on ne faisait pas de l'histoire sous Augustin Thierry comme sous Lucien Febvre, les manières d'appréhender la géopolitique, de la concevoir et de l'enseigner divergent considérablement selon les écoles et les époques. Disons-le d'emblée : la *Geopolitik* première mouture, conceptualisée par des professeurs et généraux allemands au commencement du XXe siècle, se forgea comme un instrument au service du pouvoir impérial de Guillaume II bien plus qu'un outil de compréhension générale des rapports de pouvoir dans l'espace. Cette école géopolitique allemande accompagnera du reste le naufrage moral et politique de l'Allemagne sous le IIIe Reich, d'où l'ostracisme dont elle a été victime en Europe après la Seconde Guerre mondiale durant plus de trois décennies. Pour sa part, l'école anglo-saxonne, bien que moins partisane et incontestablement plus analytique, n'en demeura pas moins marquée par la géographie insulaire ou maritime de ses concepteurs britanniques et américains, et par les débuts de la guerre froide. Quant à la géopolitique française – en fait l'école de géographie qui n'assumera le terme que très tardivement et en rejetant la *Geopolitik* allemande –, elle est fille à la fois d'un souci géographique de type descriptif et analytique très scrupuleux et dégagé de toute gangue idéologique, et de la passion pour l'Alsace-Lorraine captive du IIe Reich.

Il existe un trait commun aux précurseurs et fondateurs allemands et anglo-saxons d'une démarche géopolitique moderne : ils pensaient l'espace géographique comme théâtre et (f)acteur primordial des rapports de force et des rivalités entre entités politiques, étatiques surtout. Cinquante ans seulement avant eux, le stratégiste prussien Claus von Clausewitz concevait les espaces géographiques comme neutres et figés ; rappelons à sa décharge qu'il ne connaissait ni le chemin de fer ni les machines à vapeur et moins encore le moteur à explosion. Cette réalité, qui pourrait paraître banale au début du XXIe siècle tant pour les décideurs que pour des millions de simples citoyens, n'allait pas de soi à l'époque.

Les précurseurs

L'école géopolitique allemande

C'est l'universitaire suédois Rudolf Kjellén qui emploie pour la première fois le terme « géopolitique » en 1899, dans un article consacré aux frontières de la Suède, avec cette définition : « La science de l'État en tant qu'organisme géographique, tel qu'il se manifeste dans l'espace. L'État en tant que pays, en tant que territoire, ou de manière plus significative en tant qu'empire. » Germanophile convaincu acquis aux thèses de l'Allemagne wilhelmienne, il inscrit sa pensée (notamment avec son ouvrage *L'État comme forme de vie*, publié en 1916) dans le sillage organiciste de Ratzel (Haushofer, lui, reprend le terme *Geopolitik* en lui conférant un sens et une épaisseur bien plus conséquents). Mais l'œuvre de Kjellén apparaît peu innovante par rapport à celle de Ratzel dont il est le disciple.

Friedrich Ratzel (1844-1904)

De formation scientifique, Friedrich Ratzel se passionne très tôt pour la pharmacologie et la zoologie, ainsi que pour les espaces et milieux naturels. Ce n'est qu'après son voyage aux États-Unis (1873) – pays qui l'impressionne au plus haut point – qu'il devient géographe, occupant successivement les chaires de géographie de Munich puis de Leipzig. Sa thèse porte sur l'émigration chinoise, mais il s'intéresse de façon plus générale aux flux et aux réalités démographiques en rapport aux territoires.

Ses principaux travaux, d'*Anthropogéographie* (1882) à *Allemagne. Introduction à une science du pays natal* (1898), en passant par *État et sol* (1896) et surtout *Géographie politique. Une géographie des États, du commerce et de la guerre* (1897), attestent de cette démarche intellectuelle ultra-organiciste consistant à admettre que la vie des États et des nations est similaire à celle des êtres vivants, des végétaux comme des humains. Dans son ouvrage de référence, Ratzel affirme notamment que les États doivent être « envisagés à tous les stades de leur développement comme des organismes qui entretiennent avec le sol un rapport nécessaire et qui doivent, de ce fait, être considérés sous l'angle géographique ». Pour ce scientifique érudit – ou plus précisément ce scientiste très « XIXe » pour qui la science, fruit du rationalisme, doit pouvoir expliquer l'intégralité des choses de la vie et du monde –, on ne peut comprendre l'évolution d'une nation qu'à travers ses caractéristiques organiques et physiologiques tant elle constitue un corps vivant auquel s'appliquent les lois biologiques de l'évolutionnisme darwinien. Son développement nécessite de l'espace – un espace vital (*Lebensraum*) en l'occurrence – une grande capacité de résistance par rapport aux autres nations –, sans quoi elle décline et meurt –, et une lutte pour la survie ne souffrant guère de faiblesses, notamment s'agissant de la possession de sols à peupler et à exploiter. Ainsi, « toute communauté humaine est en lutte avec le monde extérieur et avec elle-même pour le maintien de son indépendance. Elle veut demeurer organisme, alors que tout dans l'éternel cycle de dissolution et de régénération qu'est l'histoire travaille à la ravaler au rang de simple organe ». Peut-être plus que tout autre aspect du personnage, cette « biogéographie », ce « mysticisme naturaliste » (Philippe Moreau-Defarges) et son darwinisme social s'inscrivent bien dans la veine scientiste en vogue dans l'Europe des Lumières (dévoyées ?).

Mais pour Ratzel, un nationaliste farouche qui s'engage comme volontaire dans la guerre de 1870 contre la France, la *géographie politique* doit se mettre au service d'un idéal patriotique. Autrement dit, ses principes doivent pouvoir s'appliquer à l'Allemagne. Membre fondateur du puissant Comité colonial, un temps président de la Ligue pangermaniste, il épouse les aspirations du régime wilhelmien, leur offre un cadre universitaire prestigieux, une caution intellectuelle et objective. Or l'Allemagne de Ratzel connaît une véritable poussée de fièvre : victoire contre l'Autriche-Hongrie à Sadowa (1866) valant prise de *leadership* sur le monde germanophone, unification allemande cinq ans plus tard à Versailles après l'écrasement de la France de Napoléon III, essor industriel, technologique et démographique sans précédent, pouvoir fort, unifié et peu contesté. L'Allemagne du dernier tiers du XIXe siècle connaît ainsi une montée en puissance spectaculaire qui, avec l'éviction du très pragmatique chancelier Otto von Bismarck en 1890, sera mise au service d'un expansionnisme sans complexes. L'époque est alors à la quête de terres à coloniser et de marchés à conquérir, une politique considérée par Berlin comme vitale mais rendue difficile par un partage déjà bien avancé entre les puissances coloniales occidentales maritimes que sont la Belgique, le Portugal, les Pays-Bas et surtout la France et le Royaume-Uni, sachant que les terres colonisées par la Russie au Caucase, en Asie centrale et en Sibérie ne sont en aucun cas accessibles. Les miettes d'empire que s'adjuge l'Allemagne en Afrique noire et dans le Pacifique (Togo, Cameroun, Sud-Ouest africain, Tanganyika, Ruanda-Urundi [1], îles Mariannes et îles Salomon), modestes et disjointes, paraissent bien insuffisantes. Fasciné par la mise en valeur du vaste territoire américain et par les techniques d'emprise britannique que révèle l'immense empire de la Couronne (points maritimes et insulaires clés), Ratzel affirme qu'en vertu de son droit naturel au développement, l'Allemagne doit également devenir une puissance mondiale (*Weltmacht*). De la Grande-Bretagne insulaire et impériale, il écrit : « Être ouvert à toutes les stimulations, tout en restant capable de les élaborer à l'abri d'une entité fermée, voilà la garantie d'une croissance qui atteindra la perfection. Cela vaut pour les organismes, les peuples, les individus, ils atteignent leur maturité lorsque ouverture et appropriation coïncident. » On retrouve bien là le mode comparatif de type biologique, utilisé en l'espèce dans l'objectif d'atteindre la « perfection géographico-politique ».

Peut-on reprocher *a posteriori* à Ratzel cette géopolitique *pro domo*, notamment dans la perspective de l'usage apo-

1. Le Tanganyika deviendra Tanzanie, le Rwanda et le Burundi succèderont au Ruanda-Urundi, et le Sud-Ouest africain deviendra la Namibie. En 1919, par le traité de Versailles, les alliés confisquent toutes les colonies allemandes. Le Royaume-Uni, la France, la Belgique et l'Afrique du Sud se les partageant sous forme de mandats accordés par la toute récente Société des Nations (SDN), ancêtre de l'Organisation des Nations unies (ONU).

calyptique qu'en feront les nazis quelques décennies plus tard ? Cela semble difficile. Certes, il entretient la conviction (alors largement admise, et pas uniquement dans les milieux nationalistes allemands !) de la supériorité de la race blanche, mais, contrairement à un Gobineau, il ne s'acharne pas à tenter de le démontrer « scientifiquement » et n'en tire nulle conclusion dans ses préconisations politiques. Certes, sa volonté affirmée de desserrer l'étau constitué par la France et la Russie ne peut que viser ces deux États, tout comme l'exigence de compensations s'agissant du partage du monde outre-océan vise clairement la France et la Grande-Bretagne, mais il n'appelle pas à la guerre. Le concept revendicatif de l'« espace vital » pose davantage de problèmes ; qui concerne-t-il sinon l'ensemble des voisins et en particulier les peuples slaves du Centre et de l'Est européen ? Sur de tels présupposés, comment éviter, tôt ou tard, la guerre ? Le cas Ratzel pose enfin une question bien plus large : un chercheur en sciences humaines peut-il tout à fait s'extraire de son objet d'étude, faire abstraction de ses propres perceptions identitaires, de son ressenti, de ses origines et de son vécu, afin d'atteindre une sorte d'objectivité absolue ? Assurément pas, même si Ratzel fait figure de chercheur caricatural tant sa subjectivité partisane est affirmée.

Karl Haushofer (1869-1946)

Contrairement à Ratzel, Haushofer est un militaire de carrière. Pour le reste, on retrouve de fortes similitudes. Comme son compatriote, il voyage et explore des terres lointaines qu'il étudie dans un cadre scientifique : la Chine, et surtout le Japon auquel il consacre en 1919 sa thèse de doctorat (*La Part des Allemands dans l'exploration géographique du Japon et de son espace. Influence de la guerre et de la politique militaire sur cette entreprise*). Après la Grande Guerre à laquelle il participe activement comme officier d'état-major, il devient lui aussi professeur de géographie et acquiert une large notoriété en fondant et dirigeant la revue de géopolitique allemande *Zeitschrift für Geopolitik* et en multipliant articles et conférences tant en Allemagne qu'auprès des populations germanophones d'Europe centrale. Enfin comme Ratzel, Haushofer est un nationaliste convaincu, passionné sinon obnubilé par la grandeur de l'Allemagne et déterminé à y contribuer. Mais les contextes politique et stratégique respectifs dans lesquels évoluent Ratzel et Haushofer présentent des dissemblances. Là où le premier n'a connu qu'une rapide montée en puissance du pays sans réels accrocs ni contrecoups, le second rencontre une succession de grands succès et d'effondrements géopolitiques : les années d'avant-guerre ; la défaite de 1918 (non admise comme telle) et l'humiliation du traité de Versailles ; les coups de force nazis de 1936 à 1942 ; enfin l'abîme de 1945.

Haushofer reprend à Ratzel le principe d'« espace vital » et l'enrichit, insistant sur le « juste et nécessaire » regroupement de l'ensemble des populations germaniques au sein d'une grande Allemagne. Plus éloigné d'une conception organiciste de la nation, il accorde tout de même de l'importance aux processus de dynamique vitale et de déclin des peuples, et met en relief le poids des grands ensembles territoriaux qui transparaît par exemple dans le panaméricanisme ou le panslavisme, prônant pour sa part un pangermanisme actif. Pour lui, l'Amérique (qu'il connaît au fond moins que Ratzel, et dont il sous-estimera les formidables ressources morales et militaires) serait déjà déclinante et décadente, malade du capitalisme et de l'individualisme, comme l'illustre la crise de 1929. Haushofer oppose également puissance continentale et puissance maritime, ce en quoi on discerne l'influence (assumée) de Halford Mackinder, géopolitologue britannique qui avait déjà établi cette dichotomie.

Mais l'officier universitaire entend dépasser la géographie

politique par la géopolitique. Tandis que la géographie politique de Ratzel correspondait à une sorte de science naturelle des faits politiques en se bornant à produire une pensée théorique, Haushofer entend bâtir une discipline de l'action. Il s'agit de poser des problèmes et de fournir des solutions aux cadres et aux dirigeants politiques et de former l'opinion. La géopolitique selon Haushofer se veut à la fois promotion des idées et instrument au service du pouvoir pour leur mise en application. Voilà pour les modalités. S'agissant de la conception analytique, « Haushofer distingue maintenant entre la géographie politique, qui étudie la distribution du pouvoir étatique à la surface des continents et les conditions (sol, configuration, climat, ressources) dans lesquelles ce pouvoir s'exerce d'une part, et la *géopolitique* qui se donne pour objet l'"activité politique dans un espace naturel" ("*politische Lebensform im natürlichen Lebensraum*") d'autre part » (Michel Korinman).

Posons la même question que pour Ratzel : peut-on incriminer Haushofer, nationaliste certes farouche mais « traditionnel » et étranger à l'*hubris* de violence populacière propre aux nazis, et dire qu'il est complice de leur politique ? Il rencontra bien Hitler plusieurs fois dans le sillage de son ami Rudolf Hess, et ne condamnera moralement jamais son action, ni avant ni pendant l'exercice de son pouvoir absolu. Et quand il critiquera l'opération Barbarossa, l'invasion de l'Union soviétique en juin 1941, ce sera en vertu de sa conviction géopolitique « objective » : face aux puissances maritimes ennemie (Grande-Bretagne) ou hostile (États-Unis), le maintien d'une alliance continentale par-delà le fossé idéologique profitait à l'Allemagne. Bref, c'était une erreur et non un (nouveau) crime. Décidément, inlassable nationaliste prônant l'irrédentisme, assumant le principe ratzelien de l'« espace vital » (repris à outrance par l'idéologie nazie), se bornant à décrire les batailles de la Wehrmacht d'un point de vue géographique dans sa revue et à justifier « scientifiquement » les conquêtes hitlériennes successives des années 1936-1942, Haushofer ne demeura pas étranger à la marche vers l'apocalypse ; combien de grands généraux, d'officiers, de diplomates, de simples citoyens puisèrent à sa source, caution universitaire d'un expansionnisme agressif ? En outre, de sa création en 1924 et jusqu'à la veille du désastre final (1944), *Zeitschrift für Geopolitik* ouvrira ses colonnes non seulement à des géographes étudiant « objectivement » les conditions de la puissance allemande dans l'espace, mais aussi à des idéologues légitimant la politique totalitaire et génocidaire du régime. L'homme n'était peut-être pas exactement complice, mais l'œuvre ? Une géopolitique allemande, mise au service non plus seulement d'un régime impérialiste (Guillaume II) dans un concert de nations voisines ne l'étant pas moins, mais accompagnant – même sans haine affichée – la fuite en avant d'un État exterminateur…

Paradoxalement, ledit régime se méfiera d'un Haushofer marié à une demi-Juive, jamais encarté au parti national-socialiste, considéré comme incontrôlable, insuffisamment inféodé, et censurera partiellement son livre achevé en 1938, *Les Frontières*. Il y évoque les Allemands du Sud-Tyrol, petit territoire détaché en 1918 au profit d'une Italie désormais… alliée et susceptible ! Enfin, soupçonné d'avoir trempé dans le complot du comte Claus von Stauffenberg visant à assassiner Hitler, le 20 juillet 1944, il est momentanément détenu par la Gestapo qui arrêtera et assassinera son fils mêlé à la conspiration. Fin 1945, les autorités américaines interpellent Haushofer et lui interdisent de poursuivre son enseignement. Puis il est cité comme témoin au procès de Nuremberg où Rudolf Hess, son ancien ami et protecteur, l'ignore complètement. Son suicide le 10 mars 1946, à l'âge de soixante-dix-sept ans, marque tragiquement l'épilogue de la *Geopolitik* allemande dans un contexte cataclysmique pour l'Allemagne. Le symbole est fort, et rappelle celui du décès de Friedrich Ratzel, en 1904, soit juste avant la première des crises annonçant la boucherie de 1914 (Tanger, 1905). Dès lors, perçue comme une discipline pervertie et caution du nazisme, la géopolitique disparaît des universités, des maisons d'édition et des médias d'Europe continentale, URSS comprise. En Grande-Bretagne et surtout aux États-Unis, elle échappe quelque peu à l'anathème, sans doute parce que les concepteurs de l'école anglo-saxonne ont forgé une géopolitique dont les fondamentaux ne cautionnèrent aucun totalitarisme. Ce sont surtout les géographes qui rejetteront, en France notamment, le dévoiement de leur discipline à des fins nationalistes. Voici ce qu'en avait écrit dès 1938 le géographe et sociologue André Siegfried : « On croit parler de géographie, et l'on rencontre ces grands tenants allemands de la géopolitique [...]. Il est une certaine littérature de propagande, habillée souvent des vêtements scientifiques les plus authentiques, mais qui donne la nausée[1]. »

L'école géopolitique anglo-saxonne

Alfred Thayer Mahan (1840-1914)

Né d'un père historien enseignant le génie militaire à l'Académie militaire de West Point, Mahan se passionne tôt pour l'histoire militaire et le métier des armes. Une fois diplômé de l'École navale, il participe activement à la guerre de Sécession sur un bâtiment de l'Union assurant le blocus des côtes sudistes. Puis il poursuit une carrière d'enseignant au Naval War College et publie plusieurs ouvrages consacrés à sa passion : l'histoire navale du XIIe au XVIIIe siècle, et tout particulièrement la rivalité franco-anglaise sur les mers. Parmi eux, on retient notamment *The Influence of Sea Power upon History (1660-1783)*, ainsi que *The Influence of Sea Power upon the French Revolution and Empire (1793-1812)*, et surtout sa synthèse, *Naval Strategy*, publiée en 1911.

1. Préface au livre du géographe Jacques Ancel, *Géographie des frontières*, Paris, Gallimard, 1938.

Mahan ne parle pas encore de géopolitique (connaît-il seulement les travaux de Kjellén ?), mais d'une part il pense le monde dans sa globalité – critère fondamental, surtout pour l'époque –, d'autre part il inaugure la pensée stratégique navale ; jusque-là (y compris durant la guerre civile américaine), les États employaient surtout leurs flottes de guerre de façon dispersée et à des fins de convoyage ou de raids sans lendemain, et hors de schémas tactiques globaux ; seule l'Angleterre insulaire et axée sur sa marine depuis deux siècles échappait parfois à cette constante. Pour Mahan, qui étudiera précisément les modalités de la suprématie impériale britannique, la puissance maritime est indissociable de la puissance globale, et les États-Unis, État conceptuellement insulaire puisque entouré de deux États rendus inoffensifs et de deux vastes océans protecteurs, peuvent y prétendre.

En mer comme sur terre, il faut savoir bien évaluer les distances, appréhender précisément les conditions climatiques, construire des matériels adaptés. Au fond, pourquoi ne pas considérer la mer comme un désert ? Il convient de s'y déplacer vite et de ne pas y stationner sous peine de mort (maladies, tempêtes / soif, soleil), de rejoindre des points de ravitaillement sécurisés (îles ou côtes / oasis), de préférence groupé et armé (razzias). Disciple du stratège suisse romand Henri de Jomini, Mahan affirme le primat de l'offensive sur la défensive et, par conséquent, recherche les moyens de pouvoir la mener sur mer. Plutôt que d'ériger une défense statique de ses propres ports en attendant l'attaque ennemie, mieux vaut concentrer des flottes groupées sur des points avancés, côtiers ou insulaires. L'avantage est double : stratégique donc, mais aussi et surtout politique puisqu'il s'agit d'étendre ainsi ses zones d'influence à travers le monde, là encore sur le modèle britannique. Pour ce faire, seuls les bâtiments de surface comptent et Mahan ne s'intéressera guère aux sous-marins (tout comme un Foch ne croira pas en l'aviation). Ironie du sort : il meurt quelques semaines seulement avant le déclenchement de la Première Guerre mondiale au cours de laquelle les sous-marins de poche allemands, les *U-Boot*, causeront de redoutables dégâts à la marine marchande alliée dans l'Atlantique. Un siècle après, la possession de sous-marins d'attaque et lanceurs d'engins (nucléaires) confère plus que jamais aux rares États en disposant l'un des plus redoutables attributs de la puissance militaire.

Comme ses contemporains Ratzel et Haushofer, Mahan est un patriote qui entend mettre ses réflexions au service de son pays ; il le fera très directement puisque avec d'autres, il convaincra le Congrès de bâtir une véritable marine de guerre digne de ce nom, ce qui n'était absolument pas acquis au lendemain de la guerre de Sécession.

Halford J. Mackinder (1861-1947)

Le grand penseur de la géopolitique anglo-saxonne est un géographe anglais qui commence par étudier la vallée du Rhin et les îles Britanniques. Sir Mackinder, voyageur endurant et chercheur brillant, enseigne à la prestigieuse université d'Oxford puis dirige la London School of Economics and Political Science. Il donne en 1904 une conférence devant la Royal Geographic Society sur le « pivot géographique de l'histoire » (« *Geographical Pivot of History* »), articulation principale de la théorie qu'il développera des décennies durant. Député aux communes, haut-commissaire britannique en Russie méridionale en pleine guerre civile russe (1919-1920), il y rédige un article remarqué intitulé « *Democratic Ideals and Reality* ». Mais c'est en juillet 1943 dans *Foreign Affairs* que Mackinder développe ce qui apparaîtra comme le corpus le plus stimulant de sa pensée. Avec l'article « *The Round World and the Winning of Peace* », il bâtit un dispositif géographique théorique qu'on peut schématiquement présenter de la façon suivante.

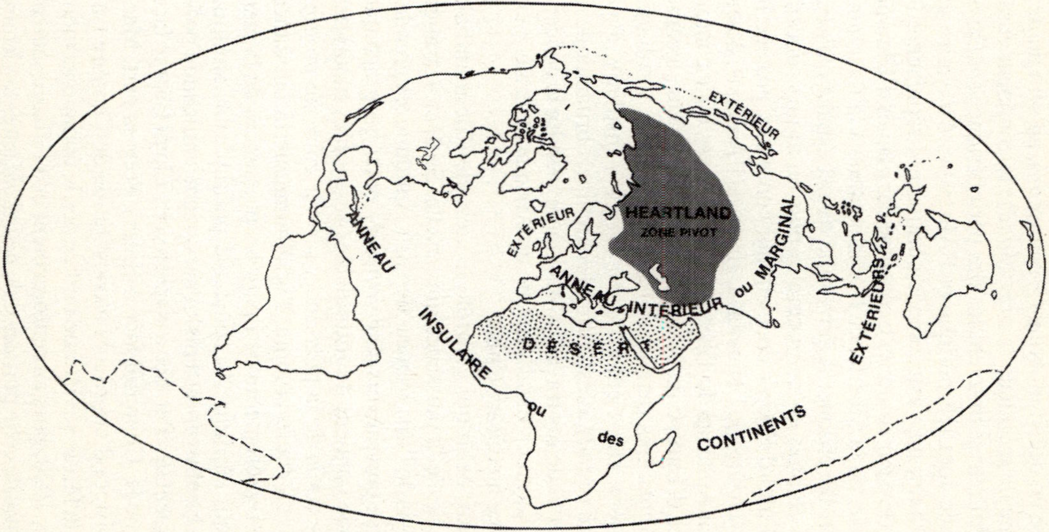

Le monde selon Mackinder (1904)
Sa carte évoluera au fil de ses recherches.

Il existe un océan mondial (*great ocean*), au sein duquel se situe une île mondiale (*world island*) : le continent eurasiatique. Autour se trouvent les îles périphériques (*outlying islands*) que sont l'Amérique et l'Australie. Au centre de l'île mondiale, un vaste espace continental représente le *heartland* (le cœur des terres), constitué des plaines d'Ukraine et de Russie, de la Sibérie, de l'Asie centrale à la fois montagneuse et désertique. À proximité de cet espace existent des zones établies en demi-cercles plus ou moins concentriques : d'abord l'*inner crescent* qui confine et protège le *heartland* (chaînes de l'Himalaya, glaces de l'Arctique, désert de Gobi, haut plateau du Tibet…) sauf à l'ouest, où le couloir des plaines d'Europe du Nord le relie à l'extérieur ; ensuite les *coastlands*, très peuplées (Isthme européen, Insulinde, Chine côtière, etc.) ; enfin l'*outer crescent* insulaire, avec les *offshore islands*, c'est-à-dire les archipels britannique et nippon. Au fil de ses travaux, Mackinder étendra le concept de *heartland* en en établissant un en Afrique centrale, puis un troisième aux États-Unis.

Selon lui, celui qui contrôle le cœur de l'île mondiale détient la clé de la puissance universelle. Sa démonstration tient à la fois de l'historique – depuis l'Antiquité les grandes invasions se portent vers ce *heartland* – et du géographique – cette zone contient de formidables ressources naturelles offrant les outils de la puissance, surtout grâce au progrès technique. Or toute volonté d'hégémonie de la puissance de la terre représente un défi pour les puissances de la mer. C'est ce qui explique la constante politique britannique consistant à entraver ou à disloquer chaque unification politique continentale (Pitt face à Napoléon Ier, Lloyd George face à Guillaume II, Churchill face à Hitler). Pour sa part, Mackinder assistera d'abord à la reconstitution de l'empire tsariste sous la férule soviétique unifiée dès le commencement des années 1920, puis au renforcement et à l'élargissement considérables de cette puissance du *heartland* après la victoire de 1945. Aussi s'inquiétait-il dès 1940 d'une possible unification de l'ensemble de l'Eurasie soit sous le contrôle de l'Allemagne et de l'URSS unies, soit sous celui d'une souveraineté forcée de l'une d'entre elles sur l'ensemble du *heartland*. Ce cauchemar prit forme pendant deux années au moins, du pacte Ribbentrop/Molotov d'août 1939 à l'invasion de l'URSS par l'Allemagne nazie en juin 1941. Dans la configuration de l'après-guerre, l'alliance des puissances maritimes (Grande-Bretagne et États-Unis) et de leurs alliées des *coastlands* et de l'*outer crescent* (dont le Japon) s'imposait absolument pour contenir la grande puissance continentale. Du coup, et pour revenir à sa construction théorique, l'alliance franco-anglo-américaine faisait de l'océan Atlantique un *mid-ocean*, une sorte de vaste Méditerranée[1].

Mackinder meurt au moment où sa théorie semble se vérifier. Le « Rideau de fer » (Winston Churchill) vient de s'étendre sur l'Europe centrale, et derrière lui le gigantesque *heartland* paraît solidement unifié et doté de ressources et de glacis (Europe orientale) le rendant à la fois menaçant et inexpugnable. Les nouveaux moyens de transport et les techniques modernes d'exploitation des sols et de fabrication ont modelé la géographie de cette masse continentale, conférant à ceux qui la contrôlent un surcroît de puissance considérable par rapport aux puissances maritimes.

Nicholas John Spykman (1893-1943)

Né en 1893 à Amsterdam, Nicholas Spykman voyage d'abord en Asie et au Moyen-Orient comme jeune journaliste

1. Les États-Unis contrôlant une part des Caraïbes et toute la façade océanique est, la Grande-Bretagne et la France disposant de nombreuses côtes ouest-africaines et de la plupart des terres insulaires de l'Atlantique Sud et des Caraïbes.

avant d'entamer aux États-Unis, où il s'est installé, une carrière universitaire de politologue. Il dirigera notamment l'Institut d'études internationales de l'université Yale. Pour lui, la géographie représente « le déterminant le plus fondamental dans la formulation d'une politique nationale, car il est le plus permanent [...]. Parce que les caractéristiques géographiques des États sont relativement stables et interchangeables, leurs aspirations géographiques demeurent identiques des siècles durant, et parce que le monde n'a pas encore atteint l'heureuse situation où les besoins de chacun n'entreront pas en conflit avec ceux des autres, ces aspirations restent source de frictions » *(American Political Science Review*, 1938).

Il rejette le déterminisme d'un Ratzel – tout en considérant que la géographie crée une « prédisposition » (Philippe Moreau-Defarges) – et s'inscrit en disciple de Mackinder, dont il adopte globalement les principes fondamentaux dans deux ouvrages *(America's Strategy in World Politics*, en 1942, puis, à titre posthume, *The Geography of the Peace*, en 1944), mais en y adjoignant la notion de *rimland*. Ce qu'on peut traduire par « espace-anneau » désigne les côtes, îles et isthmes situés sur le pourtour de l'île mondiale, par exemple l'Europe occidentale, la péninsule Arabique, les côtes chinoises ou encore l'archipel nippon. Pour Spykman, l'avancée désormais inéluctable du géant soviétique en Europe orientale – il l'écrit juste avant sa mort en 1944, en pleine contre-offensive du rouleau compresseur russe sur l'Allemagne nazie, alors prise en étau – menace de confirmer la théorie mackinderienne. Il faudra opposer à la puissance continentale du *heartland* la puissance maritime du *rimland* en s'appuyant notamment sur les États-Unis, la Grande-Bretagne et la France. Avec la réalisation de la « prophétie » qu'illustre bientôt la création du glacis du pacte de Varsovie (s'ajoutant à celui déjà ancien de l'Asie centrale), Spykman devient un auteur d'autant plus lu qu'en 1949 les puissances occidentales créeront effectivement une alliance de *containment*, l'OTAN, sur le *rimland* européen.

Quelques critiques de la géopolitique anglo-saxonne

Autant l'école géopolitique allemande se caractérise par une idéologie nationaliste et une conception organiciste excessives – sur les dangereuses outrances desquelles on ne reviendra pas –, autant l'école anglo-saxonne, en particulier sa figure tutélaire qu'est Mackinder, pèche par un certain déterminisme géographique en attribuant à des espaces imprécis mais figés des vertus géopolitiques intrinsèques et immuables.

En premier lieu, Mackinder néglige tout à fait la dimension idéologique des pouvoirs politiques en place, qui peuvent être antagonistes ; les espaces n'ont pas de volonté propre, ils favorisent ou contraignent, tandis que les perceptions identitaires et les convictions idéologiques des régimes politiques qui en disposent sont primordiales. Ainsi, pourquoi la puissance étatique dominant le *heartland* serait-elle nécessairement en opposition avec des puissances étatiques maritimes ? Historiquement, la Russie n'a-t-elle pas surtout combattu des empires terrestres comme la Prusse et l'Autriche des Habsbourg, voire la France, bien plus que l'Angleterre ou le Japon ? En outre, la réalité moderne et contemporaine d'une puissance étatique unifiée au *heartland* – la Russie – prévalait-elle déjà avant Pierre le Grand et Catherine II, et prévaudrait-elle indéfiniment ?

En deuxième lieu, cette école – comme l'école allemande – pense les grands espaces comme facteur intrinsèquement attractif pour les envahisseurs. Encore faut-il à l'ambitieux conquérant pouvoir non seulement exploiter les richesses que recèlent ces espaces (Napoléon aurait-il pu exploiter l'or, le gaz, les diamants et le pétrole de Sibérie s'il en avait seulement connu l'existence ? Question absurde !), mais aussi et surtout – en amont – les conquérir et les contrôler ; en l'espèce, le *heartland* mackinderien s'étendant approximativement sur une quinzaine de millions de km^2 et des dizaines de millions d'individus, son contrôle aurait supposé des moyens militaires et techniques pharaoniques. Charles XII de Suède et Napoléon Bonaparte d'une part, Darius, Alexandre et Gengis Khan (ou leurs successeurs) de l'autre, apprirent à leurs dépens respectifs que conquérir de tels espaces et les contrôler s'avérait excessivement complexe, et que l'immensité même de ceux-ci ainsi que leur géographie hostile pouvaient représenter un handicap mortel plutôt qu'un avantage.

En troisième lieu, le *rimland* spykmanien ne vaut que si l'on considère que le *heartland* est un enjeu fondamental. Mais une question demeure : que des puissances d'Europe de l'Ouest tentent d'investir le *heartland* ne correspond-il pas à une logique géographique implacable ? Dans tous les cas, les conquérants partent de péninsules ou d'îles et possédant par ailleurs déjà de vastes territoires sous contrôle ou sous influence. Puisque l'Isthme ouest-européen était presque totalement sous souveraineté, et sauf à traverser l'Atlantique ou à s'enfoncer dans l'immensité aride du Sahara africain, dans quelle direction un Trajan pouvait-il bien développer l'empire sinon vers… le cœur des terres continentales ? Schéma similaire, toutes proportions gardées, avec Napoléon Ier voire Hitler des siècles plus tard. Quant aux Britanniques, une fois parvenus sur les marches de l'Insulinde, où pouvaient-ils s'engager à part plus au nord, seul axe d'expansion leur échappant encore entre Birmanie et Perse du Sud ? Non qu'il n'existe d'alternative à une conquête militaire, mais, une fois la décision prise, certains choix géographiques s'imposent pour un conquérant terrestre parti de confins terrestres. En outre, pourquoi ne pas considérer – peut-être à la manière de Mahan – que ce *rimland* devait pouvoir servir à contrôler les routes maritimes plutôt qu'à pénétrer en profondeur dans cette île mondiale aux vertus stratégiques bien aléatoires ?

D'autres points paraissent contestables dans la grille de lecture mondiale de Mackinder et Spykman, à commencer par la vision quelque peu binaire confrontant la puissance maritime des États-Unis et la puissance terrestre de la Russie et de l'URSS. À eux seuls, les États-Unis totalisent 9,4 millions de km^2, des terres utiles pour l'essentiel, recelant en outre presque toutes les richesses commercialisables – y compris énergétiques – susceptibles d'asseoir la puissance. Quant à l'URSS, même si les eaux septentrionales et méridionales qui la bordent sont respectivement impraticables tout ou partie de l'année (Arctique) et contrôlées par des puissances rivales (détroits turcs en mer Noire), elle incarna une authentique puissance maritime. Nous pourrions ainsi soutenir que les deux géants de l'après-guerre sont polyvalents, quoique avec une dominante maritime ou continentale. Par ailleurs, pourquoi ne pas considérer le *rimland* comme attractif en soi ? Après tout, France et Grande-Bretagne représentent à elles seules, en 1914, de grandes puissances financières et militaires, tandis que la gigantesque Russie – faiblement peuplée et inexploitée en ses régions glacées septentrionales et orientales – entame seulement un processus d'industrialisation.

Il en va de même pour l'affirmation mille fois répétée que l'Allemagne ne possédait qu'une « façade étroite » (Nicholas Spykman), un « étroit débouché » sur les mers. En effet, la Baltique constituait l'unique fenêtre maritime, et le risque de blocus s'en trouvait facilité, ce qui se vérifierait par la suite. Mais, pour le reste, il s'agit là autant d'une perception allemande *pro domo* que d'une réalité géopolitique ; car en fait, le vrai problème ne résidait pas tant dans la longueur côtière (largement suffisante pour que de grands ports à forts gabarit/tonnage tels que Hambourg, Kiel ou Dantzig y trouvent leur place) de l'Allemagne que dans la nécessité géostratégique de passer la Manche ou le nord de l'Écosse pour gagner le grand large atlantique, autrement dit les colonies ou les marchés à conquérir. Or la *Navy* contrôlait ces zones maritimes et surtout l'étroit *Channel* sans interruption depuis le début du XIXe siècle et le cuisant échec napoléonien visant à rivaliser avec Albion sur les mers. Encore cette suprématie britannique n'empêcherait-elle jamais les bâtiments de ligne et autres sous-marins de la *Kriegsmarine*, en temps de guerre, de combattre sur l'océan. À l'inverse, l'immense et multiforme façade maritime française ne lui a jamais conféré de suprématie commerciale, coloniale ou militaire au cours des siècles. La question se pose donc ici aussi : la France, puissance continentale ou maritime ?

Enfin, la Grande-Bretagne déclare-t-elle réellement la guerre à l'Allemagne en août 1914 et en septembre 1939 pour éviter la constitution d'un *heartland* unifié, sachant que dans le premier cas la Russie est explicitement son alliée ? Plus prosaïquement, ne s'agit-il pas à la fois de raisons commerciales (Anvers menacée) et politiques, Londres voyant dans l'attaque de la Pologne le 1er septembre 1939 la traduction d'un expansionnisme nazi sans limites, qui, allié ou pas à Moscou, présente désormais un risque mortel pour l'Angleterre ? Dans les deux cas, on rappellera bien entendu la volonté de celle-ci d'empêcher depuis le XVIIIe siècle au moins l'émergence sur le continent d'une puissance dominante, mais, là encore, le rapport avec le *heartland* s'impose-t-il vraiment avec l'Espagne des Habsbourg puis des Bourbon, ou avec Guillaume II de Hohenzollern ?

Intellectuellement très stimulantes et novatrices pour l'époque, les théories de Mackinder et Spykman présentent des faiblesses qui les rendront décidément caduques quelques décennies plus tard.

L'école géographique française, ou l'anti-*Geopolitik* allemande

S'agissant des précurseurs de la géopolitique française, on pourrait préférer au terme *école* celui de *pensée*, pour deux raisons. Tout d'abord, le grand géographe Élisée Reclus, quelque peu oublié en France, était anarchiste et aurait vraisemblablement rejeté les termes d'école, de chapelle, de structure. Ensuite, ni Élisée Reclus ni Paul Vidal de La Blache, pas plus qu'Emmanuel de Martonne, n'affirmaient faire de la géopolitique comme leurs homologues géographes allemands – Haushofer en tête – prétendaient en faire ; quant à Jacques Ancel, s'il a effectivement écrit un ouvrage précisément intitulé *Géopolitique* (1936), on ne peut dire qu'il a en cela suivi ou créé une école de pensée sur les modèles allemand ou anglo-saxon[1].

Élisée Reclus (1830-1905)

Suivre l'itinéraire politico-intellectuel d'Élisée Reclus s'avère passionnant si on le confronte à celui de son confrère et contemporain allemand Friedrich Ratzel, tant les deux géographes se situent aux antipodes l'un de l'autre. Alors qu'un Ratzel publie des ouvrages au moins en partie consacrés à l'Allemagne et aux modalités de sa puissance, un Reclus rédige des livres (à commencer par *La Terre*, publié en 1868) qu'il ne consacre pas spécialement à la France. Tandis que Ratzel milite à la Ligue pangermanique et soutient le pouvoir autoritaire de Guillaume II, Reclus se révèle anarchiste et, s'étant

1. Encore l'école géographique française de l'époque n'est-elle pas monolithique ; les géographes Jean Brunhes et Camille Vallaux, par exemple, se rapprochent des thèses de Ratzel.

joint à la Commune de Paris en 1871, se retrouve proscrit et exilé en Suisse par le régime républicain d'Ordre moral ! Quand Ratzel fait œuvre de scientificité pour revendiquer en faveur de son pays davantage de territoires à contrôler et à coloniser, Reclus rédige une monumentale œuvre scientifique intitulée *Nouvelle géographie universelle* (1872-1895), puis un ouvrage de géographie sociale et politique, *L'Homme et la Terre*, publié pour partie après sa mort. Là où Ratzel pense quasi exclusivement la nation et l'État, Reclus pense d'abord l'individu dans son environnement. L'Allemand inscrit la géographie dans un déterminisme dynamique, le Français considère que « la géographie n'est pas chose immuable, [qu'] elle se fait, se refait tous les jours, à chaque instant, [qu'] elle se modifie par l'action de l'homme » (*L'Homme et la Terre*).

Friedrich Ratzel et Élisée Reclus conçoivent tous deux le monde dans sa globalité et les rapports de pouvoir observables sur des territoires – faisant en cela de la géopolitique sans que le terme ne prévale encore –, mais l'un en déduit les atouts et faiblesses pour l'Allemagne, l'autre les perspectives (puissance montante de la Russie et des États-Unis, affirmation d'un capitalisme gourmand en débouchés coloniaux) pour l'humanité en général et les déshérités en particulier. Infatigable voyageur doté d'une érudition et d'une capacité de travail exceptionnelles, Reclus laisse une œuvre gigantesque – à elle seule, sa *Nouvelle géographie universelle* compte 19 tomes, 17 873 pages et 4 290 cartes ! – que négligeront ses futurs pairs géographes ; sans doute son engagement anarchiste aura-t-il gêné, mais peut-être moins que l'interaction constante qu'il aura saisie entre histoire et géographie. Dans *L'Homme et la Terre*, Reclus écrit en effet : « Vue de haut, dans ses rapports avec l'Homme, la Géographie n'est autre chose que l'Histoire dans l'espace, de même que l'Histoire est la Géographie dans le temps. »

Paul Vidal de La Blache (1845-1918)

Diplômé d'histoire mais également passionné de géographie, d'allure et de tempérament fort différents de Reclus, plus institutionnel et moins engagé politiquement, Vidal de La Blache fonde véritablement l'école géographique française. Pour l'historien Lucien Febvre, il fut le géographe du « possibilisme » : selon lui, chaque élément naturel, chaque espace peut incarner une fonction différente, offrir des potentialités multiples et changeantes à la région ou au pays dans lequel il s'inscrit. Hors de tout déterminisme à la façon de Ratzel bien que prônant une géographie scientifique, Vidal de La Blache écrit que « la géographie a pour mission spéciale de rechercher comment les lois physiques et biologiques qui régissent le monde se combinent et se modifient en s'appliquant aux diverses parties de la surface de la Terre ». Dans son *Tableau géographique de la France,* qui constitue le tome 1 de la prestigieuse et quasi officielle *Histoire de France* d'Ernest Lavisse (1913), il se consacre à décrire et à décrypter des paysages, des modes de vie et des flux, tissant une géographie d'évolution et de proximité ; en cela aussi il tranche radicalement avec le déterminisme biologiste et la vision planétaire globalisante de ses confrères allemands.

En 1917, peu avant sa mort (et alors qu'il a perdu son fils Henri, tombé en Argonne deux ans auparavant), il publie sa *France de l'Est*, son « vrai grand livre », un ouvrage très différent des précédents dans lequel il travaille sur des évolutions industrielles, politiques et même diplomatiques, absentes de son célèbre *Tableau*[1]. Cette fois, il s'agit de légitimer l'appartenance de l'Alsace et de la Lorraine à la France ; non pas en s'appuyant en l'occurrence sur un enracinement lin-

1. C'est ainsi qu'Yves Lacoste le qualifie dans son article intitulé « À bas Vidal ! Viva Vidal ! », *Hérodote*, n° 16, 4e trimestre 1979, p. 81.

guistique ou racial quelconque, mais sur un choix politique et philosophique clair dès la Révolution française. Il lui faut convaincre – enjeu fondamental – les alliés, et le président américain Wilson en premier lieu, qu'après la guerre les provinces perdues devront revenir à la patrie. La démarche strictement descriptive d'un sol laisse donc assez brutalement place à l'affirmation de l'appartenance sociale et politique d'une région à la France. Patriote tout en se voulant résolument objectif, Vidal de La Blache écrit : « À travers les classes sociales, la pensée atteint et découvre ce qui en est le fond et la raison d'être, le sol français. Lui aussi est un personnage historique. Il agit par la pression qu'il exerce sur les habitudes, sur les ressources qu'il met à la disposition de nos détresses ; il règle les oscillations de notre histoire » (*Tableau de la France*). Le géographe meurt trop tôt pour voir les régions de l'Est libérées et pour accompagner ses confrères auprès de Clemenceau à la conférence de la paix de Versailles.

Jacques Ancel (1878-1943)

Deux intéressantes particularités caractérisent le géographe Jacques Ancel : il crée en 1936 le tout premier enseignement de géopolitique en France, à la Fondation Carnegie hébergée par l'Institut des hautes études internationales de Paris ; il signe ensuite le premier ouvrage de géopolitique publié en France, intitulé sobrement *Géopolitique* (1936, réédité en 1938). Ce professeur de géographie politique y développe une méthode relativement proche de celle de Vidal de La Blache, qu'il veut aux antipodes de celle de ses confrères d'outre-Rhin ; une « géographie politique externe, dynamique ». Comme ses prédécesseurs de l'école française, il rejette avec force les déterminisme et nationalisme allemands, mais assume – contrairement à un Reclus mais dans le sillage de Vidal et de Martonne – son patriotisme. À cet égard, Ancel n'a pas de mots assez durs pour critiquer la *Geopolitik* nationaliste de son confrère géographe Karl Haushofer, qu'il qualifie non sans raison de « général-géographe ». Ainsi dans l'avant-propos à sa *Géographie des frontières* publiée fin 1938 (la date n'a rien d'anodin…), il écrit : « L'Europe de Versailles chancelle. C'est moins la hardiesse allemande que le manque de foi genevoise qui l'ébranle : les rédacteurs des traités de la banlieue parisienne se sont laissé émouvoir par les critiques du *Diktat*. La propagande pangermaniste – à peine revenue de sa débâcle – prétendit inlassablement démontrer la vanité de l'œuvre wilsonienne. Naguère les historiens de l'ère bismarckienne préparaient l'unité allemande sous la férule des Prussiens. Aujourd'hui les géographes, enrégimentés dans le hitlérisme, s'efforcent de bâtir à l'avance une *Mitteleuropa*. Ils reprennent les arguments de l'*Alldeutscher Verband*, que Charles Andler dénonçait dans les années d'avant-guerre. Mais ils habillent leurs prétentions outrancières des oripeaux d'une pseudo-géographie. Ainsi le livre *Grenzen* ("Frontières") du général-professeur Haushofer (Berlin, 1927) et tous les fascicules de la *Zeitschrift für Geopolitik* ("Revue de géopolitique"), s'appliquent à la recherche de la "frontière juste et naturelle" (*echte Grenze*), prétendent la rencontrer chaque fois qu'elle sert les desseins du pangermanisme, et aboutissent, à défaut de limites physiques contradictoires, à établir une *Kulturgrenze* (frontière de civilisation), qui englobe non plus le *Deutschland* (l'Allemagne, le Reich), mais le *Deutschtum* (l'aire germanique), tous les lieux où l'on parle allemand. Mon dessein n'est pas de polémiquer avec les savants d'outre-Rhin. J'ai seulement voulu montrer l'inanité de cette logomachie purement spéculative. »

Ce texte fort et très incisif, où Ancel se fait volontiers historien et, plus encore peut-être, observateur citoyen d'une histoire immédiate, illustre bien l'abîme méthodologique qui sépare alors les écoles française et allemande de géographie ; critiquant les « frontières de civilisation » à l'allemande, et tout particulièrement l'*Anschluss* de mars 1938, il évoque la Belgique francophone et l'absence de revendication française relative au « rattachement » belge de la Wallonie. Pourtant, si Ancel travaille avec autant de constance, de précision et d'intérêt sur l'Europe centrale et balkanique – pas moins de cinq ouvrages – n'est-ce pas afin de légitimer, plus ou moins consciemment, le droit à l'existence d'États alliés à la France (Yougoslavie, Tchécoslovaquie) et de soutenir sa stratégie de contournement face à la puissante Allemagne ? De même suivra-t-on difficilement avec le recul Ancel dans l'éloge qu'il fait du corridor de Dantzig scindant l'Allemagne dès 1919, cette « cote bien taillée » grâce à laquelle le commerce polonais s'est considérablement épanoui. On peut certes comprendre que Jacques Ancel reproche ses valeurs militaristes à la Prusse, qu'il regrette amèrement la « prussification » des régions rhénanes un siècle durant, et, finalement, qu'il dénonce la continuité impérialiste entre les IIe et IIIe Reich qu'il a personnellement vécus. Mais on le comprend d'autant mieux que, tout scientifique et géographe qu'il est, il demeure attaché à sa patrie en tant que citoyen. Et cette sempiternelle question de revenir : le théoricien et le praticien peuvent-ils se détacher tout à fait de leur identité et de leur expérience personnelle ? Né juif, Jacques Ancel sera démis de ses fonctions universitaires dès 1940, puis enfermé au camp d'internement de Compiègne-Royallieu en 1941 ; il mourra d'épuisement deux ans plus tard.

En 1919, Georges Clemenceau avait emmené à la conférence de la paix de Versailles des géographes français déjà reconnus comme Emmanuel de Martonne (dont le beau-père, Paul Vidal de La Blache, était décédé deux ans auparavant), ou bientôt célèbres comme Jacques Ancel. Pour « le Tigre », il s'était agi bien entendu de légitimer « scientifiquement » la revendication française sur l'Alsace-Lorraine, notamment aux yeux du président américain Wilson, viscéralement attaché au droit des peuples à disposer d'eux-mêmes. Intéressante dissymétrie : en France, le pouvoir politique s'appuyait alors sur les géographes ayant travaillé sans lien avec l'idéologie nationaliste (mais convaincus de l'appartenance de l'Alsace-Lorraine à la France) pour démontrer la justesse de ses revendications, tandis que dans l'Allemagne voisine – qu'elle soit wilhelmienne ou nazie – les géographes qui avaient bâti un puissant dispositif théorique et scientifique *pro domo* à vocation ultra-nationaliste seraient globalement négligés, pour ne pas dire méprisés, par les Reich successifs…

Un raisonnement géopolitique contemporain : Yves Lacoste

Dans les années 1930-1950 et au-delà, l'officier Charles de Gaulle, devenu général puis président, démontre assurément une vision géopolitique aboutie : une pensée de l'espace global (relire l'Appel du 18 Juin !), la prise en compte de la géographie dans les processus décisionnels et les opérations militaires, l'analyse pointue des rapports de force durant la guerre froide, l'établissement d'objectifs politiques, militaires et diplomatiques à la fois ambitieux et rationnels pour la France… D'autres généraux français contemporains de de Gaulle, comme Beaufre ou Poirier (stratégie nucléaire), des intellectuels comme Raymond Aron, développeront des réflexions de haut niveau et de nature géopolitique, même si le terme demeure durant les décennies d'après-guerre banni ou, à tout le moins, inusité. Il faudra néanmoins attendre presque un siècle après Ratzel et un demi-siècle après Ancel non seulement pour qu'un corpus théorique fourni se constitue mais aussi pour que toute une école de pensée géopolitique française se crée, en l'espèce sous l'impulsion du géographe Yves

Lacoste ; celui-ci fondera une revue trimestrielle, *Hérodote*, écho d'une véritable architecture théorique.

Né au Maroc en 1929 d'un père géologue, jeune enseignant en géographie et éphémère encarté au Parti communiste algérien (il est professeur à Alger entre 1952 et 1956), Yves Lacoste s'intéresse aux phénomènes de sous-développement du tiers-monde auxquels il consacre en 1965 un ouvrage (*Géographie du sous-développement*). En 1976, il publie un livre retentissant et iconoclaste intitulé *La géographie, ça sert d'abord à faire la guerre*[1]. Il lui revient le double mérite d'avoir bravé non seulement un certain rejet universitaire et diplomatique – pour ne pas dire l'anathème chez ses propres collègues géographes ! – en raison du passé de la *Geopolitik* allemande dont la France et le monde avait pâti, mais encore les certitudes liées à la guerre froide, selon lesquelles les missiles intercontinentaux avaient définitivement aboli la géographie. Plus tard, l'apparition du réseau mondial Internet allait relancer le débat. Or ces deux révolutions technologiques n'ont que très partiellement modifié le principe originel suivant : la géographie demeure le cadre incontournable, le théâtre d'opérations fondamental des rapports de pouvoir entre États et nations, cette « géographie qui sert d'abord à faire la guerre ». Comme pour ses prédécesseurs, mais avec peut-être plus de conviction encore, faire de la géopolitique, pour le fondateur d'*Hérodote*, consiste d'abord à penser l'espace, les territoires et les *rivalités de pouvoir* qui s'y exercent. Or le souverain et le général, chacun à son niveau d'analyse, doivent se représenter le plus précisément possible l'espace, le premier pour y établir ses objectifs stratégiques, le second pour y déployer ses troupes

1. Paru chez Maspero en 1976. L'hostilité des géographes s'estompera progressivement par la suite. Signe des temps : en 2000, le jury du prestigieux Festival géographique de Saint-Dié dans les Vosges décernera à Yves Lacoste le prix Vautrin Lud pour l'ensemble de son œuvre.

mises au service des premiers ; dans tous les cas l'étude cartographique demeure fondamentale.

Les rivalités de pouvoir sur des territoires

Une analyse géopolitique s'intéresse avant tout aux *rivalités de pouvoir sur des territoires* entre entités politiques, le plus souvent des États, et visant pour l'essentiel la sauvegarde, la conquête ou le renforcement de la *souveraineté*[1]. Cette matière politique précieuse, la souveraineté étatique, représente un paramètre tout à fait incontournable dans l'étude des relations internationales. De fait, nulle terre émergée – si minime et dépourvue d'attraits commerciaux ou stratégiques soit-elle – n'échappe réellement au contrôle d'un État, et il en va de même pour une part des eaux (les zones d'exploitation exclusive, ZEE) et des cieux (espaces aériens). La juste prise en considération de cette recherche effrénée de la souveraineté est, sinon une spécificité du raisonnement géopolitique contemporain, du moins l'une de ses particularités fortes ; sans cela, on s'expose à de lénifiants lieux communs du type de ceux que nous avons évoqués pour Jérusalem, « la ville de la paix aimée du même Dieu » (pourquoi les croyants s'y battent-ils donc ?), qui déplorent la guerre entre ces « hommes qui se ressemblent tant », poncifs qui entravent une réelle compréhension des mécanismes menant aux conflits. Du reste, on peut rétrospectivement admettre comme visionnaire l'importance attachée, dans les années

1. Il convient de noter que, depuis plusieurs années, la géopolitique interne connaît un essor certain sous l'impulsion du professeur Béatrice Giblin-Delvallet. Il s'agit d'observer des rapports certes conflictuels, mais qui ne débouchent que rarement sur des conflits sanglants et qui éclatent entre entités politiques infra-étatiques, telles que des régions, des communes, etc.

1970, à la quête de souveraineté étatique puisque la chute du mur de Berlin en 1989 suscitera une cascade sans précédent de proclamations d'indépendance d'États-nations s'affirmant systématiquement souverains.

Même – voire surtout – sur des territoires exigus, c'est-à-dire à l'échelle de la dizaine de kilomètres, du kilomètre ou de l'hectomètre (le cas de la Vieille Ville de Jérusalem, par exemple), la géographie demeure prédominante, en particulier pour ce qu'elle révèle et par ce qu'elle contient d'initiatives et de rapports de force tactiques et stratégiques. Au plus petit niveau d'analyse, sur un microterritoire où s'opposent des pouvoirs dépourvus d'armes de destruction massive, de volonté morale et/ou de capacité politique de s'en servir, on en revient aux invariants tactiques existant depuis l'Antiquité : la possession physique d'une simple colline qui favorise alors l'angle de tir (à l'arme à feu individuelle) et le champ de vision (à l'œil nu) offre un avantage certain indépendamment de toute autre considération. En outre, une topographie avantageuse consiste aussi à pouvoir lever ses couleurs en un point plus élevé que celles de l'adversaire. Pour s'en tenir au Proche-Orient, rappelons que, le 5 juin 1967, l'aviation israélienne choisit de frapper les aérodromes égyptiens au moment très précis du lever du soleil, particulièrement aveuglant dans le désert cristallin du Sinaï.

Les représentations

Monsieur X, de Nantes, se perçoit-il comme breton ou pas ? Catholique, français, européen, citoyen de la planète Terre, autre chose encore ? Si c'est tout cela à la fois, lesquelles de ces appartenances prévalent au-delà de l'adresse administrative ou de la langue vernaculaire ? Serait-il prêt – en cas de conflit – à beaucoup donner voire à consentir au sacrifice suprême pour sauvegarder l'une de ces identités menacées ? Si oui, laquelle ? Madame Y, militante Hezbollah de Beyrouth, se perçoit-elle comme arabe ou musulmane ? Dans le second cas, comme chiite avant tout, face aux sunnites, ou par rapport aux autres communautés ? Se vit-elle libanaise prioritairement à son engagement communautaire ? Vivant au bord de la Méditerranée, se représente-elle pour autant comme méditerranéenne, partageant une communauté de destin avec Espagnols, Grecs et autres Croates ? Ou se vit-elle comme orientale par opposition à l'Occident ? Quel groupe humain lui semble le plus périlleux : les Israéliens (ou les Juifs ?), les Druzes, les athées ? Sa perception de son propre espace collectif correspond-elle au Liban, aux zones chiites (Iran compris ?), au Machrek, à l'Oumma islamique ? Monsieur Z, du groupe des Banyamulengue du Nord-Kivu, se vit-il rwandais de cœur puisque rwandophone (minoritaire dans la région) ? Sa nationalité congolaise prime-t-elle sur son appartenance au groupe tutsi ? Se sent-il solidaire des victimes du génocide tutsi rwandais de 1994, même s'il ne fut pas directement menacé ? Ne se sent-t-il pas d'abord africain ? Quelle conception a-t-il de l'ancienne puissance coloniale belge, lui qui connaît le français mais dont les aïeux subirent l'implacable joug colonial : protectrice, machiavélique ? Sa foi catholique constitue-t-elle un structurant identitaire ?

La représentation reste sans doute le concept le plus original, l'outil le plus efficient dans le raisonnement géopolitique bâti par Yves Lacoste. *La représentation est une perception collective identitaire* présente sur des « temps longs », c'est-à-dire sur des siècles ou des dizaines de siècles. C'est la façon dont un peuple, une partie de celui-ci ou des milieux ou cercles plus restreints, perçoivent et véhiculent leur histoire collective, leur(s) territoire(s), les histoires, identités ou territoires des *Autres*. Cet outil d'analyse qu'incarne la représentation en géopolitique, l'observateur doit impérativement le manier avec prudence, faute de quoi il prêtera le flanc à la critique du déterminisme structuraliste.

On se représente d'abord l'espace. Sur un espace conflictuel ou simplement frontalier, la toponymie révèle le plus souvent des caractéristiques géopolitiques passionnantes. Que la Constituante décide, en 1790, de baptiser presque tous les départements français – nouveaux territoires administratifs strictement délimités et destinés à incarner les courroies de transmission du futur pouvoir républicain – selon des critères exclusivement géographiques relève d'une attitude géopolitique : il s'agit de déconstruire le *pays* de l'Ancien Régime, ce terroir qui évoquait des identités locales fortes et enracinées pouvant servir de futurs leviers séparatistes ou sécessionnistes. Ainsi édulcorera-t-on l'épaisseur culturelle, politique et linguistique des aires basques, bretonnes ou encore alsaciennes en ne mentionnant que les massifs montagneux, les cours d'eau ou les côtes. Dans un registre différent, on notera que les Serbes considèrent le Kosovo comme le berceau de leur patrie, notamment parce que s'y déroula la bataille dite du Champ des merles, menée (et perdue) en juin 1389 face aux forces turques[1]. Les aspects démographiques – objectifs – ne pèsent guère dans ce type de représentations ; le Kosovo de 2011 est peuplé à 90 % de non-Serbes – en l'occurrence des albanophones musulmans (les Serbes étant orthodoxes) représentés comme plus ou moins allogènes. Autre exemple : bien que la guerre des Malouines de 1982 n'ait pas connu de réplique, et que Londres et Buenos Aires aient rétabli leurs relations

1. Sondages, articles de presse, discours gouvernementaux et manifestations de rues démontrèrent amplement la persistance de cette représentation, ainsi qu'un vote bien plus récent et effectué longtemps après la chute du pouvoir nationaliste du président Milošević ; en octobre 2006, les Serbes adoptèrent en effet une nouvelle constitution dont l'un des points d'orgue était le rappel de l'appartenance historique de la « province » du Kosovo à la Serbie…

diplomatiques, les discours officiels, expressions populaires, médias, cartes météo ou livres scolaires d'histoire-géographie évoquent quant à eux unanimement l'appartenance des *Malvinas* au pays… Si nul ne conserve un bon souvenir du dictateur Videla, qui a déclenché la guerre, chacun ou presque affirme la justesse de sa revendication territoriale. On pourrait additionner à l'envi les exemples de lieux et d'espaces dont la dénomination par des puissances sert à légitimer leurs revendications de souveraineté.

On se représente aussi les hommes. Car, outre les perceptions spatiales, il convient d'observer les représentations de sa propre identité, ou de celle d'adversaires intérieurs ou extérieurs. Tantôt elles relèvent d'une dimension victimaire (complexe israélien d'Auschwitz) ou complotiste (thème des croisades dans les sociétés arabes moyen-orientales) poussée à l'extrême, tantôt elles expriment la notion de bastion ou d'îlot face à/dans un monde hostile et majoritaire. En Chine, l'immense majorité des Han se perçoivent comme vivant dans un pays qui a naguère été humilié par les Occidentaux (Traités inégaux) et par les Japonais, du fait de ses rivalités internes, et ayant vocation historique, naturelle, à *redevenir* cette grande puissance d'autrefois. Rien n'est moins anodin que les représentations croisées et souvent mimétiques des Juifs israéliens et des Arabes palestiniens : les premiers se représentent les seconds comme des Arabes avant tout – lesquels pourraient donc parfaitement vivre ailleurs qu'en Palestine, sur ces millions de km² du monde arabe –, les seconds se représentent les Juifs comme des membres d'une *religion* et non d'un *peuple* –, ce qui implique une ségrégation religieuse et une illégitimité ontologique de l'État d'Israël. Bien en amont de tout autre contentieux frontalier, hydrique ou diplomatique, ce fossé abyssal de perception identitaire de l'Autre grève pour l'heure toute chance de paix durable dans la région. Qu'importe l'objectivité pour les porteurs de représentations identitaires en temps de conflit. Leurs conceptions relèvent intrinsèquement de la subjectivité et puisent à la source de la foi, de l'affect, de l'éducation, du romantisme parfois. Pour l'observateur, l'important est qu'elles fassent sens.

Mode de réduction scientifique de la géopolitique, ou l'accusation de déterminisme

Au sein de l'Université, la démarche géopolitique fait régulièrement l'objet d'une redoutable accusation ; elle se fonderait sur un déterminisme de mauvais aloi, et participerait de généralités invérifiables. Or une représentation géopolitique ne se détecte pas à la lumière d'une enquête d'opinion sur un état de fait donné ou un événement ponctuel. Une observation sérieuse des représentations exige deux conditions : elle doit porter sur des « temps longs », et sur des thématiques *identitaires*. Qu'un sondage indique qu'en France 67 % des personnes interrogées considèrent que telle marque d'automobiles est plus fiable que sa concurrente ne traduit pas l'existence d'une représentation géopolitique. Le problème ne réside pas seulement dans le caractère hautement anecdotique de la question ; il ne s'agit pas là de perception de type identitaire. Dans une démarche géopolitique, la représentation porte nécessairement sur des éléments *politiques* faisant sens pour une collectivité, au point parfois d'impliquer des sacrifices considérables en vue de la paix ou de la guerre. Plusieurs outils très précis constituent autant de critères pour jauger l'existence d'authentiques représentations géopolitiques : manifestations récurrentes et séculaires d'attachement à un territoire et/ou d'hostilité vis-à-vis d'une population donnée (y compris dans les comptines pour enfants, la littérature, les chansons populaires) ; leçons des livres d'histoire-géographie ou d'instruction civique ; slogans ou discours officiels répétés ; symbolique des emblèmes nationaux (tribaux, religieux…) ; rejet de l'exogamie avec certains groupes humains ; etc. À la condition de puiser dans ces éléments de vie politique collective avec rigueur et de préférence en connaissant les langues des populations étudiées, le géopolitologue rigoureux refuse d'entrer au « café du commerce » évoqué avec mépris par certains de ses contempteurs. Il évite aussi la logique déterministe, puisque les mentalités évoluent bien entendu au fil du temps, notamment en fonction des contextes sociopolitiques et des rapports de force. Il demeure que certaines représentations transcendent des évolutions pourtant profondes et y survivent, comme pour les clivages culturels et religieux au Moyen-Orient, ou pour la tribu ancestrale d'Afrique noire qui prime sur l'idée – récente, importée et imposée – de *nation*.

En définitive, la pensée géopolitique contemporaine ouvre des perspectives très novatrices par rapport aux esquisses de naguère, offre un véritable outillage conceptuel pour penser les conflits, et un cadre d'analyse empruntant bien entendu à la géographie mais aussi à l'histoire et à l'économie ou à l'art militaire. Selon son principal théoricien lui-même, elle n'est pas une science. De fait, elle n'incarne pas davantage une discipline à part entière ; nous considérons pourtant qu'en tant que *raisonnement intellectuel*, la géopolitique est susceptible non seulement d'enrichir l'étude des relations internationales, mais peut-être également, au-delà, d'accompagner en temps de crise les diplomates et responsables politiques dans leurs *prises de décision*, et les simples citoyens dans leurs *prises de position*.

2
La frontière

> « Une frontière ne s'impose pas pour des raisons intrinsèques ; la nature ne trace pas des bornes toutes faites à l'activité d'un groupe d'hommes, pas plus que l'effort humain ne fixe à l'avance sur la carte une limite à son activité. Il n'y a pas de "bonne" ou de "mauvaise" frontière en soi : le qualificatif dépend des conjonctures. »
>
> Jacques Ancel

Mauvaise réputation

Dans les sociétés ouest-européennes, la frontière étatique a fort mauvaise réputation. On la considère comme « faite du sang des hommes », on lui reproche d'« entraver la paix » ou d'incarner des « barrières artificielles entre les peuples ». Toujours plus ou moins fruit de l'égoïsme, l'haïssable limite « exclut », « rejette », « divise ». Les frontières doivent « finir par tomber » (comme les murs qui en tiennent parfois lieu) pour permettre toujours plus d'« unité entre les peuples ». Sans doute deux causes principales contribuent-elles à expliquer cet anathème.

En premier lieu, les livres d'histoire, discours officiels, musées, archives sonores et visuelles ainsi que récits de vétérans fourmillent, en Europe, de mots et d'images terrifiants des Première et Seconde Guerres mondiales. N'était-ce pas pour une frontière imposée par Berlin en Lorraine que la rivalité franco-allemande dégénéra en guerre ouverte ? Pour une question de frontière germano-polonaise autour de Dantzig que se déclencha la seconde ? Et, si ce ne fut pas le cas, combien d'autres conflits ont-ils éclaté – avant, depuis et ailleurs – du fait de querelles frontalières entre États ? Certes, la réalité historique reste infiniment plus complexe, mais tout le monde n'exerce pas le métier d'historien et une mémoire traumatique collective s'inscrit nécessairement dans une dimension subjective, voire passionnelle. Or il s'agit d'un prisme déformant ; celui de bienheureux ouest-européens ne connaissant plus de conflits depuis 1945, ni même de simples litiges frontaliers, et n'ayant à leurs… frontières édulcorées que des amis et même – au sein de l'UE et de l'Organisation du traité de l'Atlantique Nord (OTAN) – des alliés [1]. Cette réalité ne prévaut pas dans le reste du monde, loin s'en faut.

En second lieu, si la frontière a si mauvaise réputation, c'est probablement parce qu'on l'amalgame au *front*. La représentation classique d'une frontière inclut en effet souvent des obstacles au sol, une surveillance armée, une entrave à la circulation des hommes. Or rien n'implique dans l'absolu qu'une frontière soit nécessairement fermée et truffée de chicanes, de bastions et de barbelés. De l'Europe aux Amériques en passant par la plupart des zones d'Afrique et d'Asie, les frontières terrestres séparent des États en situation de non-belligérance ou de paix authentique. Dans ces cas – à l'aéroport comme au poste-frontière des confins – les contrôles ne visent que les contrevenants aux lois en vigueur, immigrants clandestins, trafiquants, contrebandiers ou autres délinquants et criminels recherchés. Mais en dépit de ce contrôle civil classique exercé par les États, la frontière normative demeure ouverte et ne s'apparente guère à une ligne de front.

1. L'ultime dictature en place en Europe occidentale fut l'Espagne de Francisco Franco, jusqu'à la mort du Caudillo en 1975.

Sur la planète, toutes les populations n'entretiennent pas cette détestation pour la frontière. Si, dans un environnement serein et pacifié, on se représente cette limite imposée et parfois archaïque comme gênant inutilement les flux, ailleurs, dans des contextes de tensions et de revendications identitaires, elle s'impose naturellement pour les citoyens. Puissamment défendue, elle protège de l'ennemi réel ou supposé. Rendue visible et palpable par des fortifications ou des mémoriaux, et dans tous les cas sur les cartes par des inscriptions et des emblèmes, elle flatte le sentiment national et symbolise l'attachement à la patrie. La frontière ne signifie pas seulement pour le citoyen qui vit à l'intérieur *à partir de*, mais aussi *jusqu'à*. Au-delà, il n'est plus dans son pays, mais en deçà il y exerce (théoriquement) sa pleine souveraineté, là où ses lois (fussent-elles scélérates), sa langue (pas forcément vernaculaire), ses dirigeants (même despotiques), et ses *habitus* prévalent. Souvent héritées – notamment en Afrique et au Moyen-Orient – de l'Empire turc ottoman ou de ceux coloniaux européens des XIXe et XXe siècles, certaines frontières paraissent aberrantes par leur tracé tant elles défient les réalités ethnoculturelles et géographiques ; Bédouins (donc nomades) confinés dans les péninsules Arabique ou Sinaïtique, tribus arbitrairement séparées en Afrique noire et en Asie centrale, village disjoint ici et là, etc. Néanmoins, même celles-là finissent par créer du sens, un attachement particulier, et rarissimes sont les frontières spontanément tombées ces dernières décennies au sein d'une même entité historique et culturelle ; les cas yéménite (1992-1993), après une guerre fratricide tout de même, et allemand (1989-1990), font à cet égard figure d'exceptions.

Aspects et nature de la frontière

Selon le géographe Michel Foucher, « les frontières sont des structures spatiales élémentaires, de forme linéaire, à fonction de discontinuité géopolitique et de marquage, de repère, sur les trois registres du réel, du symbolique et de l'imaginaire[1] ».

Frontières étatiques terrestres ; matérialisation et statuts géopolitiques

Les frontières interétatiques terrestres peuvent prendre des formes extrêmement diverses. Certaines ne se matérialisent même pas tant les espaces qu'elles parcourent sont excessivement arides (Sahara) et donc inhabités, épousant alors soit les lignes imaginaires divisant le globe terrestre en méridiens et parallèles, soit les « lignes » coloniales de jadis. D'autres correspondent à des éléments naturels clivant nettement l'espace géographique, tels les crêtes (France/Espagne, Chili/Argentine, Russie/États Transcaucasiens, etc.), et les cours d'eau (Amour, Araxe, Congo, Danube, Euphrate, Jourdain, Rhin, etc.). Mais, dans leur majorité, les États ont pour frontières des lignes matérialisées ignorant partiellement ou complètement la composante géographique des lieux, et héritées des rapports de force qui avaient prévalu, dans un passé lointain ou récent, durant la dernière confrontation diplomatique ou militaire, voire lors de l'accession à l'indépendance. Pour le reste, le degré de contrôle et de renforcement des frontières tient à la fois aux moyens dont

1. *Fronts et frontières. Un tour du monde géopolitique*, Paris, Fayard, 1991, p. 38.

disposent les États riverains (des jumelles aux satellites, du vieux fil de fer barbelé aux dispositifs thermiques et électroniques), et à la nature de leurs relations. Depuis plusieurs décennies, les armées indienne et pakistanaise se font face en leurs confins du Cachemire, à des altitudes dépassant ici et là 4000 mètres. Officiellement, les deux États ne sont plus en guerre (après les conflits de 1965 et 1971), bien que l'aspect de cette frontière surarmée évoquât parfois un véritable front. Parmi les formes prises par les frontières marquées au sol, celle qu'incarne la paroi murale demeure la plus spectaculaire et la plus controversée. Le recours aux murs s'opère dans des environnements urbains lorsque quelques dizaines ou centaines de mètres seulement séparent les bâtiments des camps rivaux – il s'agit alors d'échapper à des tirs tendus potentiellement mortels (séparation Israël/Jordanie entre 1949 et 1967, puis Israël/Cisjordanie depuis 2003) – ou quand la détermination des migrants clandestins est si forte que des grillages ne suffisent plus (Berlin 1961-1989). D'autres murs encore procèdent surtout du symbolique ; ainsi de celui qui sépara le sud grec et le nord turc de Chypre à partir de 1974, un muret qui n'aurait pu entraver sérieusement des vagues de migrants (et moins encore des soldats) si la volonté avait existé d'un côté ou de l'autre ; or la division s'était préalablement effectuée – avec échange de populations – sur un mode ethno-religieux.

Frontières aériennes et maritimes

La souveraineté d'un État ne se borne pas – au sens propre parfois – aux espaces terrestres, et lorsque l'on évoque les frontières, on omet souvent celles qui existent sur les eaux et dans les airs. Or si l'homme ne vit pour l'heure en communauté que sur la terre ferme, il se déplace et déplace ses marchandises par voies aérienne, maritime et fluviale. Les frontières politiques, rarement matérialisables dans ces espaces, y revêtent néanmoins une grande importance.

Le plus facile d'abord: l'espace aérien d'un État correspond à l'espace situé à la verticale de son territoire. Par exemple, il épouse pour la France les frontières au sol du pays. Certes, chaque espace aérien au monde ou presque s'ouvre au trafic civil tant celui-ci a explosé ces dernières décennies; rien que pour un pays de taille moyenne comme la France, des dizaines de lignes régulières aériennes étrangères empruntent l'espace national, des centaines d'avions y transitent quotidiennement. Comme dans le cas des frontières terrestres, la chose ne pose guère de problème en temps de paix, mais lorsque interviennent des tensions ou des conflits, elle prend un sens nouveau. En avril 1986, François Mitterrand interdisait aux bombardiers britanniques et américains d'emprunter l'espace aérien français pour frapper des cibles situées en Libye; les aéronefs de ces deux États alliés durent contourner l'Hexagone par l'Atlantique à partir de l'Angleterre. Deux ans auparavant, la chasse soviétique avait abattu un Boeing sud-coréen espion dans l'espace aérien souverain de l'URSS. Depuis le 11-Septembre, l'US Air Force a pour consigne d'escorter et éventuellement d'abattre tout avion de ligne survolant le territoire américain qui s'éloignerait du couloir aérien attribué. Dans quelques cas, une imbrication frontalière au sol entre États de petite taille disposant d'escadrilles de combat multiplie le risque de violations des espaces souverains suivies de ripostes, comme dans la zone réduite Israël/Liban/Syrie dans les années 1960-1980. Au fond, dans les airs comme sur terre, la souveraineté a ses lois d'airain, auxquelles échappe pourtant ce que charrient les vents. Ainsi les émanations toxiques ne s'arrêtent-elles pas aux frontières; le fameux nuage de Tchernobyl en avril-mai 1986 – dont l'Élysée avait prétendu qu'il s'était arrêté au Rhin! – a survolé la quasi-totalité de l'Europe du

Nord et de l'Ouest. Depuis, des pays voisins de ce type de centrales craignent pour leur propre sort. C'est le cas pour les Autrichiens situés à proximité de la centrale nucléaire de Temelin, en Bohême (République tchèque), qui date de l'ère soviétique... En Arménie, suite au tremblement de terre de Gyumri (1988), le gouvernement dut longtemps cesser les activités de la centrale nucléaire de Metzamor sise sur une faille sismique du nord du pays sous la pression des voisins turcs, iraniens et même russes, effrayés par le précédent ukrainien de Tchernobyl. Erevan y perdit beaucoup, cette centrale procurant à l'époque à l'Arménie l'une de ses rares sources de revenus.

Ensuite, tout aussi jalousement gardées que les autres, les frontières maritimes répondent à une délimitation très codifiée. À partir de ses côtes, un État dispose d'une ZEE (zone économique exclusive) de deux cents milles nautiques (ou marins), soit plus de 370 km, même inhabitée et située excessivement loin de la métropole. Ces zones offrent à des puissances de superficie terrestre relativement modeste comme la France et la Grande-Bretagne des aires de souveraineté tout à fait considérables sur tous les océans, grâce à leurs confettis d'empire : en Polynésie, en Mélanésie, dans les Caraïbes, dans l'Atlantique Sud et dans l'océan Indien, les deux principales anciennes puissances coloniales totalisent ensemble le premier domaine de souveraineté maritime au monde en superficie, devant les États-Unis[1]. Nulle autre puissance, même celles émergentes de premier plan comme la Chine, l'Inde et le Brésil, ne dispose de cet atout. En outre, la convention de Montego Bay de 1982, en fixant et en élargissant la souveraineté étatique sur les zones maritimes (plus du tiers de la surface des océans), a aiguisé l'appétit de puissances ne disposant pas de fenêtres maritimes, ou d'accès

1. Ainsi le minuscule îlot désolé de Clipperton, dans le Pacifique (1 km^2), offre-t-il à la France un espace maritime considérable !

très réduits, comme l'Irak ou le Congo-Kinshasa, avides de débouchés pour leurs produits[1].

Mais si les immensités océaniques de l'Atlantique, du Pacifique, de l'Arctique et de l'océan Indien prodiguent de vastes espaces en eaux profondes, voire en haute mer, il n'en va pas de même dans les mers de superficie plus modeste où les eaux territoriales des États riverains sont contiguës. En cas d'enchevêtrement de souverainetés dû à l'exiguïté d'un espace maritime donné, la ZEE ne prévaut plus totalement ; on négocie alors mais les frictions frontalières apparaissent généralement assez vite et parfois dégénèrent (îles Hanich entre le Yémen et l'Érythrée, îles Abu Musa et Tumb entre les Émirats arabes unis et l'Iran, île bangladaise de Saint-Martin face à la Birmanie, etc.). Et quand les étendues maritimes ou les plans d'eau douce (lac ou mer fermée) bordent et séparent plusieurs États en mauvais termes, recélant de surcroît des hydrocarbures ou permettant leur transit, on atteint des degrés de tension extrêmes (mer Caspienne, golfe Arabo-Persique, mer Noire, mer Rouge). Là, les phénomènes liés aux changements climatiques et en particulier au réchauffement de la planète s'invitent dans le grand jeu géopolitique. En Arctique, avec la fonte accélérée des glaces permanentes, s'ouvre en effet la perspective d'une nouvelle route commerciale et énergétique extrêmement prometteuse ; dans cette optique, Américains (Alaska), Canadiens, Danois (Groenland), Norvégiens et Russes rivalisent d'arguments pour y établir leurs zones d'influence, voire de souveraineté respectives. De la glace appartenait à ces États ; quand elle aura fondu, il restera le plateau continental sous-marin. Les

1. Lorsque un fleuve constitue une frontière et en même temps un axe de transit, comme c'est le cas pour l'Euphrate et son débouché, le Shatt el Arab, les États riverains doivent impérativement s'entendre. Entre Bagdad et Téhéran, ce ne fut pas toujours le cas ! (Accords d'Alger de 1975.)

Russes ont déjà fixé un drapeau sous le manteau glacé de certaines zones…

Frontières de force ou de droit, les anciennes limites coloniales

En dehors de l'aspect physique des frontières, leur statut géopolitique varie considérablement selon les lieux et les tracés, que l'on pourrait répartir en deux grandes catégories. On distingue d'une part les *frontières de force*, des lignes de cessez-le-feu qui ne sont reconnues ni par le droit international ni par l'un au moins des (ex-)belligérants, insatisfait du tracé provisoire né d'un rapport de force brut et défavorable. Ce qui ne signifie pas qu'il s'agit d'un front ouvert, ni que ce *statu quo* ne perdurera pas des décennies durant sans confrontation. On trouve d'autre part les *frontières de droit*, nettement majoritaires sur la planète en 2011, que reconnaissent l'ONU et les États limitrophes. Ce qui n'implique pas que cette frontière ne fera jamais l'objet soit de réajustements négociés, soit de remises en cause par la force. La Transcaucasie (ou Sud-Caucase) offre de bons exemples de frontières de force en l'occurrence apparues dans un mouvement scissipare lié à l'effondrement de l'autoritaire empire soviétique. Là, l'effet des découpages machiavéliques de Staline (1936) s'est douloureusement fait sentir lors de l'explosion de l'URSS en 1991. Car lorsque les républiques arménienne, géorgienne et azerbaïdjanaise proclamèrent tour à tour leur indépendance respective la même année, elles revendiquèrent chacune l'intégralité des régions administratives situées dans leurs anciennes limites, y compris celles peuplées d'« allogènes ». Ainsi du Nagorny Karabakh, région majoritairement arménienne située en république d'Azerbaïdjan, ou du Nakhitchevan turcophone et azéri lui aussi statutairement azerbaïdjanais. Ces mouvements revendicatifs antagonistes provoquèrent entre Erevan et Bakou un véritable conflit armé remporté par l'Arménie au terme duquel s'établirent en 1994 des lignes de cessez-le-feu. Non reconnues par l'ONU et dénoncées par l'Azerbaïdjan, elles sont suffisamment respectées depuis (en dépit d'accrochages sporadiques et parfois meurtriers) pour qu'on ne les qualifie pas ici de fronts mais bien de frontières de force. *Idem* pour les régions autonomes d'Abkhazie et d'Ossétie du Sud, situées dans l'ancienne république soviétique de Géorgie et que seule la Russie reconnaît (tandem Poutine/Medvedev), arme et finance, comme moyen de pression sur Tbilissi. Dans une autre région « chaude », le Proche-Orient, on ne mentionnera que la ligne Violette établie sur le plateau du Golan en 1967, née des cessez-le-feu du 10 juin 1967 puis de l'accord de désengagement israélo-syrien du 31 mai 1974, suite aux guerres des Six-Jours (1967) et du Kippour (1973). Israël reconnaît cette frontière qui circonscrit une zone qu'elle a annexée (1981). Mais pas la Syrie ni l'ONU. Régulièrement, Damas, soutenue par plusieurs membres de la Ligue arabe, menace de tenter de récupérer par la force le Golan perdu.

Pour ce qui relève des frontières de droit, l'Europe contemporaine fournit un excellent paradigme. Comme pour la plupart de celles établies à travers le monde depuis la haute Antiquité, les limites étatiques distinguant les pays de l'UE, elles aussi, résultent de rapports de force diplomatiques ou militaires. Mais plus d'un demi-siècle après le traité de Rome, absolument toutes sont aujourd'hui des frontières de droit reconnues formellement non seulement par les États limitrophes mais aussi par les autres membres de l'UE et, naturellement, par l'ONU. Même la ligne Oder-Neisse séparant l'Allemagne de la Pologne, imposée par les Alliés (sous l'impulsion principale de Staline) après l'écrasement de l'Allemagne nazie en 1945, ne fut jamais contestée par Bonn puis Berlin en dépit de la perte définitive de la Poméranie et de la Prusse-Orientale qu'elle impliquait. Seuls des groupes ultranationalistes marginaux en exigent de temps à autre la renégociation. Hors d'Europe, prenons l'exemple de la frontière américano-mexicaine, partiellement établie sur le Río Bravo au XIXe siècle suite à des annexions territoriales de Washington au détriment de Mexico (1836-1848). Depuis le traité de Guadalupe Hidalgo (1848), cette frontière apparaît bien comme une frontière de droit, officiellement reconnue par le Mexique en dépit de rancœurs fréquemment exprimées. Cela dit, en Europe comme en Amérique du Nord ou dans d'autres zones pacifiées dans le monde, rien n'est définitivement acquis et des revendications liées à des rectifications de frontières pourraient théoriquement resurgir dans un avenir plus ou moins lointain.

Certaines frontières reconnues par l'ONU et validées par des pouvoirs nationaux sont parfois remises en question par un gouvernement ou un régime autoritaire au motif du caractère colonial de ces tracés, y compris après des décennies de reconnaissance internationale. Ce refus d'admettre le produit de la volonté d'anciennes puissances extérieures (européennes, russe ou ottomane surtout) s'exerce d'autant plus volontiers lorsqu'on découvre des ressources commercialisables dans les sous-sols. Les litiges frontaliers entre États de la péninsule Arabique (Arabie saoudite, Émirats arabes unis, Yémen) autour de champs pétrolifères illustrent parfaitement cette réalité. Ailleurs, jusqu'en 2008, Damas avait toujours contesté la cession par la puissance mandataire française du Sandjak d'Alexandrette (Iskenderun) à la Turquie, en 1939, considérant son espace territorial comme indûment amputé. En Syrie, les cartes des livres scolaires comme celles des diplomates faisaient encore très récemment apparaître cet état de fait. Néanmoins, jamais Damas ne tenta – rapport de force oblige (la Turquie a intégré l'OTAN dès 1949 !) – de reprendre possession par les armes du Sandjak. Sur le continent africain, où les cas litigieux liés à la colonisation sont légion, évoquons seulement la Libye qui n'a jamais reconnu sa frontière méridionale, face à la bande désertique d'Aozou, zone tchadienne depuis l'indépendance de 1960 mais auparavant convoitée par la dynastie libyenne des Senousis. En Amérique latine, un phénomène équivalent avait pris dès le début du XIXe siècle des proportions sans précédent. Après l'effondrement de l'empire espagnol dans le cône sud-américain sous l'impulsion indépendantiste bolivarienne (1817-1830), les frontières s'instaurèrent difficilement selon un schéma issu des vice-royautés. Puis de cruels conflits entre les États hispanophones de l'empire défunt ensanglantèrent tout le XIXe siècle, chacun d'eux se revendiquant de l'héritage bolivarien – moins pour des motifs culturels ou religieux (sauf le Brésil lusophone, il s'agit alors d'un monde hispanophone et catholique, avec une présence amérindienne plus ou moins forte mais maintenue à l'écart du pouvoir) qu'économiques et stratégiques ; conquête des sources de l'Amazone (Brésil), quête de l'ouverture océanique (Bolivie vers le Pacifique et Paraguay vers l'Atlantique), attrait des zones pétrolifères (Venezuela/Colombie à Maracaïbo), etc. Mais, depuis le commencement du XXe siècle, même si des frustrations territoriales s'expriment occasionnellement (Bolivie/Chili, Équateur/Pérou), les frontières sud-américaines restent essentiellement des frontières de droit.

Frontières immatérielles et intra-étatiques : dans les cœurs, les esprits ou les portefeuilles

Formellement, juridiquement aussi, la frontière est interétatique. Mais, sur le terrain, elle peut s'avérer très présente à une autre échelle, au sein même d'un État, d'une région, d'un comté, d'un district, d'un quartier. On trouve des frontières psychologiques plus rigides que des limites de souveraineté, qui clivent des populations infiniment plus que des territoires. Un traumatisme lié à un massacre et, à plus forte raison, à un génocide, forge parfois une frontière invisible entre populations extrêmement proches habitant un même pays. Comment qualifier autrement que de « psychologique » cette authentique frontière qui ne se traduit ni matériellement, ni idéologiquement, ni géographiquement, ni socialement, ni même culturellement entre Tutsi et Hutu du Rwanda ? Les anciens clivages socioprofessionnels – éleveurs / agriculteurs – ont quasiment disparu et, contrairement à l'idée reçue, les différences ethniques sont faibles et une totale communauté de langue, d'espace de vie et de religion prévaut dans la région. Pourtant, depuis le génocide de 1994 perpétré par les Hutu sur les Tutsi, la méfiance et le mépris règnent en dépit de la politique officielle et contraignante de réconciliation imposée par le pouvoir en place à Kigali. La frontière est là qui s'illustre par un rejet sans précédent de l'exogamie (surtout chez les jeunes femmes tutsi), une sourde hostilité faite de non-dits, et des procès publics (*Gaçaça*) pour juger des crimes du génocide. Comme dans toute frontière, celle-ci a aussi ses ouvertures, avec notamment des activités professionnelles souvent communes ; mais elles concernent surtout les jeunes gens de la capitale, infiniment moins la masse des agriculteurs des collines.

Lorsque bourreaux et rescapés ont trépassé depuis longtemps, et que l'État a repris à son compte le douloureux héritage mémoriel, la frontière psychologique peut se doubler d'une véritable frontière politique. Exemple : celle séparant la république d'Arménie contemporaine de sa voisine turque ; elle apparaît injuste et artificielle aux citoyens de la première – leur État ne la reconnaît d'ailleurs pas – car avant le génocide de 1915, la grande majorité des Arméniens vivaient en Anatolie orientale, précisément dans l'actuelle Turquie, comme sujets de la Sublime Porte. Après l'anéantissement de plus d'un million d'entre eux par le gouvernement Jeune-Turc, la portion caucasienne congrue de la « territorialité » arménienne – soit, schématiquement, l'actuelle Arménie indépendante ex-soviétique – se proclama souveraine (1918) et le resterait jusqu'à son annexion par les Soviets quelques années plus tard. La frontière turco-arménienne, face au mont sacré Ararat, traduit donc non seulement un accord turco-soviétique (1919) qui se fit sans l'assentiment d'un État arménien indépendant, mais aussi et surtout entretient la mémoire d'un monde englouti au-delà, mémoire d'autant plus vivace qu'Ankara nie avec une constante énergie la réalité du caractère génocidaire des massacres de 1915.

Il n'existe pas de frontière étatique ni même seulement administrative entre Juifs et Arabes de Galilée. Tous sont citoyens israéliens et l'ONU reconnaît la région comme faisant partie intégrante de l'État d'Israël. Mais pour beaucoup de Juifs traversant des zones peuplées d'Arabes pour rejoindre Tibériade depuis Tel-Aviv, par exemple, court une sorte de frontière au sortir ou à l'entrée des bourgs. Il en va de même pour des citoyens arabes qui se représentent vivre dans une Palestine devant recouvrer ses limites ottomanes, où les Juifs constituaient un groupe minoritaire et non dominant. Dans le Liban confessionnalisé, où chaque communauté cultuelle ou religieuse dispose d'un statut constitutionnel reconnu par l'État, on sait très précisément où l'on entre dans le quartier maronite, où l'on sort de la zone druze, chiite ou sunnite. Il subsiste bien ici et là des villages et des aires d'habitat mixte, mais la frontière ne disparaît jamais tout à fait. En période de tension ou de guerre civile, cette frontière réapparaît parfois, pour ou autour de laquelle on tue avec cruauté (cf. Beyrouth dès 1975, le Chouf 1983). Dans l'Europe balkanique, en Hongrie et en Roumanie notamment, les Rom – hâtivement appelés par facilité Gitans ou Tziganes – bénéficient formellement de la citoyenneté du pays où ils résident, mais pâtissent d'une exécrable réputation. De fait, les non-Rom vivent peu aux alentours des quartiers ou des villages rom, et contractent plus rarement encore des mariages exogames au sein de cette population. En Inde, même si

Gandhi l'abolit lors de l'indépendance de 1947, le système des castes demeure profondément ancré dans les esprits et les brahmanes ne fréquentent guère les intouchables sauf sur certains lieux de travail, bien que partageant avec eux un même passeport.

Parfois plusieurs frontières se superposent, l'étatique, la sociale, la culturelle et la mémorielle, comme en Méditerranée. Dans le cas du militant du Hamas vivant dans un camp de réfugiés de Gaza, la limite du camp (par rapport aux citadins d'origine), puis celle de la bande (face à Israël et à l'Égypte limitrophes), de l'ancienne Palestine ottomane ou mandataire (sans Israël donc), celle du monde arabe (de l'Atlantique à l'Euphrate), celle enfin de l'Oumma islamique dans son intégralité, constituent autant de représentations tant spatiales qu'identitaires. L'Accord de libre-échange nord-américain (ALENA) et les accords de défense existant entre les États-Unis et le Mexique n'empêchent pas les Mexicains pauvres du nord du pays de se représenter la frontière non seulement comme étatique mais aussi socio-économique bien plus que culturelle ; de l'autre côté, du moins en Californie, ne parle-t-on pas déjà majoritairement espagnol ? Et ce qui vaut sur de grands espaces vaut aussi sur de petits. Dans des mégapoles de pays pauvres ou émergents où la différence de niveau de vie est abyssale – comme en Amérique latine ou en Afrique noire (Brésil, Afrique du Sud, Nigeria) – la limitation plus ou moins administrative de chaque quartier constitue une sorte de frontière qu'on ne franchit qu'exceptionnellement. Et si le cas se présentait, les déshérités buteraient contre la protection publique ou privée quasi militaire des zones d'habitat nanti, les riches ignorant (et craignant souvent) les zones défavorisées ou les bidonvilles situés hors de leurs sphères sociales et économiques.

LE « DÉSIR DE TERRITOIRE » (FRANÇOIS THUAL)

En 1945, on dénombrait cinquante-trois États indépendants, contre cent quatre-vingt-treize en 2011 ! Après la chute du mur de Berlin s'établirent environ 27 000 km de frontières supplémentaires. Si l'on y ajoute les membres admis comme simples observateurs à l'ONU – en devenir (Palestine) ou destinés à demeurer observateurs (Saint-Siège) – et les États autoproclamés mais non reconnus par l'ONU (Abkhazie, Nagorny-Karabakh, Ossétie du Sud, République saharaouie, Somaliland, Taïwan, Transnistrie, etc.), on dépasse les deux cents. Il s'agit du plus long et du plus profond processus d'établissement de frontières de type étatique jamais enregistré à ce jour. On peut dater son commencement du début du XIXe siècle. La perte par l'Espagne, affaiblie après l'expédition napoléonienne de 1808-1812, de son empire sud-américain, avait déjà mené à la création d'une dizaine de nouveaux États souverains, certains d'entre eux (Pérou) se subdivisant même par la suite[1]. Puis le reflux progressif et finalement l'effondrement de l'Empire turc ottoman, provoqué respectivement par un puissant processus centrifuge de petites nations (fin XIXe et début XXe siècle, balkaniques et arabes surtout) et par la défaite de ses troupes et de ses alliés de l'Axe durant la Première Guerre mondiale, donnera lieu à la création d'une douzaine d'États, d'abord dans les Balkans et le Caucase, puis dans le Maghreb et le Machrek (est du Nil). Concomitamment à la chute de son alliée ottomane, l'Empire d'Autriche-Hongrie disparaît en 1918 au profit, là encore, de plusieurs États en

1. En 1898, l'Espagne perdra ses ultimes possessions dans le Pacifique et sur le continent américain, les Philippines et Cuba, au profit des États-Unis.

Europe centrale et balkanique. La fin des empires coloniaux ouest-européens – surtout britannique et français – au cours des décennies 1940-1960, provoquerait pour sa part l'accession à l'indépendance de trois dizaines de nouveaux États, essentiellement en Afrique. Certes, au cours de cette période relativement courte à l'échelle de l'histoire, il exista aussi un phénomène centripète lié aux nationalismes européens ; ainsi en 1871, le IIe Reich allemand unifiait une myriade de principautés naguère intégrées à feu le Saint Empire romain germanique pour certaines, ou simplement de langue allemande et situées à proximité de la Prusse pour d'autres ; plus au sud, Garibaldi faisait l'unité italienne (1870) dans la « botte » avec plusieurs principautés ou crypto-États de nature fort diverse. Mais dans l'ensemble, le premier mouvement historique l'emportait d'autant plus largement qu'il deviendrait rapidement scissipare ; au sein de ces nouvelles entités étatiques représentées à l'ONU, des mouvements indépendantistes allaient revendiquer – et souvent obtenir – la sécession (par exemple : Pakistan/Bangladesh). En cas de succès, l'État indépendant pouvait s'affaiblir de cette perte, en cas d'échec un abcès de fixation apparaissait, le contraignant à une guerre l'affaiblissant parfois plus encore. Au total, sur le siècle et demi s'étendant de 1830 à 1980, près d'une centaine de nouveaux États avaient ainsi vu le jour[1].

Dans les années 1980, nombre d'observateurs considérèrent que ce mouvement caractérisé par la multiplication des frontières étatiques allait s'interrompre et s'inverser. D'abord, à quelques exceptions près en effet, les anciennes puissances coloniales ne détenaient plus outre-mer de territoires non souverains agités de secousses indépendantistes. Ensuite, l'Union soviétique semblait (à presque tous) pérenne.

1. Ce dénombrement ne tient toutefois pas compte des royaumes africains, mélanésiens et polynésiens disparus du fait des conquêtes coloniales.

Enfin et surtout, la réussite de la CEE paraissait pouvoir constituer un modèle d'unification en plusieurs étapes dont l'ultime serait politique. Or il se produisit l'inverse. Non seulement la totalité des anciennes républiques soviétiques proclamèrent leur indépendance respective dès la chute de l'URSS en 1990-1991 – même si certaines demeureraient étroitement liées à la Russie dans le cadre de la Communauté des États indépendants (CEI) – mais encore la CEE, devenue entre-temps Union européenne, marqua sévèrement le pas en termes de perspectives d'intégration politique, avec successivement les querelles autour de la guerre en Irak de 2002-2003, les « non » français et néerlandais au Traité constitutionnel en 2005, le « non » irlandais au Traité simplifié en 2008. Quant aux autres « OPNI », ces objets politiques non identifiés de type ALENA, Union du Maghreb arabe (UMA) ou encore Organisation de coopération de Shanghai (dit Groupe de Shanghai), leur vocation se cantonnait manifestement au commercial et à l'économique et n'englobait sûrement pas l'intégration politique. En outre, le mouvement scissipare se poursuivit à la fois dans les Balkans (Croatie et Slovénie, Monténégro, Macédoine, Kosovo par rapport à la Serbie), au Caucase (Abkhazie, Adjarie provisoirement, et Ossétie du Sud par rapport à la Géorgie) et dans la Corne de l'Afrique (Éthiopie/Érythrée). À cet égard, force est de reconnaître que même un État en paix et très relativement aisé par rapport à son environnement proche comme la Tchécoslovaquie, apparu voilà plus de six décennies et d'ores et déjà assuré alors d'intégrer à court terme la zone pacifiée et prospère qu'était l'UE, choisissait de se scinder (1994), suivant en l'espèce le clivage linguistique existant entre Tchèques et Slovaques. Cette frénésie d'États aux délimitations et attributions classiques s'étendait encore récemment jusqu'aux plus modestes îlots des archipels du Pacifique (Kiribati), jusqu'aux plus étroites bandes de terre d'Europe orientale (Moldavie et Transnistrie), du Caucase (Karabakh) ou d'Afrique (Sud-Soudan)[1]. Et au cœur même de l'Union, tout porte à croire qu'une majorité de Flamands opteront pour la sécession d'avec un royaume de Belgique certes créé un peu artificiellement mais tout de même déjà relativement ancien (1830), sans pour autant chercher le rattachement aux Pays-Bas. En Europe occidentale toujours, sans aller jusqu'à l'exigence de frontières souveraines, de nombreux groupes de citoyens et de représentants politiques réclament davantage d'autonomie depuis plusieurs années déjà : dévolution en Écosse, statuts basque et catalan, Padanie, etc. On notera que, dans la plupart de ces cas, on revendique d'autant plus l'autonomie voire l'indépendance qu'on cherche à ne pas trop partager les ressources naturelles ou les fruits d'une industrie solide[2]...

À l'inverse, les cas d'unification ou de réunification passés sont marginaux – les Émirats arabes unis en 1971, l'Allemagne en 1990, le Yémen en 1992-1993 –, et ceux à venir paraissent hypothétiques, comme dans le cas des deux Corées. Seule l'Afrique a relativement résisté à cet émiettement à la suite de la grande vague des indépendances de 1960, en dépit

1. Le fait que de nombreux mouvements séparatistes soient manipulés voire même créés de toutes pièces par des puissances étrangères (la Russie en Transcaucasie par exemple) ne change pas fondamentalement la donne ; une fois bâti par des élites locales un système de pouvoir – fût-il clientéliste et/ou organiquement lié à une puissance tutélaire –, doté de symboles de souveraineté et d'une conscience nationale *a minima*, on revient difficilement en arrière.

2. Cette motivation économique se retrouve bien entendu aussi hors d'Europe où les convoitises minières ou minérales créent ou aggravent tensions et conflits, parfois meurtriers : les Touaregs du nord Niger souhaitant profiter de l'apport en devises de l'uranium extrait du gisement d'Imouraren, les indépendantistes saharaouis lorgnant sur les phosphates du Sahara occidental (anciennement espagnol), des séparatistes camerounais revendiquant la péninsule pétrolifère de Bakassi rétrocédée par le Nigeria, les voisins orientaux du Congo convoitant son sous-sol *via* des rébellions locales, le Sud-Soudan revendiquant son pétrole, etc.

de déchirures excessivement meurtrières depuis. Le phénomène mérite tout de même l'attention car les puissances coloniales, soit du fait de leurs rivalités réciproques, soit en vertu du fameux *divide et impera* (diviser pour régner) appliqué aux populations indigènes, soit encore par simple méconnaissance, avaient forgé des frontières qui ne correspondaient généralement à aucune réalité politique, culturelle, tribale, clientéliste ou religieuse, ce qui aurait pour conséquence l'émergence de clivages violents une fois la souveraineté acquise et le « père de l'indépendance », personnage fédérateur, mort et enterré. On peut certes imaginer le retour à terme à un processus centripète, de gré, avec l'aval de populations désirant se retrouver sous un même « toit » (les Corées, la Biélorussie et la Russie), ou de force, *via* un irrédentisme au pouvoir. Ce second cas semble toutefois peu crédible, car les grandes puissances contemporaines ne s'inscrivent pas dans une telle démarche annexionniste, à quelques prudentes exceptions près (Chine / Taïwan).

3

La souveraineté

« Les guerres des peuples seront plus terribles que les guerres des rois. »

Winston CHURCHILL

Qui dit rivalités de pouvoir dans les relations internationales dit nécessairement souveraineté, et on ne prend que trop rarement la mesure de l'importance, en matière géopolitique, de ce concept de science politique et de droit international[1]. La souveraineté, lorsqu'elle s'appuie sur une dimension nationale face aux autres nations, *a fortiori* quand elle se forme *contre* des adversaires, incarne pour un régime en place une *matière politique* précieuse. C'est bien souvent au nom de la sacro-sainte souveraineté du pays et pour son obtention, sa sauvegarde ou son renforcement que le régime en question parviendra à orienter tout ou partie de la population vers la guerre, à tendre le ressort des énergies nationales. Crier à la souveraineté menacée ou violée – même sur un minuscule espace inaccessible aux citoyens et inconnu d'eux jusqu'alors – offre un regain de prestige, d'approbation politique, de patriotisme, y compris quand la misère et l'oppression favorisent

1. Pour intégrer l'ONU, un candidat-État doit bénéficier d'une recommandation du Conseil de sécurité, suivie d'un vote favorable des deux tiers des États à l'Assemblée générale.

la contestation populaire. Parfois, cet excellent dérivatif ne fonctionne que très provisoirement (Argentine, Malouines 1982), parfois il dure et perdure (Syrie, état d'urgence depuis 1963 !). Mais comme pour la géopolitique de façon générale, le concept de souveraineté doit trouver sens dans une définition concrète et pratique. Le *Petit Larousse illustré* en donne la suivante : « Autorité suprême. Pouvoir suprême reconnu à l'État, qui implique l'exclusivité de sa compétence sur le territoire national et son indépendance dans l'ordre international, où il n'est limité que par ses propres engagements. » On ajoutera que le degré d'effectivité d'une souveraineté, la profondeur de son champ d'application, ses nature et qualité s'évaluent sur des critères précis.

Nature et qualité de la souveraineté

Au début du XXIe siècle, la souveraineté est donc plus que jamais étatique, même si son champ d'exercice effectif varie considérablement d'un État à l'autre. L'État-nation demeure le mètre étalon du système monde, « la seule entité collective couvrant un spectre large de compétences de façon permanente, avec une légitimité propre à l'intérieur des frontières de son domaine d'opérations » (François Heisbourg), et cela en dépit à la fois de sa contestation récurrente par des courants idéologiques (trotskisme, anarchisme, altermondialisme parfois) ou économiques (ultralibéralisme), et des phases d'effondrement que peuvent connaître nombre d'États eux-mêmes[1].

1. Le terme d'« État-nation » ne doit pas fourvoyer le lecteur ; la nation comme représentation n'est pas toujours présente et revendiquée, loin s'en faut, dans ce type d'entités. Simplement, il s'agit d'établir une distinction institutionnelle par rapport à l'État-empire, ou à la cité-État antique.

Cette souveraineté étatique se conjugue et se décline principalement en trois paradigmes.

Les trois critères paradigmatiques de la souveraineté

Symboles

La souveraineté étatique et/ou nationale se manifeste en premier lieu par ses symboles, à commencer par le plus visible sinon le plus évocateur, le drapeau national. En 2011, un peu partout dans le monde, des citoyens consentiraient au sacrifice suprême pour en défendre les couleurs, des leaders politiques les y encourageraient, des gouvernements les y conduiraient. Croire que l'engouement pour le bout de tissu coloré que constitue un drapeau ne s'inscrit plus que dans les temps anciens relève d'une grave erreur d'appréciation et traduit, en plus d'une certaine condescendance parfois, une vision déformée des choses. Là encore, il s'agit d'un sentiment surtout partagé dans des sociétés ouest-européennes, dont chacune a pour voisine des amies et des alliées. Sorti de cette aire privilégiée et approximative, on ne plaisante généralement pas avec le drapeau. Or cet objet d'identification collective par excellence dispose d'espaces quasiment infinis pour se déployer, puisque aucun territoire sur la planète n'échappe à une souveraineté étatique, ni la plus haute cime de l'Himalaya, ni le fin fond de l'épaisse forêt équatoriale, ni le moindre îlot du Pacifique. Même le continent antarctique – inhabitable et impraticable en dehors d'installations scientifiques spécialement aménagées – se partage, à partir du pôle magnétique, en parts de camembert étatiques, avec symboles de souveraineté sur chacune des bases ; ainsi un drapeau tricolore flotte-t-il sur la base française de Dumont-Durville, en Terre Adélie[1]. Un autre

1. La possession française est la plus modeste. Les autres États se partageant le continent antarctique sont l'Argentine, le Chili, les États-Unis,

fut pendant longtemps salué tous les deux ans par les marins conscrits de la *Jeanne*, bateau-école de la Royale ; fiché sur le km^2 de l'îlot volcanique inhabité de Clipperton, plus petite possession française au monde, perdue dans le Pacifique Nord, il y symbolisait la souveraineté nationale.

À plusieurs reprises récemment, des États ont failli entrer en guerre ouverte moins pour protéger ou recouvrer leur souveraineté sur un territoire que pour défendre un drapeau ayant tout juste la place d'y flotter. En 1996, deux États du Conseil de l'Europe et surtout de l'OTAN, la Grèce et la Turquie, ont entamé simultanément un processus de mobilisation partielle des réservistes dans leur querelle au sujet d'un minuscule îlot proche de la Crète, Imia pour les Grecs, Kardak pour les Turcs. Sur ce caillou inhabité et parfaitement insignifiant d'un point de vue économique, énergétique, stratégique ou religieux, des marins de l'une des deux flottes avaient fiché leur drapeau national, provoquant l'ire de l'autre nation dès la découverte des faits. Menaces de guerre, plaintes croisées à l'Assemblée générale des Nations unies, débat au Conseil de sécurité et au Conseil de l'Europe… ; *in fine* Washington mettait fin à la querelle avec force arguments d'autorité dans le cadre de la protectrice et lucrative OTAN. En 2002, Rabat héliportait une dizaine de marsouins sur l'îlot Persil (Leïla, « la nuit », pour le Maroc), vaste de quelques ares seulement, situé immédiatement au large des côtés marocaines et censé appartenir à l'Espagne depuis le XVe siècle. Membre de l'UE et de l'OTAN, cette dernière dépêcha d'imposants moyens militaires et, *manu militari* (bien que sans effusion de sang), délogea les soldats marocains et surtout leur drapeau pour fixer en lieu et place les couleurs espagnoles. À l'époque, pour

la Grande-Bretagne, la Norvège, la Nouvelle-Zélande et la Russie. Entre 1959 et 1991, plusieurs traités ont successivement établi le gel de toute revendication territoriale entre puissances parfois rivales, de tout emploi ou entreposage d'armements, et (jusqu'en 2040) de toute exploitation minière.

donner un contenu susceptible de justifier rationnellement la querelle, certains évoquèrent des intérêts liés à la pêche ou au contrôle des flux migratoires ; or quiconque observait de près la géographie des lieux – un caillou circonscrit par d'abruptes falaises et entouré de rochers rendant la navigation impraticable – comprenait le caractère fantaisiste de ces considérations. Comme pour Imia/Kardak, on avait failli se battre pour la possession d'une motte de terre assortie d'un rectangle de tissu. Au moins, dans la querelle plus récente encore (2008) opposant la Thaïlande au Cambodge pour un site élevé de la crête des monts Dangrek, existe-t-il un enjeu religieux : le temple khmer de Preah Vihar (Phra Wihan en thaï), élément du complexe des temples d'Angkor, lequel fait bien mieux office de drapeau que n'importe quelle étoffe. Hormis cette dimension spirituelle (instrumentale ?), on peut difficilement mettre en exergue des motifs économiques liés au tourisme, tant l'accès à l'édifice en ruine est difficile. Enfin, comme dans les deux cas précédents, il n'existe strictement aucun avantage minier, hydrique ou militaire à détenir ces 4 km² de jungle épaisse. De part et d'autre de la frontière internationale, on a pourtant massé à grands frais des milliers de soldats pour régler éventuellement la querelle au champ d'honneur[1]...

On pourrait à loisir additionner les exemples de ce type. Encore une fois, le fait qu'un litige autour de la possession d'un microterritoire insignifiant fasse l'objet d'une instrumentalisation à usage interne (échéances électorales, régime menacé, rivalités entre dirigeants, lobbies militaire ou industriel) ou externe (démonstration de force), ne change pas fondamentalement les données du problème. Peu importe au fond de savoir auquel des deux souverains Mohammed VI du Maroc ou Juan Carlos d'Espagne appartient un rocher désolé, et pour quelle raison politique, religieuse, ou psychologique le gouvernement

1. En octobre 2008, une escarmouche provoquait le premier mort de cette confrontation...

marocain a décidé de modifier la nature de sa revendication à son sujet – un drapeau entouré d'un peloton de soldats plutôt qu'un simple discours à Rabat ou à New York. Peu importe également de savoir pour quel motif le gouvernement espagnol a décidé de l'en extirper par la force. Plus intéressant : pour Imia / Kardak comme pour Persil / Leïla, les opinions publiques s'échauffèrent immédiatement et, dans chacun des pays concernés, la grande majorité des gens sondés affirmèrent soutenir leur propre gouvernement quant à la possession d'une zone dont nul n'avait jusqu'alors entendu parler ! Inversons la perspective : c'est précisément en raison de l'importance que les opinions lui accordent que le symbole de la souveraineté peut aussi fréquemment et aisément faire l'objet d'instrumentalisations politiques de la part des dirigeants étatiques.

Force armée

En principe, chaque État souverain peut disposer comme il l'entend des forces armées qu'il estime nécessaires pour la défense de son intégrité territoriale. Ni la nature du régime présidant aux destinées de cet État, ni son environnement stratégique, ni ses politiques successives n'entravent ce droit fondamental implicitement admis par la Charte des Nations unies. Et, sauf cas exceptionnels, les États ne renoncent pas à leur droit à la possession d'instruments de coercition de type militaire. En 2011, seule une trentaine de pays représentés à l'ONU ne disposent pas de forces militaires ; non que ces derniers aient renoncé au droit d'en posséder, mais faute de capacités démographiques ou financières [1]. Ils ont délégué à une puissance alliée leur défense extérieure (voire

1. Parmi ces États figurent Andorre, le Costa Rica, les îles Kiribati, le Liechtenstein, le Luxembourg, la Micronésie, Monaco, ou encore les îles Vanuatu.

même intérieure), *via* des traités bilatéraux ou multilatéraux en bonne et due forme. Sauf dans le cas d'associations particulièrement étroites (Andorre, Monaco), ils peuvent théoriquement dénoncer quand bon leur semble ces accords et recouvrer leur indépendance en matière de défense. Depuis 1945, le Japon et l'Allemagne représentent des cas à part. Possédant des troupes et du matériel en nombre et en qualité contrôlés, ces pays n'ont pas le droit de les employer sur n'importe quel théâtre d'opérations et pour tout type de missions. Pour les quelque cent soixante autres États, non seulement la force armée est bel et bien constituée et en principe souveraine, mais encore bénéficie-t-elle de budgets généralement très conséquents. Il est du reste passionnant de constater que, quelle que soit la nature du mouvement politique luttant pour l'indépendance d'un territoire – tribale-théocratique comme en Arabie saoudite, communiste comme à Cuba, démocratique de tendance nationaliste, monarchiste ou libérale, etc. – l'État indépendant qui en émanera sera immédiatement armé, parfois avant même d'être (correctement) administré ! Dans les régimes autoritaires, cette possession de la force brute revêt une double importance, extérieure mais aussi et surtout intérieure. À l'exception des rares *no man's land* aux superficies modestes négociés entre nations rivales après un conflit (38e parallèle entre les Corées, ligne Violette entre Israël et la Syrie, etc.), l'unique zone tout à fait dépourvue d'armements, par convention, est le continent antarctique.

Système de lois

Enfin la souveraineté se décline aussi par un système juridique, judiciaire et législatif. Nous disons système et non corps ou institution, car, si l'on pousse la démonstration à l'extrême, quelques hommes suffisent : un territoire insulaire sur lequel ils vivent retranchés, l'un d'eux étant obéi d'un autre doté d'un moyen de coercition (arme), exige l'arrestation d'un troisième au nom de l'article premier et unique de la seule loi orale en vigueur, en vertu de laquelle il décide de tout… Ubuesque et fondamentalement inique, un système juridique et/ou législatif *a minima* existe alors, car une interaction entre plusieurs individus permet de dégager et d'appliquer des décisions portant à conséquences. En ajoutant un chiffon coloré en guise de drapeau officiel, le « régime » en place peut prétendre à une forme de souveraineté, tant que nulle autre force ne vient le renverser et nul autre régime s'y substituer. De la théorie à la pratique, on retrouve – comme pour les symboles et la force armée – l'universalité de la revendication à disposer d'une justice indépendante des autres États. Rendue dans une langue incompréhensible et au nom de valeurs qu'on ne reconnaît pas comme celles de la collectivité à laquelle on se représente appartenir, la justice traduit le diktat d'un occupant et sera refusée comme telle. Tout rebelle au pouvoir en place rejettera ainsi les symboles de souveraineté (couleurs et hymne notamment), combattra éventuellement sa force armée, mais déniera aussi à ses juges le *droit* de le juger.

Le législateur, généralement bicaméral (États-Unis, France, Grande-Bretagne), plus rarement monocaméral (Portugal, Suède, Pérou), vote quant à lui les lois au nom d'une constitution, d'un État, d'un peuple, etc. Chaque système législatif en vigueur dans les quelque deux cents États existants présente des spécificités par rapport aux autres, même si certains ont exercé une forte influence, comme les ex-puissances coloniales française et britannique sur nombre de leurs anciennes possessions, en Afrique notamment. Par ailleurs, de nombreux points communs existent dans les domaines d'exercice de la justice ou de l'élaboration des lois, soit du fait d'une ancienne et réelle proximité culturelle, linguistique ou religieuse (certains États arabes, scandinaves, sud-américains hispanophones), soit grâce à des conventions supranationales (l'UE).

N'omettons pas la diplomatie, en principe très liée aux affaires de défense, la monnaie, le système d'enseignement, ainsi que les modes d'administration fiscale, cadastrale, patrimoniale, pénitentiaire ou encore culturelle, autant d'éléments constitutifs de la souveraineté étatique ; cependant, en matière géopolitique, la souveraineté s'articule prioritairement autour des trois pouvoirs régaliens par excellence. Outre son effectivité, il importe de déterminer les deux principales logiques possibles pour un État souverain, ainsi que la nature et les effets d'un état de souveraineté dégradé.

Logique d'empire, logique de nation

Logique d'empire

Comme la *frontière*, et peut-être davantage encore, l'*empire* a fort mauvaise réputation. On le voit volontiers comme une puissance vorace et tentaculaire, à la vocation prédatrice et cherchant à s'imposer – par la force de préférence – à des peuples situés à proximité ou aux antipodes. Sémantiquement, la diabolisation du vocable « impérialiste » contribue aussi à donner une image déplorable de l'empire : tout empire serait impérialiste par nature. Du reste, aucun État contemporain ne s'autoproclame de nature impériale, mais bien nationale, et l'Organisation des *Nations* unies – qui porte en l'occurrence bien son nom – ne reconnaît depuis longtemps comme membres adhérents que des États-nations, et aucune forme d'empire. Le dernier empire officiel et assumé en date, ubuesque et sanguinaire, fut celui de Jean Bedel Bokassa, en 1977. Ancien sous-officier des troupes coloniales françaises, il avait perpétré un coup d'État à Bengui avant de s'autoproclamer empereur de Centrafrique sur le modèle du sacre napoléonien de 1804... En Occident, on perçoit cette notion d'empire d'autant plus négativement qu'elle renvoie systématiquement aux empires coloniaux français, britannique, allemand ou encore néerlandais du XIXe siècle et du début du XXe siècle. Or, plutôt que d'empire, il faudrait parler de *logique d'empire*, par opposition à la *logique de nation*, et substituer à l'acception péjorative une observation dépassionnée et conceptuelle.

La logique d'empire, pas nécessairement *impérialiste*, consiste pour une puissance donnée à admettre en ses zones d'influence ou de souveraineté des communautés religieuses, des ethnies ou des peuples parfois très divers, en accordant en général à une partie ou à la totalité d'entre eux une certaine autonomie interne. L'Empire turc ottoman – en dépit de politiques crépusculaires excessivement répressives et criminelles (massacre des Arméniens, 1895 et 1915) – permettait, par le truchement du *millet*, une certaine autonomie à chaque communauté religieuse dans les affaires intérieures et, par ailleurs, une représentation au parlement de Constantinople. L'empire bicéphale d'Autriche-Hongrie, au XIXe siècle et jusqu'à son effondrement en 1918, présentait les aspects d'un empire relativement libéral vis-à-vis des Juifs et des peuples balkaniques qu'il contrôlait. Quant à l'URSS, officiellement constituée de « peuples frères » répartis sur autant de républiques ou de régions autonomes, elle répondait tout à fait à cette logique d'empire, sous le vernis idéologique communiste. On pourrait remonter à des puissances plus anciennes, tels l'Empire romain ou le Saint Empire romain germanique ; dans presque tous les cas, on retrouve un noyau originel relativement cohérent sur le plan ethnoculturel et linguistique, puis une extension territoriale outre-mer ou à la périphérie immédiate. Parfois, la périphérie influencera considérablement, politiquement comme culturellement, le centre originel (cf. le règne de Septime Sévère). Dans un registre différent – car accompagné de la volonté déterminée des pouvoirs nationaux en place et de celle de leurs opinions publiques –, le processus d'intégration économique et, dans une certaine mesure, politique et diplomatique de l'UE s'apparente davantage à une logique d'empire qu'à une logique de nation, chaque État-nation membre renonçant précisément à une part des attributs de souveraineté. Pour autant, on serait bien en peine d'y trouver trace d'*impérialisme*.

Logique de nation

Récente par rapport à l'ancienne et très majoritaire logique d'empire, la *logique de nation* se développe avec les Lumières, la Révolution française puis le printemps des peuples de 1848 et le puissant mouvement des nationalismes européens de la fin du XIXe siècle. Ni plus ni moins agressive *a priori* que celle d'empire, la logique de nation consiste pour un pouvoir étatique en place à homogénéiser les populations sur lesquelles il exerce sa souveraineté, quitte à renoncer à certains espaces fortement peuplés d'allogènes (ou perçus comme tels). Communauté de langue, de destin, de religion ou encore d'ethnie réelle ou supposée, la nation (du latin *natio*, « naissance », que l'historien français Ernest Renan définit, dans son célèbre discours à la Sorbonne de 1882, comme « une âme, un principe spirituel ») privilégie moins l'expansion territoriale ou démographique que la cohésion politique et géographique. Elle exclut ou s'exclut plus qu'elle n'inclut ou ne s'inclut. Le Pakistan est fondé en 1947 sur l'appartenance à la religion musulmane, par rapport à (et en opposition avec) l'hindouisme majoritairement suivi dans ce qui demeurera l'Inde ; laquelle Union indienne, au contraire, comprendra des groupes religieux et culturels extrêmement divers, jouant sur un sentiment d'appartenance dépassant ces clivages, notamment linguistiques. Autre exemple dans un registre différent : depuis les accords d'Oslo de 1993, Israël se réoriente clairement vers une logique de nation en renonçant à des zones fortement peuplées de Palestiniens (Gaza, été 2005), pour se concentrer sur une majorité juive à l'intérieur des frontières originelles du pays et de quelques espaces restreints alentour (blocs d'implantations juives). Parfois, une nation bâtit un empire, telle la IIIe République française qui, pourtant arc-boutée sur le principe d'État-nation, poursuivit et développa une active politique de conquête outre-mer. La nation France existait toujours – plus jacobine et républicaine que jamais ! –, mais elle détenait en même temps un empire, cette fois au sens clairement impérialiste du terme.

Puisque péjoratif, le terme est souvent galvaudé ; ainsi aux yeux de ses contempteurs, les États-Unis incarnent-ils un empire (cf. Alain Joxe, *L'Empire du chaos*). L'assertion, qui se veut stigmatisante et accusatoire, est tout à fait fausse du point de vue des « logiques ». C'est bien une logique de nation qui prévaut aux États-Unis, nation d'*immigrants* infiniment plus que d'*émigrants* du reste – facilitée par un environnement géographique : deux océans, un État très peu peuplé et ami au nord, un seul État (devenu) ami au sud. Que Washington puisse mener par ailleurs des politiques de type impérialiste se discute, mais il s'agit dès lors d'une autre question ne relevant plus de la nature institutionnelle et philosophique profonde de l'État américain. Car le degré d'agressivité, d'expansionnisme ou de pondération d'un État tient à la nature des idéaux et des stratégies de ses élites dirigeantes à un moment donné, que cette puissance poursuive une logique impériale ou nationale. Dans l'entre-deux-guerres, au régime impérial des Habsbourg se substituèrent en Europe centrale et balkanique des régimes *nationaux* souvent xénophobes et finalement bien plus impérialistes[1]…

1. Ce qui fera dire à l'époque qu'à ne plus vouloir François-Joseph, on eut Hitler…

Zones grises

Selon la fameuse formule de Max Weber, l'État moderne exerce en principe le « monopole de la violence légitime ». Lorsque certaines zones de son propre territoire lui échappent – non par le fait d'une occupation étatique tierce mais à cause de rébellions internes –, on parlera de « zones grises ». Contrôler l'intégralité des espaces situés à l'intérieur des frontières politiques (donc géographiques en cas d'insularité) qui le circonscrivent, voilà en principe sa vocation fondamentale. Lorsqu'un État constitué échoue ou renonce à exercer sa pleine souveraineté sur des parcelles de son territoire, il abandonne le terrain à d'autres acteurs et formes de pouvoir instaurant une forme de droit, fût-il inique : groupes séditieux tribaux, factions rebelles, groupes terroristes ou réseaux de trafiquants et de contrebandiers[1]. La fin de la guerre froide a favorisé l'apparition de ces zones grises, notamment du fait de l'affaissement de pouvoirs centraux naguère résolument soutenus par Moscou ou Washington, plus marginalement par Paris ou Londres. Deux cas traduisent bien cette évolution. Le premier, dont l'existence pose des problèmes stratégiques majeurs à plusieurs États, est celui du Waziristan, une zone dite à juste titre « tribale » car peuplée de tribus pachtounes, conservatrices et adeptes du sunnisme le plus rigoriste, située au nord-ouest du Pakistan et ouvrant sur l'Afghanistan voisin. Là, dans cette géographie idéale pour la guérilla, entre des massifs escarpés culminant à plus de 3 000 mètres d'altitude, de profondes vallées arides, encaissées et truffées de grottes, et sans accès maritime à moins de 1 000 km, le pouvoir étatique pakistanais n'exerce

1. C'est la raison pour laquelle nous préférons à l'expression courante « zone de non-droit » celle de « zone grise », qui illustre mieux et sans *a priori* l'absence de contrôle unique par un État non effondré.

plus qu'une part marginale de son autorité civile et militaire. Dans ce réduit d'environ 11 500 km² prospèrent des groupes islamistes radicaux de la mouvance Al-Qaïda, et peut-être ses chefs, sans qu'Islamabad ne veuille ou ne puisse intervenir fortement, au grand dam de son allié américain. Second cas de figure : la vaste zone grise se situant au nord-est du Congo-Kinshasa (République démocratique du Congo, RDC) ; dans les régions d'Iturie, du Nord-Kivu et du Sud-Kivu, voilà bien longtemps que ne s'exerce plus un pouvoir central, qui, au demeurant, ne s'imposa jamais complètement. Sise à l'autre extrémité de ce pays sous-continent, Kinshasa se trouve à une distance de plusieurs heures d'avion, aucune des deux artères routières du pays, *via* Kisangani, n'arrivant jusqu'à Goma… La déstabilisation qu'a entraînée le génocide rwandais de 1994 a pris la forme, au Kivu surtout, d'une succession de guerres civiles, de massacres interethniques de grande ampleur, de famines et d'épidémies dans lesquels ont péri plus de deux millions de personnes, des civils dans leur immense majorité. En l'absence d'une intervention déterminée de puissances extérieures – le contingent onusien MONUC, en principe solidement mandaté mais concrètement impuissant, sauve tout juste l'honneur depuis 1999 – et d'un rétablissement de l'ordre national, les seigneurs de guerre locaux font régner la terreur tout en exploitant (et en laissant exploiter par des compagnies étrangères) les fabuleuses richesses minières et minérales de la région. Comme au Waziristan, la géographie s'avère très favorable à une guérilla mobile et aguerrie, et défavorable à des armées conventionnelles (jungle, éloignement des accès fluviaux ou maritimes), mais *a contrario* il ne s'agit pas d'une zone de repli et d'entraînement austères pour groupes terroristes mais d'un réservoir de ressources commercialisables à haute valeur ajoutée (or, diamants, étain, coltane, etc.).

D'autres zones grises existent, tels le centre de la Colombie aux mains des Forces armées révolutionnaires colombiennes

(FARC), trafiquant drogue et otages, et peut-être bientôt le Sahel. Des espaces maritimes peuvent également échapper au contrôle d'États riverains faibles au profit de groupes séditieux ou de pirates, comme en mer Rouge (épisode des navires français *Le Ponant* et le *Carré d'As* en 2008), dans les Caraïbes, en mer de Chine, dans le golfe de Guinée ou face aux côtes somaliennes. Cela dit, les passes et couloirs maritimes les plus stratégiques font l'objet de surveillance de la part des grandes puissances, en particulier les canaux de Suez et de Panamá (États-Unis) ainsi que les détroits de Bab el Mandeb en mer Rouge (France, États-Unis), de Malacca (Grande-Bretagne, États-Unis), et bien entendu d'Ormuz par lequel transite plus d'un tiers du pétrole brut mondial. Avec l'accroissement du nombre et de l'étendue des zones grises s'accroissent systématiquement instabilités régionales, trafics, et violations des droits de l'homme.

États ventres mous

Certains États ne possèdent pas la puissance ou l'influence requises pour peser activement sur leur environnement immédiat – et *a fortiori* hors de celui-ci –, et représentent ainsi des entités géopolitiques souvent utilisées soit comme « zones tampon », soit comme théâtres d'opérations militaires par leurs envahissants voisins. Dans les années 1930, entre les puissances française et britannique et face à l'Allemagne nazie, les trois États de ce qui deviendrait le Benelux après la guerre constituèrent – diplomatiquement et militairement parlant – un ventre mou. Le fait que parmi eux les Pays-Bas et la Belgique possédaient non seulement des institutions stables, une économie prospère et un empire non négligeable (respectivement Indonésie et Guyana, Congo) ne modifiait guère cette réalité imposée par une faiblesse démographique et stratégique chronique face à des géants. Durant toute la guerre froide, l'Autriche se vit imposer un statut d'État neutre et démilitarisé issu du partage de Yalta, autrement dit d'État ventre mou ; nul arsenal ni troupes de l'OTAN ou du pacte de Varsovie n'y stationnaient, et la diplomatie de Vienne ne pesait que symboliquement façon bons offices.

Dans d'autres situations, on a affaire à des États tout à fait indépendants et non entravés sur le plan militaire, mais ne disposant pas de ressources suffisantes pour prétendre incarner une véritable puissance. Ils assument finalement ce statut de ventre mou en tirant profit de leur faiblesse pour apparaître nécessaires car inoffensifs au sein de conflictualités entre puissances rivales. Il en va ainsi du royaume de Jordanie, État économiquement et militairement très faible, mais entouré de quatre puissances – Israël, Irak, Syrie, Arabie saoudite – entretenant un tel état d'hostilité réciproque que leur contiguïté frontalière créerait immanquablement des confrontations. Au fond, sauf pour les promoteurs de la politique du pire, la modeste mais stable Jordanie présente pour son environnement géopolitique l'insigne avantage d'exister *comme* elle se trouve et surtout *où* elle se trouve ! Du reste, Israël et les Hachémites au pouvoir à Amman ont toujours entretenu des relations cordiales voire tout à fait chaleureuses, chacun y trouvant son compte[1]…

En revanche, d'autres États affligés par la persistance de zones grises qu'ils ne contrôlent guère ou épisodiquement, n'échappent pas à un statut non souhaité de ventre mou. Le Congo-Kinshasa, ex-Zaïre sous le long règne de Mobutu Cese Seko (1965-1996), n'a qu'exceptionnellement constitué un État capable de se défendre seul, tant à l'intérieur face aux rébellions séditieuses (Katanga, Kivu, etc.) qu'à l'extérieur face à des troupes étrangères régulières (Ouganda, Rwanda,

1. La participation jordanienne à la guerre des Six-Jours de 1967 relèverait dans ce schéma d'une anomalie, d'une erreur d'appréciation, comme le reconnut le roi Hussein.

etc.). Les guerres panafricaines de 1996 et surtout 1998, auxquelles ont participé une dizaine d'États africains, eurent ainsi pour théâtre d'opérations meurtrier cet État-continent incapable d'y jouer un rôle majeur. Ailleurs, l'Afghanistan ne constitua jamais ni une puissance en soi ni même un État seulement centralisé autrement que sur le papier. Espace ethniquement et géographiquement multiple délimité en zones d'influences par les Russes et les Britanniques du début du XXe siècle, au sein duquel les chefs tribaux se partagent l'essentiel du pouvoir sur leurs territoires respectifs, l'Afghanistan évolue entre des moyennes ou grandes puissances telles que la Russie, l'Iran, le Pakistan, et marginalement la Chine. On s'y combat, on s'y dispute zones d'influences politiques ou religieuses, on cherche à y contrôler trafics d'armes ou de drogue, mais toujours au détriment d'une souveraineté afghane.

Le Liban au Proche-Orient, la Mongolie en Asie centrale, l'Uruguay en Amérique latine, ainsi que plusieurs archipels du Pacifique et États d'Afrique subsaharienne pourraient à certains égards répondre également à l'appellation d'États ventres mous. Dans tous ces cas de figure, la souveraineté officielle existe, avec représentation diplomatique, système judiciaire et symboles nationaux, mais sans capacité à jouer de rôle géopolitique actif.

Transgresser ou respecter la souveraineté ?

En faveur de l'ingérence

Humanitaire, les « French doctors »

Jusqu'aux années 1970, rares étaient ceux qui, en pleine guerre froide et dans un système mondial de type à la fois bipolaire et westphalien, préconisaient des entraves à la pierre angulaire de tout l'édifice que représentait la souveraineté des États. Du reste, une lecture littérale de la Charte des Nations unies permettait – et permet toujours – de la protéger ; ainsi de l'article 2 de son chapitre premier, alinéa 7, qui indique qu'« aucune disposition de la présente Charte n'autorise les Nations unies à intervenir dans les affaires qui relèvent essentiellement de la compétence nationale d'un État ni n'oblige les Membres à soumettre des affaires de ce genre à une procédure de règlement aux termes de la présente Charte ; toutefois, ce principe ne porte en rien atteinte à l'application des mesures de coercition prévues au chapitre VII[1] ». La présence, au terme de cet article, d'un élément restrictif n'entame en rien la prédominance de la souveraineté des États, puisque l'article 51 (chap. VII) de la Charte, implicitement évoqué, prévoit le recours à la légitime défense en cas d'agression d'un *État* et non pas d'une *population*.

En France, un médecin qui fondera Médecins sans frontières puis Médecins du monde, Bernard Kouchner, rompt alors l'engagement de coopérer avec les gouvernements en charge des populations affectées par des catastrophes. Jusque-là en effet, ceux qu'on appellera les *French doctors* n'acceptaient d'intervenir qu'à la condition *sine qua non* de l'accord de l'État dans lequel ils officieraient. Quand l'ennemi n'est que naturel – épidémie, famine, tremblement de terre –, la question politique ne se pose guère ; en dépit de problèmes parfois aigus de prestige, l'État accepte l'aide internationale. Mais lorsque l'ennemi est humain, politique, lorsqu'il incarne l'État lui-même – famine organisée à l'encontre des Ibos du Biafra (Nigeria, 1967-1969), crimes de masse perpétrés par le régime des Khmers rouges (Cambodge, 1975-1979), passivité active du dictateur communiste Mengistu devant

1. Textes officiels, Charte des Nations unies, éd. A. Pedone, 2008.

la disette (Éthiopie, années 1980) –, que faire ? Au fil des années 1980-1990, les ONG humanitaires donnèrent une impulsion nouvelle au devoir d'ingérence, notion philosophique humaniste devenue depuis *droit* d'ingérence, reconnu par les instances internationales à défaut d'être souvent appliqué. Nombre d'États autoritaires demeurent ouvertement hostiles à cette remise en cause de la souveraineté, soit par souci de prestige ou sensibilité postcoloniale (exemple : l'Algérie), soit par volonté de masquer leur passivité ou leur complicité quant à la détresse de leurs populations (exemple : le Soudan). Par ricochet, d'autres États les défendent au Conseil de sécurité ou à l'Assemblée générale des Nations unies pour des raisons clientélistes ou stratégiques, ainsi de la Chine pour le Soudan pétrolifère. Mais force est de reconnaître que le courant pro-ingérence a globalement le vent en poupe, soutenu par les opinions publiques occidentales[1].

Fin 1992, le président Clinton, poussé par une opinion scandalisée de voir la population civile somalienne affamée par (et entre) deux seigneurs de guerre, accepta d'envoyer dans un cadre onusien des forces censées ouvrir un corridor humanitaire et y convoyer des vivres. Or il fallut faire emploi de la force contre des combattants armés, des soldats américains tuèrent et moururent (octobre 1993), et l'opération *Restore Hope* puis *Continue Hope* (1992-1993) s'acheva finalement sur un désaveu, les tenants du strict respect de la souveraineté étatique reprochant à Clinton son ingérence. Conséquence très concrète du traitement négatif de l'initiative par les médias et des pertes enregistrées par l'armée américaine

1. Et que faire lorsque, certes, l'État accepte l'aide humanitaire, mais qu'il y a manifestement manipulation ou détournement de cette aide par un camp ou un autre ? En 1994, le numéro 2 de Médecins sans frontières Rony Brauman avait décidé de se retirer de Goma, théâtre d'une manipulation massive de la part des génocidaires hutu ayant pris en otage leur propre population.

(18 tués) : au Conseil de sécurité, la secrétaire d'État Madeleine Albright freina des quatre fers les projets de reconnaissance du génocide hutu perpétré sur les Tutsi du Rwanda, des semaines durant. En effet, dès la reconnaissance adoptée, il fallait légalement que le Conseil de sécurité emploie tous les moyens pour y mettre fin ; or on aurait nécessairement sollicité Washington… Officiellement, il n'était plus question d'intervenir contre l'autorité d'un gouvernement en place, d'autant moins que les intérêts stratégiques « vitaux » des États-Unis n'étaient pas engagés[1]…

Politique, les néo-conservateurs

Le corpus argumentaire des courants favorables à l'ingérence, non pas seulement humanitaire, mais politique et militaire, et notamment ceux présentés comme néo-conservateurs, s'articule autour de deux points centraux qu'on résumera schématiquement comme suit : 1/Les démocraties doivent se prémunir contre les dictatures, et les despotes perpétrant des crimes contre des populations civiles (habitassent-elles sous leur contrôle), des délits majeurs (possession d'armes de destruction massive prohibées), ou des agressions à l'encontre d'États tiers, ne doivent pouvoir se dissimuler derrière leurs frontières en guise de garantie d'impunité. 2/Les frontières officielles d'États chaotiques connaissant une déconfiture interne ne peuvent tenir lieu de limites de souveraineté, et il convient en priorité de limiter les risques de déstabilisation régionale, quitte à intervenir militairement. D'émanation surtout américaine, ce credo porté par des médias comme les *Weekly Standard* et *New Republic* et de nombreux intellectuels

1. Pour cette attitude attentiste voire obstructionniste, qui aura contribué à offrir aux génocidaires du *Hutu Power* une confortable marge de manœuvre, Bill Clinton présentera ses excuses à Kigali, en 1998.

– souvent progressistes sur le plan social, et réunis autour du *Manifeste pour un nouveau siècle américain*, en 1997 – a montré ses limites en Irak. Certes, Saddam Hussein incarnait à la fois un tyran cruel (des centaines de milliers de Kurdes, de chiites ou d'opposants assassinés sous son long règne) et un agent déstabilisant pour le Moyen-Orient (quatre agressions armées contre des États tiers de 1980 à 1991 !), mais les motifs de l'intervention anglo-américaine de 2003 qui allait aboutir à son éviction du pouvoir ne semblaient pas puiser à ces faits. En outre, faute d'une préparation sérieuse à l'après-Saddam (le secrétaire d'État Donald Rumsfeld n'en voyait pas l'intérêt) – soit une vraie *nation building* – et de buts de guerre réalistes et crédibles, l'expédition aura connu trop de ratés et provoqué trop de pertes pour servir à terme de modèle positif à l'interventionnisme démocratique. Pire peut-être : le pro-activisme américain apparut à géométrie variable, puisque depuis le 11-Septembre Washington contractait des dizaines de conventions bilatérales engageant les signataires à ne pas interpeller ni extrader ses ressortissants se trouvant sur leur sol, même s'ils faisaient l'objet de poursuites nationales ou d'un mandat d'arrêt international. Leur position de fer de lance contre le terrorisme, censée justifier cet encouragement au souverainisme de certains États amis, y compris face aux instances judiciaires internationales, ne put convaincre tout à fait. Reste que ce droit/devoir d'ingérence politique n'a pas pour seuls défenseurs les néo-conservateurs américains, mais aussi des courants citoyens et intellectuels de renom à travers le monde[1].

1. En France, cette sensibilité se retrouve parfois autour des revues *Commentaire*, *Politique internationale* ou encore *Le Meilleur des mondes*.

Contre l'ingérence

Le souverainisme populaire et intellectuel

Le souverainisme, qu'on entendra ici au sens large et non partisan du terme, procède à la fois de la détestation du libéralisme économique, transcendant par définition les frontières étatiques et leurs barrières douanières, et de la défiance voire de « l'obsession anti-américaine » (Jean-François Revel). L'argutie souverainiste en matière de refus d'ingérence repose sur deux questionnements : 1/Il existe de nombreux régimes autoritaires et dictatoriaux ; par lequel commencer si l'on tient à imposer la démocratie, et pourquoi faire peser la coercition sur celui-ci plutôt que sur celui-là ? 2/ Quel État ou groupes d'États peut prétendre incarner l'autorité morale suffisante – c'est en tout cas impossible pour les anciennes puissances coloniales européennes et l'actuelle puissance impériale américaine – pour abattre par la force un régime souverain, fût-il meurtrier[1] ? Or, si les critères d'intervention doivent correspondre à une absence structurelle de tout impérialisme et à un système démocratique parfait (existe-t-il seulement ?), la question est vite réglée. Au croisement des deux, on ne trouvera qu'une poignée d'États aux potentialités géopolitiques dérisoires voire inexistantes – et pour cause ! : Islande, Luxembourg, Costa Rica, Malawi, Malte, Tonga, etc. En revanche, par leur puissance et leur volonté d'agir primordialement sur la planète géopolitique, les États-Unis s'adjugent de temps à autre le rôle (une mission ?) de régulateur,

1. Il convient d'ajouter que certains souverainistes défendent un positionnement relativiste consistant à mettre sur un pied d'égalité régime démocratique (ou prétendu tel) et régime autoritaire ; dans cette logique extrêmement contestable, il va de soi qu'intervenir militairement relève plus encore de la forfaiture morale.

certains diraient de gendarme. Problème : chacun a son « axe du mal », et celui d'un George W. Bush à un instant donné ne correspondait pas nécessairement à celui d'autres leaders ou gouvernements.

En même temps, la grande faiblesse de ces deux arguments tient à ce qu'ils visent un « absolu » dont il convient de rappeler (à l'instar de Pierre Hassner) l'inexistence dans les relations internationales, et dans les sciences politiques de façon générale. Ainsi, ces questionnements appellent une double riposte du type : 1 / Pourquoi ne pas commencer par contraindre les pires parmi les tyrannies, celles qui martyrisent leur propre population, selon les rapports d'enquête d'ONG faisant à peu près universellement autorité comme Amnesty International ? 2/ Pourquoi ne pas se contenter du recours à des États sinon angéliques du moins *globalement* démocratiques, pas nécessairement occidentaux bien sûr, pour les contraindre ?

Le souverainisme des États

L'autre souverainisme provient d'« en haut », de régimes politiques qui craignent comme la peste d'être le suivant sur une liste noire, en général américaine. L'ambassadeur rwandais qui, tragique ironie de l'histoire, représente son pays comme membre non permanent du Conseil de sécurité en plein génocide sur ses propres citoyens Tutsi, défend évidemment la souveraineté nationale contre les ingérences extérieures, en citant l'article de la Charte s'y référant. Le Soudan, dont le président Omar el Bashir fut accusé en septembre 2008 de crimes de guerre, crimes contre l'humanité puis crimes de génocide par le procureur de la Cour internationale de justice (CIJ), Luis Moreno Ocampo, a longtemps milité en faveur d'une scrupuleuse souveraineté, soutenu en cela par son principal client pétrolier, la Chine. La Russie, soucieuse de réaffirmer sa pleine souveraineté sur la Tchétchénie révoltée dans les années 1990-2000, ne transige pas davantage avec le concept – sauf naturellement dans le cas géorgien… De même la France de Jacques Chirac réaffirme-t-elle son droit à exercer sa pleine souveraineté quand en 1995 celui-ci ordonne la reprise des essais nucléaires sous-marins dans la zone polynésienne de Mururoa, possession française incontestée en droit international, ou lorsqu'il reçoit officiellement à l'Élysée – dans le cadre du sommet France-Afrique de février 2002 – l'irresponsable tyran zimbabwéen Robert Mugabe, pourtant interdit de séjour par l'UE ! Enfin convient-il de mentionner la montée en puissance du débat autour de la compétence universelle, autoproclamée par des cours de justice nationales. Inaugurée en Belgique en 1993, adoptée par l'Espagne depuis, mais farouchement combattue par la plupart des États, elle constitue déjà un enjeu de taille et pose des questions philosophiques. En effet, qu'un tribunal pénal international, mis en place par l'ONU (donc en principe avec l'accord, en amont, des grandes puissances), prétende juger des États, des organisations ou des personnes, voilà qui paraît de moins en moins difficile à plaider et à mettre sur pied (cf. TPIY, TPIR). Mais qu'un juge d'instruction citoyen d'une puissance marginale s'arroge le droit d'interpeller, soutenu par sa hiérarchie juridictionnelle, des puissants de ce monde en escale à l'aéroport local passe d'autant moins qu'on pourrait toucher à la sacro-sainte immunité des hommes d'État en exercice.

4
La puissance

> « Tout ce que la France fera pour ajouter à sa puissance défensive accroîtra les chances de paix dans le monde. Tout ce que la France fera dans le monde pour organiser juridiquement la paix et la fonder immuablement sur l'arbitrage et le droit ajoutera à sa puissance défensive. »
>
> Jean JAURÈS

Heureusement, l'immense majorité des observateurs passés et présents, toutes époques et civilisations confondues, savent qu'un certain ordre doit régner entre les entités politiques établies. Or les systèmes géopolitiques régionaux (mais aussi mondiaux depuis le XIXe siècle au moins) présentent de fortes disparités en termes de puissance ; comme pour les individus, certains États sont plus riches, plus déterminés, plus puissants que les autres. Mais l'évolution est constante ; si aucun empire n'a jamais durablement étendu sa domination politico-militaire – sinon son influence – sur toute la planète ni même sur un continent entier, certains États en revanche ont bénéficié, à chaque époque de l'histoire des nations, d'un champ d'action objectivement plus important que leurs voisins, sans forcément en jouer de façon expansionniste. Cette réalité pérenne n'a rien de scandaleux. Pour céder à la provocation, nous dirions qu'à chaque zone (très fluctuante) et à chaque époque suffit son gendarme, et que les relations internationales s'inscrivent davantage dans une dimension hobbesienne que kantienne…

La puissance confère du pouvoir sur les autres. Mais tout comme pour la frontière, la puissance a la fonction qu'on lui attribue. Lorsqu'on qualifie le champ des relations internationales d'« arène », on présuppose que les États qui y évoluent se comportent intrinsèquement comme des fauves ou des gladiateurs, autrement dit qu'ils entretiennent une forme de prédation. Or il ne tient qu'aux dirigeants d'employer la puissance à des fins pacifiques ou, à tout le moins, non belliqueuses. S'agit-il d'un phénomène de type psychologique ? Relève-t-il plutôt de la sociologie, de l'anthropologie ? Est-il le fruit amer d'un manque d'humilité, d'un vide spirituel, d'un excès de vanité ? Le constat du moins demeure : les hommes sont en quête de puissance, et au-dessus d'eux les États, ces « monstres froids » (Friedrich Nietzsche) qui n'en demeurent pas moins des agrégats d'hommes répartis en institutions. Pas tous, pas toujours ; d'anciennes puissances, comme l'Allemagne et le Japon, ont cessé (définitivement ?) de poursuivre officiellement un tel but, du moins *via* des moyens militaires, d'autres États ne l'ayant jamais poursuivi ne s'y sont toujours pas mis, faute de capacités objectives. Mais lorsque les auspices se présentent favorablement en termes de rapports de force, rares sont les États à ne pas succomber à l'attrait de la montée en puissance. Comment se caractérise-t-elle ? Quels sont ses moteurs ? Peut-on y renoncer, ou en modifier la nature ?

Critères et facteurs

La puissance se représente de façon plurielle ; certains dirigeants, plus ou moins soutenus par leur opinion publique, la conjuguent volontiers avec le prestige ; un prestige soit d'ordre divin, comme descendant de grand roi ou de prophète (lignée chérifienne alaouite du Maroc), soit d'ordre politico-historique, comme ex-leader d'indépendance ou de grand mouvement populaire (Nehru), soit d'ordre militaire, comme chef glorieux (Atatürk), soit tout à la fois. Mais généralement, la volonté de monter en puissance se traduit par la recherche d'intérêts objectifs, stratégiquement utiles, économiquement rentables. On pourrait très schématiquement présenter la convergence des facteurs de puissance étatique à travers le triptyque soldat / ingénieur / diplomate, surtout s'ils servent un pays dont les sols et sous-sols recèlent d'abondantes ressources naturelles. Sans armée puissante, on manque de capacité de persuasion et / ou de dissuasion vis-à-vis des amis et des ennemis. Pour être crédible, on doit pouvoir flanquer la carotte d'un bâton[1]. Sans ingénierie, on demeure à la merci des avancées techniques et technologiques des autres États, et on prive sa balance commerciale des fruits de la vente de produits à haute valeur ajoutée (cf. le *high-tech* contemporain). Sans un solide réseau de relations diplomatiques et en ne comptant que sur l'usage potentiel de la force, on échouera à rallier les amis et à isoler les ennemis dans des cénacles sans cesse plus mondialisés.

Les espaces

En soi

Les grands espaces ont-ils fait les empires puissants, font-ils les États forts ? Au moins y contribuent-ils, ne serait-ce

1. Dans les années 1980, nombreux sont ceux qui présentaient le Japon comme la future superpuissance au regard de son économie ; une décennie plus tard, c'est à peine si Washington et Pékin lui demandaient son avis sur la crise nucléaire nord-coréenne…

qu'en termes d'aura du souverain. Disposer de vastes territoires – même indirectement et par le truchement d'un tribut – a bien souvent représenté un atout pour un monarque dans le jeu des luttes de prestige avec ses homologues, surtout dans les temps anciens. Mais là s'arrête la constante. Car posséder plus ou moins effectivement un désert aride, d'épaisses forêts vierges, de hautes chaînes montagneuses, des marais insalubres ou des rivages escarpés bordés d'eaux gelées n'offre que peu d'intérêt en matière de puissance réelle. Mieux vaut assurément posséder des *terres utiles*, un concept tout à fait objectif du point de vue de l'analyse géographique. Une géographie peu maîtrisable ou excessivement hostile représenterait même souvent davantage de problèmes pour les pouvoirs en place que pour des groupes séditieux ou rebelles leur contestant leur légitimité : Bédouins wahhabites contre les Turcs dans les vastes et arides déserts d'Arabie (Nadjd) aux XVIIIe et XIXe siècles ; combattants antisoviétiques dans l'Hindu Kush afghan en 1980-1988, rebelles marxistes dans les forêts tropicales d'Amérique latine au cours des années 1960-1970 ; rebelles chiites des marais du Sud irakien sous Saddam Hussein dans la décennie 1980, etc. Ces espaces géographiques de l'extrême offrent en revanche un précieux atout, soit de nature tactique ou stratégique lorsque l'État s'engage lui-même dans une confrontation ouverte – « général hiver » de l'empire tsariste face à la Grande Armée de Napoléon Ier lors de la campagne de Russie de 1812-1813 ; empire nippon face aux Britanniques et aux Américains dans le Sud-Est asiatique et les îles pacifiques durant la Seconde Guerre mondiale –, soit de nature économique et financière lorsque ces espaces recèlent des ressources utiles (fer, charbon) et/ou commercialisables à forte valeur ajoutée – diamants et or de Yakoutie (Sibérie orientale) ; pétrole britannique *off shore* de mer du Nord ; ressources minières multiples de l'Est congolais, etc. On parlera alors de la possession physique des sources de la puissance. Enfin, les espaces, sans hommes pour les peupler, les mettre en valeur, les exploiter, les défendre ou les nommer ne signifieraient bien entendu pas grand-chose dans une réflexion de type géopolitique. Le poids, la nature et la répartition de la masse démographique sur un territoire donné constituent d'incontournables paramètres en matière de puissance.

Ressources énergétiques

Comme pour les avancées techniques, la possession et l'exploitation par un État des ressources naturelles favorisent sa montée en puissance. Pour autant, toutes les ressources ne se valent pas, certaines prenant une importance particulière selon les époques ; au cours de l'histoire sont toutefois privilégiés – outre l'eau naturellement – la culture des végétaux les plus nourrissants ou prophylactiques, l'exploitation des minéraux les plus précieux (bijoux et ornements), les métaux les plus robustes (outils, armements, navires). Au commencement du XXIe siècle, l'or bleu voit son poids stratégique s'accroître substantiellement du fait d'un dérèglement climatique accentuant dans des régions sèches pénuries et désertification ; au Sahel (Niger) ou au Proche-Orient (Jordanie), le stress hydrique devient tel qu'il menace les conditions mêmes du maintien du peuplement, menace aggravée par une urbanisation forcenée et souvent anarchique, en particulier sur le continent africain. Dans un tel contexte, l'enjeu énergétique devient vital.

À part l'eau, l'autre grand enjeu énergétique demeure l'accession aux points d'extraction et aux voies d'approvisionnement du pétrole, produit à la fonctionnalité multiple devenu parfaitement indispensable à l'économie planétaire dès le milieu du XXe siècle. Les transports routiers, aériens et maritimes de masse d'une part, la deuxième révolution industrielle d'autre part (les Trente Glorieuses), l'accession au confort du plus grand nombre enfin ont entraîné dans les années d'après-guerre un fort accroissement de la demande énergétique ; grâce à un pétrole abondant et bon marché (au moins jusqu'en 1973, puis dans les années 1980-2000) et à de larges ressources en gaz naturel, l'Occident a pu y faire face de façon relativement aisée. Mais les années 2010 marquent désormais une nouvelle étape, la hausse exponentielle des besoins énergétiques due cette fois, pour l'essentiel, à l'explosion économique de la Chine, bientôt suivie par celle de l'Inde. En 2004, Pékin importait 30 % de ses besoins en pétrole contre 50 % en 2010 ! Outre les hydrocarbures, tous les minéraux et métaux susceptibles d'accompagner la croissance soutenue d'un État abritant 1,3 milliard d'individus sont frénétiquement recherchés. Ainsi des États modestes et sans alliés, voire admis comme « voyous » (*rogue states*) comme le Soudan, peuvent remonter sinon en estime du moins en puissance en garantissant à la Chine une part de ses approvisionnements. Car en retour, Pékin ne manque pas de soutenir bec et ongle ses bons fournisseurs, au Conseil de sécurité comme dans les autres instances internationales, furent-ils accusés – on l'a vu – de crimes contre l'humanité. Dans cette fuite en avant vers la recherche d'énergie, les États ayant opté pour le nucléaire civil dans les années 1960-1970 obtiennent une double prime : d'abord en produisant de l'électricité (80 % des besoins assurés par le nucléaire en France), ensuite en exportant une technologie fort lucrative.

Malédiction du pétrole

Le dernier choc pétrolier en date, celui de 2007-2008, bien supporté par l'UE grâce à un euro fort par rapport au dollar, mais beaucoup moins par les économies fragiles du Sud, a passagèrement permis aux pays producteurs de pétrole d'améliorer considérablement leur rente.

L'aventure du pétrole a commencé dès le milieu du XIXe siècle, avec Bakou (Empire russe, puis URSS et Azerbaïdjan indépendant depuis 1991) et les États-Unis (golfe du Mexique), s'est poursuivie avec le golfe Arabo-Persique, le Donbass soviétique, le Venezuela, la mer du Nord, le Sahara algérien, la Norvège ou encore le sultanat de Brunei et, de plus en plus, le grand golfe de Guinée. Parfois, la rente pétrolière fait l'objet d'une bonne redistribution (Norvège), mais dans la plupart des cas, l'exploitation pétrolière donne lieu à ce qu'il convient d'appeler la malédiction du pétrole : un clan plus ou moins mafieux au pouvoir ponctionnant l'essentiel des rentrées en négociant avec les compagnies exploitantes, un système de redistribution sociale inexistant ou défaillant, des quartiers nouveaux de travailleurs déracinés de leurs villages où prolifère la criminalité, l'appétit aiguisé de rebelles entrant en guérilla sous couvert de lutte identitaire plus ou moins indépendantiste pour mieux s'emparer de tout ou partie de l'or noir… Par ailleurs, même dans les États pacifiés où ne se développe guère un tel processus de déréliction, comme dans les pétromonarchies du Golfe, d'inépuisables réserves de pétrole portent préjudice : découragement à étudier et/ou à travailler, dépenses somptuaires et improductives hors du pays, dépenses militaires superfétatoires, etc. Ainsi, la plus grande part des sommes astronomiques engrangées par un pays comme l'Arabie saoudite, principal producteur mondial de brut, depuis *son* premier choc pétrolier de 1973, ont été réinvesties ou purement et simplement dépensées… en Occident, *via* l'achat d'armements lourds, de complexes immobiliers, d'installations ludiques, de séjours et de produits de luxe.

Le nombre : réalités et fantasmes démographiques

Fluctuant et aléatoire

À des leaders nationalistes qui reprochaient au ministre français des Affaires étrangères Aristide Briand sa politique d'apaisement envers l'Allemagne de Weimar au terme des années 1920, celui-ci répondit : « Je fais la politique de notre natalité. » Longtemps le nombre faisait la force des États, ou du moins y contribuait grandement. Un nombre potentiellement important d'éleveurs, de pêcheurs ou de cultivateurs, de mineurs et d'ouvriers, mais aussi et surtout de soldats, permettait à un pouvoir d'espérer se défendre ou s'étendre face à des entités politiques numériquement plus faibles. Or comme pour les espaces et peut-être davantage encore, la masse démographique qui permet théoriquement la mise sur pied d'armées pléthoriques ne fut et ne demeure qu'une variable contribuant à la puissance, jamais une constante. De surcroît, la démographie est un outil fort délicat à manier, surtout lorsqu'on se pique d'en faire un paramètre géopolitique.

En premier lieu, compter avec précision ne fut jamais aisé et, dans bien des États contemporains encore, les recensements (quand ils existent) laissent à désirer, manipulés par des régimes politiques soucieux de présenter une situation favorable. En matière démographique, les chiffres constituent un enjeu de pouvoir et de revendication évident. D'autre part, il n'est guère réellement de *situation* démographique, mais plutôt une *évolution* permanente, dans le temps et l'espace. Les démographes savent bien les difficultés herculéennes à établir des perspectives fiables sur la base de taux de natalité ou de fécondité saisis en un temps T et sur un territoire donné ; les hommes se déplacent, les mœurs évoluent, les mentalités changent, des impondérables apparaissent (violences, épidémies, campagnes de vaccinations…). Pourquoi la natalité française et britannique reprend-elle vigueur en 1942, au plus fort de la guerre et/ou de l'Occupation ? Regain d'optimisme ? Pourquoi s'effondre-t-elle dans toute l'Europe (mais moins aux États-Unis) au terme des années 1960 ? La révolution des mœurs ? Certes, mais pourquoi ne repart-elle qu'en France et à partir de 2000 ? Bien plus spectaculaire encore, et aux conséquences incalculables, apparaît le taux de fécondité des femmes arabes (et d'autres sociétés musulmanes comme l'Iran), en chute libre depuis le début des années 2000. Cette transition démographique abrupte ne peut s'expliquer ni par une augmentation substantielle des niveaux de vie et du pouvoir d'achat, ni par une unité de pensée ou de mode de vie avec les sociétés occidentales, et moins encore par un affaissement du poids de la religion (à moins que ce phénomène démographique ne l'annonce !) dans ces sociétés traditionalistes. En revanche, on pourrait émettre l'hypothèse que les jeunes couples – et les jeunes femmes en particulier – rejettent l'aliénant modèle que cherchent à leur imposer, précisément depuis une décennie ou deux dans le monde arabe et au-delà, les islamistes. La confrérie fanatique des Frères musulmans ne considère-t-elle pas la femme comme une « fabrique à soldats » (cf. Charte du Hamas), la confinant entre chambre à coucher et cuisine ? Si l'hypothèse de cette prise en main de leur propre corps et de leur vie par les femmes de la sphère arabe et iranienne se vérifie avec le temps, alors on pourra parler de véritable révolution interne et d'échec subséquent des radicaux… En définitive, faute d'outils appropriés, on se condamne à des conjectures, voire à la supputation. Une observation précise nécessiterait des enquêtes sociologiques personnalisées auprès de milliers de couples dans des sociétés entières et sur plusieurs années pour obtenir des éléments fiables.

En second lieu, il faut systématiquement croiser une réalité démographique avec d'autres paramètres afin d'en pondérer l'importance ; livré dans l'absolu, un chiffre ne signifie rien.

En soi, un milliard deux cents millions d'Indiens ou soixante-cinq millions de Français n'implique ni n'apporte aucun élément d'observation géopolitique ni stratégique. Comment sont peuplés les États voisins, et parmi eux, les amis, les adversaires ? Les citoyens vivent-ils aux frontières ? Quel est leur niveau de formation, d'engagement patriotique ? Se perçoivent-ils comme une nation unie ? L'État dispose-t-il de ressources naturelles commercialisables lui permettant d'acheter des armes sophistiquées ? Sur le plan militaire, l'État densément peuplé dispose-t-il des ressources techniques, technologiques et financières pour recruter, loger, entraîner, équiper, nourrir et transporter convenablement des troupes conséquentes ? Ses infrastructures lui permettent-elles d'acheminer des masses armées vers des théâtres d'opérations lointains ou dangereux ? La composition topographique de son territoire et celle du territoire ennemi le lui permettront-elles ? La Chine et l'Inde dépassent chacune le milliard deux cents millions de citoyens, mais sont tout à fait incapables en 2011 de projeter seulement quelques dizaines de milliers de soldats aguerris loin de leurs frontières respectives. La Sibérie orientale – en stress démographique comme toute la Russie – abrite environ huit millions de citoyens. Outre-frontière, au sud du fleuve Amour, évoluent plus de quatre-vingts millions de Chinois. Autant de Chinois vivent déjà du côté russe, ouvriers et commerçants pour l'essentiel. Il paraît difficilement imaginable qu'à terme Pékin ne cherche à renforcer sa volonté de revenir sur les traités inégaux de la fin du XIXe siècle et à revendiquer une modification des frontières en sa faveur, en jouant entre autres éléments sur cette évolution démographique spectaculaire. L'Égypte, avec ses quatre-vingts millions de citoyens, pourrait facilement défier son voisin israélien onze fois moins peuplé ; sur le papier seulement, car entre les deux armées, le différentiel des niveaux de technicité est important, notamment quant à l'aviation, reine des batailles rangées contemporaines. Et la géographie, à qui profiterait-elle en cas de confrontation ? Si l'Égypte rompt le traité de paix de 1978, ses millions de fantassins lancés à l'assaut d'Israël traverseront-ils les 300 km de désert aride et accidenté, celui de la péninsule Sinaïtique démilitarisée, sans encombre jusqu'à la frontière ennemie ? Illusoire… Conservons le cas de figure égyptien et évoquons Sadate. Dans les années 1970, l'Égypte affichait déjà l'un des plus forts taux de fécondité au monde, en l'espèce presque trois fois supérieur à celui d'Israël. Or en dépit de cette garantie selon laquelle la croissance démographique égyptienne augmenterait bien plus vite que l'israélienne – avec en filigrane la possibilité d'aligner toujours davantage de militaires à la frontière –, le président Sadate privilégia la paix. En homme d'État, et entre autres considérations économiques, diplomatiques et stratégiques, il comprenait que chaque famille juive s'installant dans les quelques implantations récemment bâties dans le Sinaï pèserait d'un poids géopolitique plus lourd que les millions de bébés égyptiens à naître. Car, petit à petit, toute la société israélienne s'habituerait à l'idée de posséder un Sinaï abritant (et mis en valeur par) des compatriotes et coreligionnaires : des élèves apprenant la carte du pays à l'école aux soldats crapahutant dans cette nouvelle aire domestique, en passant par les amis et familles, les touristes en quête de beaux paysages, les militants nationalistes bien entendu, à l'ensemble des téléspectateurs regardant quotidiennement la météo sur une carte d'Israël élargie à la péninsule et à ses villages juifs. Alors, au regard du caractère démocratique de l'État hébreu, même un gouvernement conciliant n'aurait peut-être plus de majorité pour restituer le Sinaï perdu et évacuer de force ses nouveaux « pionniers » hébreux.

Au Proche-Orient toujours, suivre l'évolution mois par mois du nombre d'Israéliens implantés en Cisjordanie n'a que peu de sens ; plus intéressante est leur évolution démographique dans l'espace. Quelques familles implantées dans l'est de Jérusalem, sur un site symboliquement et religieusement très chargé (la Vieille Ville), pèseront là encore d'un poids bien plus certain que les chiffres de la natalité palestinienne dans des zones au sort scellé telles que Gaza ou Naplouse, ces villes qui seront à terme sous souveraineté palestinienne. Le plan Sharon de 2004, dont l'évacuation unilatérale de Gaza durant l'été 2005 fut le principal résultat, se fonde du reste largement sur le croisement des deux variables spatiale et démographique [1]. Dans un schéma de rivalité de pouvoir sur des territoires, il conviendrait de pousser l'observation sur de grands espaces, là où agissent des groupes diasporiques bien organisés. On connaît le cas du soutien de la puissante communauté juive américaine à Israël, mais le phénomène se retrouve aussi dans le cas du face-à-face Erevan/Bakou à propos du Karabakh. Enclavée entre deux États jugés hostiles et objectivement bien plus peuplés qu'elle – Turquie et Azerbaïdjan –, la modeste Arménie peut compter sur le soutien d'une diaspora active et, dans certains États d'Europe et d'Amérique, puissante. Les différentes diasporas libanaises, celle, chiite, d'Afrique noire ou des Caraïbes en particulier, mais aussi la diaspora maronite de France, ont pu jouer également un rôle politique et financier non négligeable dans les rivalités qui se poursuivaient au Liban, palliant ou atténuant la faiblesse démographique locale de leurs communautés respectives. Quant aux communautés chinoises installées à l'étranger, elles constituent parfois des relais d'opinion efficaces pour le régime en place à Pékin. Géographie physique et géographie humaine biaisent donc souvent l'observation démographique lorsqu'elle a pour objet l'étude de la puissance. Il en va de même pour le niveau technique et technologique atteint par un État.

1. Je renvoie à mon article consacré à ce plan : « Géopolitique du plan Sharon », *Politique internationale*, n° 108, été 2005, p. 17-34.

Le high-tech

Les avancées techniques procurent en principe un avantage commercial ou militaire à l'État qui s'y consacre. De nouvelles techniques agricoles permettaient de mieux nourrir la population en augmentant le rendement des cultures, ou en les protégeant de fléaux naturels. En outre, autosuffisant(e), un royaume, une cité, un comté pouvait vendre quelques surplus. Dans l'art de la guerre peut-être plus encore, on ne cessa jamais de rechercher l'amélioration des techniques de combat (et de soins), pour l'offensive comme pour la défensive ; le maniement d'épées en fer face à des armes de bronze, plus lourdes et moins tranchantes, permit aux Hittites d'Anatolie de remporter des batailles décisives. La poudre des Chinois, le feu grégeois des Byzantins, les bombardes anglaises offrirent des succès militaires puis politiques considérables. La course semble permanente, même si certains États fabriquant des armes lourdes demeurent sagement en retrait des conflits, tels la Suède depuis le XIXe siècle ou l'Allemagne après 1945. Industries, transports, santé suivaient à des rythmes différents cette progression vers toujours plus de performance en termes de rentabilité, de solidité ou d'efficacité. Rien de nouveau donc sous le soleil, à ceci près que ces derniers siècles – et ces dernières décennies en particulier – ont vu s'accélérer très considérablement non seulement le rythme des découvertes, mais aussi leur incidence commerciale, médicale et militaire. À l'aube du XXIe siècle, des nains démographiques dépourvus de ressources naturelles commercialisables ont acquis, grâce à la maîtrise du *high-tech*, un accélérateur de puissance phénoménal. Le cas de figure de l'État hébreu est emblématique, devenu en quelques années une grande puissance de la haute technologie faisant jeu égal avec le Japon, le Canada ou l'Europe, les dépassant même si l'on rapporte le nombre d'ingénieurs et de start-up enregistrées sur le marché américain du NASDAQ à la population. Ses découvertes civiles dans les domaines spatial, médical et agricole lui permettent d'améliorer sa balance commerciale tant les produits exportés sont à forte valeur ajoutée – ses découvertes militaires dans l'avionique, la maintenance blindée, la balistique ou la détection lui offrant, outre cet avantage économique, d'accroître influence et indépendance stratégiques bien au-delà de son environnement proche (contrats de vente mirobolants depuis le début des années 2000 avec l'Inde, la Chine, l'UE et même les États-Unis). L'unique inconvénient du *high-tech* réside dans sa faible capacité à générer des emplois directs, au contraire de secteurs traditionnels se contentant de main-d'œuvre peu qualifiée comme l'automobile ou la construction. Mais ce constat n'influe guère sur une montée en puissance étatique globale. D'autres États s'inscrivent dans cette logique, bien que de façon moins spectaculaire, qu'ils soient aussi modestes en hommes et en ressources naturelles qu'Israël, comme la Suède ou la Suisse, ou qu'ils soient plus puissants par ailleurs comme l'Allemagne ou le Brésil. Ajoutons que les budgets consacrés à la recherche et au développement (R&D), à commencer par les techniques de pointe donc, constituent un bon indicateur de la motivation à monter en puissance : presque 5 % des PIB chinois et israélien consacrés au R&D, environ 2,8 % pour les États-Unis et la Corée du Sud, moins de 2 % en moyenne pour l'UE et pour la France… De quelle nationalité sera l'agence, la firme, l'institut de recherche qui découvrira ou mettra au point puis commercialisera le système de missiles anti-missiles (provisoirement) infaillible, le produit de substitution polyvalent au pétrole, le remède efficace contre le paludisme ?

Non quantifiables mais décisives : détermination et confiance

Des victoires admises comme improbables voire impossibles au début d'un conflit peuvent bien entendu s'expliquer pour partie par le talent tactique de grands capitaines, ou par d'autres considérations militaires plus ou moins établies depuis Sun Zi, voire même par la chance ou des « frictions » (Claus von Clausewitz) telles que les intempéries. Mais cela suffit-il, quand l'écart numérique est réellement disproportionné, ou lorsque les victoires s'accumulent dans le même camp en dépit des mêmes faiblesses récurrentes ? Sparte et Mari réduisant à merci de nombreuses cités voisines, Bonaparte remportant ses plus belles victoires en infériorité numérique, Israël vainquant les coalisés arabes au cours de quatre guerres consécutives, les quinze mille rebelles du Front patriotique rwandais (FPR) écrasant les cinquante mille soldats rwandais pourtant formés et équipés par l'élite de l'armée française trois années durant… Dans presque tous les cas, la détermination demeure un facteur primordial, bien que la propension à accepter (ou du moins à supporter) le combat ne se calcule pas. Faute, là encore, d'un bon indicateur en points ou en pourcentage du type « moral des ménages », on en est réduit à des hypothèses de travail. Cette détermination s'avère elle-même le fruit d'un ou plusieurs phénomènes humains : perception d'une menace génocidaire récurrente (Israël en 1948 et 1967, Arménie en 1991-1994, FPR tutsi en 1994), meilleure cohésion identitaire politique, ethnique et/ou religieuse, propagande plus ancrée ou mieux faite par des chefs inspirant confiance, etc. Hors des champs de bataille pas encore ou déjà plus investis, aux tréfonds des sociétés civiles comme à la tête de l'État, cette détermination à entrer en guerre, à proclamer soutenir de probables sacrifices et vouloir les assumer, ou à obtenir la paix, demeure une constante impossible à négliger.

On ne quantifie pas davantage la confiance que la détermination. Subjective par définition, la confiance dans la capacité d'une institution ou d'un État à garantir ses propres intérêts ou objectifs s'appuie tantôt sur des critères en principe rigoureux (l'état chiffré de ses finances), tantôt sur des réalités plus fluctuantes (la puissance de son armée, la crédibilité de son gouvernement). La stabilité du régime sollicité demeure dans tous les cas un paramètre essentiel. Or la puissance qui recueille – à tort ou à raison – la confiance d'États ou de forces non étatiques plus modestes renforce son prestige, son réseau d'alliances, son économie. La faible Jordanie signe la paix (octobre 1994) avec le puissant État hébreu, en comptant sur sa détermination et sa capacité à faire face à ses propres voisins particulièrement voraces (Syrie, Irak, voire Arabie saoudite). À Israël échoient ainsi l'avantage d'affaiblir le front du refus et de pacifier sa longue frontière orientale, mais aussi la responsabilité de tenir ses promesses protectrices. À une autre échelle, celle d'un continent cette fois et d'un membre permanent du Conseil de sécurité, Paris intervenait militairement en Afrique noire quand ses alliés subissaient des séditions de groupes rebelles (Côte d'Ivoire 2002, Tchad 2007, etc.), ou des attaques directes d'États voisins (la Libye sur le Tchad, dans les années 1983-1986). Jamais ces coups de force n'engageaient alors les intérêts vitaux de la France, la guerre froide ne constituait pas toujours la toile de fond de l'affaire (les relais soviétiques étaient faibles dans la zone francophone de l'Afrique noire), et l'argument de la solidarité avec d'anciennes colonies relevait plus du registre sentimental que de paramètres géopolitiques. Quant à la nécessaire protection de ses ressortissants, elle faisait bien souvent figure de prétexte, surtout lorsque aucune menace ne pesait sérieusement sur eux. Pourquoi donc des opérations coûteuses financièrement et – parfois – moralement, au regard de la nature criminelle du régime soutenu (Rwanda, 1990-1993) ? Parce que la démonstration de force *valait* force, en ce sens que les autres alliés de la France devaient pouvoir s'assurer de sa détermination à les défendre eux aussi, le cas échéant. Les opinions publiques occidentales et africaines pouvaient considérer l'interventionnisme français comme néo-impérialiste, les dirigeants africains signataires d'un traité de défense avec Paris s'en accommodaient quant à eux fort bien[1]. Enfin, à l'échelle de la planète cette fois, et toujours en termes de *hard power*, les États-Unis portent l'espoir de multiples capitales qui, depuis 1945 pour certaines, lui accordent leur confiance pour ce qui est de leur protection. L'OTAN pour les alliés européens, l'ANZUS pour ceux du Pacifique Sud, ainsi que des accords de défense bilatéraux (Panamá, Pakistan, Japon, Arabie saoudite, Taïwan, etc.) et, occasionnellement, des interventions *ad hoc* (Koweït en 1990, mandatée par l'ONU)[2]. Cette réalité s'est notamment manifestée lors de l'entrée dans l'OTAN des États anciennement placés sous la férule indirecte (pacte de Varsovie) ou directe (Pays baltes) de Moscou, et de leur engagement politique ou militaire concomitant en Irak aux côtés de Washington. À ceux qui, en Europe occidentale continentale, contestèrent cette double posture, le très pro-européen et francophile ministre polonais Bronisław Geremek avait répondu lors d'un colloque tenu à Paris, en 2003 : « Vous devez comprendre que si, pour nous autres Polonais, l'Union européenne c'est la prospérité, l'OTAN, c'est la survie ! » Éloquente, la formule en disait long sur la confiance entretenue par les gouvernements et les sociétés est-européens vis-à-vis de Washington. Exaspéré par l'achat aux États-Unis plutôt qu'à la France d'une flotte aérienne de combat par Varsovie alors même que la Pologne intégrait l'UE, et par l'engagement pro-américain

1. Cf. Gérard Prunier, *Rwanda. Le génocide*, trad. de l'anglais par D. Luccioni, Paris, Dagorno, 1999.

2. ANZUS correspond aux initiales de Australia, New Zealand, United States.

des Roumanie et Bulgarie dans l'aventure irakienne, un Jacques Chirac ne prenait pas alors la mesure de la crainte de ces États d'un retour sur la scène de l'ancien oppresseur russe, ni de la vivacité du souvenir des accords de Munich lorsque, en 1938, Paris et Londres avaient littéralement livré leur alliée tchécoslovaque à Hitler. Puisqu'on s'en remettait à une puissance plus crédible que d'autres, il fallait le lui témoigner de façon forte et lucrative... Et les États-Unis, par le truchement de cette confiance accordée par un demi-continent aux portes d'un adversaire stratégique, de monter en puissance. Ailleurs [cf. chap. VII], on verra que sur le dossier nucléaire iranien, c'est précisément toute la crédibilité américaine qui se joue ; si Washington cède politiquement (ou échoue militairement en cas de crise extrême) et laisse ainsi un membre signataire violer le Traité de non-prolifération (TNP), elle prendra le risque de voir s'effondrer la confiance que des alliés excessivement précieux lui témoignaient jusqu'alors : l'Arabie saoudite, l'Égypte et la Turquie dans la zone, le Pakistan voisin de l'Iran et rival de l'Inde, le Japon dépourvu de la bombe face aux puissances nucléaires russe, chinoise et nord-coréenne dans le Pacifique, et pourquoi pas une Allemagne qui remettrait elle aussi en cause l'interdiction – devenue humiliante et datant de 1945 – de produire des armes atomiques. Pour tous ces États militairement alliés aux États-Unis et s'estimant menacés, que vaudrait encore un « parapluie » américain troué à hauteur de l'Iran, puissance modeste et dépourvue d'allié sérieux de surcroît ? Et pour les adversaires, ne s'agirait-il pas d'un encouragement ouvert au défi ?

La confiance joue aussi en matière économique : la Chine dispose en janvier 2011 de mille milliards de dollars en bons du Trésor américain, l'Arabie saoudite de presque autant. Ces États, comme d'autres créditeurs, considèrent, y compris en pleine crise financière partie des États-Unis, qu'investir dans l'économie américaine procure un double avantage :

renforcer la stabilité de cette économie considérée comme locomotive car fortement importatrice de leurs produits, et rapporter directement des dividendes au regard de ses futures performances. Pour les États-Unis, s'agit-il là d'une force ou d'une faiblesse ? Pour les analystes du déclin américain, la seconde assertion s'impose, car si Chinois et Japonais retiraient subitement leurs fonds, l'économie américaine souffrirait. Mais au nom de quel objectif rationnel le feraient-ils ? Le gain politique (punir Washington d'une initiative contestée) surpasserait-il le coût économique ? En attendant, ces fonds ont permis à Washington de s'offrir des déficits budgétaires faramineux et de compenser largement les coûts de la guerre en Irak et en Afghanistan. Nous considérons donc que la confiance accordée par des économies étatiques – comme, du reste, par des fonds d'investissement privés et autres institutions financières – à l'économie américaine correspond à une force plus qu'à une faiblesse, et traduit bien dans les faits la formule bourdieusienne selon laquelle le pouvoir qu'on vous prête vous en donne. Ajoutons que des incidents géopolitiques soudains peuvent tout à fait anéantir la confiance qu'une économie florissante encourageait à accorder. Le Liban, naguère qualifié de « Suisse du Proche-Orient » pour sa relative stabilité au cœur d'une région instable et en référence à son système bancaire fiable et développé, vit brusquement les investisseurs le quitter lors du déclenchement de la guerre civile, en 1975. Beaucoup reviendraient après la crise… pour repartir suite à la remontée de tension des années 2004-2006. Dans cette perspective de menaces stratégiques, les Émirats arabes unis pâtiraient assurément d'un dénouement militaire à la crise du nucléaire iranien. Situés sur la rive opposée du golfe Arabo-Persique et alliés à l'Occident, les richissimes émirats de Dubaï et d'Abu Dhabi, vers lesquels des milliards de dollars d'investissement ont convergé en quelques années seulement et qui rivalisent de constructions pharaoniques, figureraient vraisemblablement parmi les premières cibles d'une riposte iranienne (une fois les fonds déposés par Téhéran rapatriés !) en cas d'offensive américaine. Dans ces conditions, comment continuer à maintenir la confiance des investisseurs ?

Modalités et conditions d'exercice de la puissance étatique

Le *soft power*

Tandis que le *hard power* s'applique par l'emploi de la force brute *via* les armements, le *soft power*, conceptualisé par Joseph Nye, correspond au contraire à des éléments d'influence ni violents ni réellement coercitifs[1]. Le cas américain, à cet égard, s'impose de façon évidente. L'exceptionnelle capacité d'attraction des États-Unis ne s'est pratiquement jamais démentie depuis les années 1920 en Europe – en France, la présence physique des soldats américains y contribua pour beaucoup – et dans une grande partie du monde à partir des années 1950. Aujourd'hui encore, la boisson la plus bue au monde est le Coca-Cola®, la langue la plus universellement usitée en dehors des langues vernaculaires est l'anglais (en fait un pauvre « parler *business* » basique), le vêtement le plus porté demeure le jean, les films les plus vus proviennent de Hollywood, les universités les plus prestigieuses se situent aux États-Unis, le modèle architectural dominant et florissant est le *building* (inauguré à New York en 1902 avec le Flatiron Building), les grandes tendances et tubes musicaux naissent aux *States*, des sports américains

1. Voir notamment son ouvrage *Soft Power. The Means to Success in World Politics*, New York, Public affairs, 2004.

comme le base-ball sont très suivis, etc. La société américaine, plus encore que l'État américain, crée de la norme à l'échelle planétaire. Même au sein des jeunesses de l'Est naguère matraquées par une propagande communiste agonissant le modèle américain et à peu près tout ce qui touchait à l'ennemi capitaliste ou yankee, on écoutait du rock et du jazz en recherchant des cigarettes américaines. Dans les sociétés arabo-musulmanes contemporaines, où l'on entretenait pourtant – du moins jusqu'à l'avènement de Barack Obama – une forte répulsion vis-à-vis de l'Amérique – du fait de son soutien à Israël, de ses différentes interventions armées en terre islamique, pour la grande liberté religieuse qui y règne, ou les trois à la fois – l'attirance n'est jamais loin ; davantage d'étudiants nigérians ou pakistanais choisissent de poursuivre ainsi des études aux États-Unis plutôt qu'en Europe, et le constat vaut désormais aussi pour les sociétés africaines francophones d'Afrique de l'Ouest et du Maghreb. Il n'est pas jusqu'à la Chine concurrente et adversaire qui n'ait adopté – outre un libéralisme débridé sous un vernis communiste sans cesse plus écaillé – les sports favoris des Américains, à commencer par le basket-ball. Et l'influence ne s'arrête pas aux domaines culturel et sociétal ; les règles sécuritaires dans les transports aériens (et le fret maritime, mais cela concerne infiniment moins de gens) proviennent des États-Unis de l'après 11-Septembre. Ils constituent le modèle de modernité politique dans les démocraties neuves ou renaissantes (Europe orientale, Caucase, etc.), le cénacle phare de la pensée politico-stratégique mondiale, y compris chez les contempteurs les plus radicaux de cet « empire » (un Marcuse hier, un Chomsky aujourd'hui), dans lequel ils vivent néanmoins, et qui reste le pays le plus visité au monde en termes de fréquentation touristique… Enfin, sur le plan religieux, sinon spirituel, la foi qui progresse le plus au monde depuis le début des années 2000 n'est plus l'islam mais bien l'évangélisme prosélyte issu des multiples Églises américaines essaimant à un rythme effréné, en Amérique latine et en Afrique noire notamment[1]. On se fourvoierait évidemment à rassembler ces éléments en un dessein machiavélique d'un pouvoir centralisateur basé à Washington et visant à dominer le monde plus sûrement encore que par des armes ou des dollars.

En outre, l'usage prioritaire de la diplomatie, autrement dit de la carotte plutôt que du bâton, incarne une autre forme de *soft power*, proactive celle-là ; l'UE a ainsi fait de la diplomatie conciliatrice un instrument plus ou moins efficace dans son aire directe d'influence, largement inopérant hélas sur d'autres théâtres. De fait, le *soft power* ne détermine pas tout en matière de relations internationales, tant s'en faut.

Lorsque la puissance se rétracte… pour mieux se renforcer

L'état de puissance s'assume de manière très variable. Certains États observent un retrait voire une neutralité officielle par tradition (la Confédération helvétique depuis le XVIe siècle, la Turquie sous Atatürk dans les années 1930), ou par choix plus ou moins imposé par les grands (Finlande, Autriche pendant la guerre froide). Des politiques de rétractation délibérée se produisent aussi de la part de nations ou d'empires acculés militairement, mis en difficulté économique ou diplomatique, ou simplement présidés par un régime rejetant comme inutile ou négative une expansion outre-mer. Ce dernier cas de figure prévaut pour l'empereur Ming qui, en 1436, mit brutalement fin à des campagnes d'expéditions

1. Il convient d'ajouter que des ONG évangéliques aidèrent opportunément des groupes d'activistes lors des différentes révolutions « orange » ou des « tulipes » des années 2000, en Ukraine, en Géorgie et au Kirghizistan, anciens territoires soviétiques.

maritimes jugées fort coûteuses pour des résultats limités. Comment aurait évolué le monde si les Chinois avaient peuplé les Amériques avant les Européens ?... Entre 1918 et 1924, la révolution Jeune-Turc qui met à bas un Empire ottoman multiséculaire mais défait sur ses confins arabes et sévèrement contraint par le traité de Sèvres (1920), porte au pouvoir Kemal Atatürk qui choisit résolument de renoncer de façon définitive aux anciens territoires ottomans situés hors de l'Anatolie ; un nationalisme panturc ombrageux et presque exclusivement musulman (même laïc) se substitue alors à un empire bien plus vaste mais multiethnique et pluriconfessionnel. La France de Pierre Mendès France puis du général de Gaulle, avec les indépendances indochinoise, noire-africaines et maghrébine, se désengage volontairement de la quasi-totalité de son empire déjà devenu « Union française » en 1946. Si Diên Biên Phu et les pertes militaires en Algérie jouent un rôle non négligeable dans la lassitude ou l'écœurement des Français vis-à-vis des « guerres coloniales », Mendès France comme de Gaulle avaient déjà respectivement exprimé une conscience aiguë des nouvelles voies de la puissance, non impériales en l'occurrence. Des pourparlers précoces avec Hô Chi Minh, Bourguiba (pour la Tunisie) ou encore Ferhat Abbas avaient du reste traduit assez tôt ce positionnement. Suite à l'effondrement de l'URSS en décembre 1991, la Russie, héritière de la part principale de l'empire d'un point de vue militaire, économique, spatial et démographique, n'a d'alternative que d'abandonner toute velléité de reprendre pied dans une Europe orientale qui se jette dans les bras de l'Occident, UE et OTAN. Cependant, comme pour ses prises de position proserbes des années 1990 mais avec davantage de moyens de pression et de coercition (prix – fluctuant – du baril de brut, levier du gaz, ventes d'armes lourdes), le tandem Vladimir Poutine / Dmitri Medvedev affirmera avec force, *via* la guerre contre la Géorgie d'août 2008, que le temps de la rétractation est passé. En guise de reconnaissance d'un fait accompli depuis longtemps, le roi Hussein de Jordanie annonce solennellement en juillet 1988 qu'il renonce à la souveraineté hachémite sur la Cisjordanie, partie anciennement aisée et peuplée (et prestigieuse, avec Jérusalem-Est) de son modeste royaume désertique, de toute façon perdue au profit d'Israël durant la guerre des Six-Jours de juin 1967. Enfin, l'exemple israélien de 2000 et 2005 présente une caractéristique intéressante ; dans les deux cas, au Sud-Liban (zone de sécurité) et dans la bande de Gaza, c'est sous la pression d'une guerre d'attrition de faible intensité qu'Israël décide de se retirer unilatéralement, pensant engranger des points diplomatiques.

Dans certains cas, il arrive que des institutions phares d'un État rejettent le rôle de puissance – régionale ou mondiale – que les ressources, la géographie, l'outil militaire, la démographie ou le réseau d'alliances de celui-ci lui auraient offert de jouer. En 1919, le Sénat américain refuse ainsi à une courte majorité de ratifier l'adhésion des États-Unis à la Société des Nations (SDN), au grand dam du président Woodrow Wilson, inaugurant ainsi deux longues décennies d'isolationnisme aux conséquences lourdes et universelles. Toujours aux États-Unis, à la tête de l'exécutif cette fois, la présidence de Jimmy Carter (1976-1980) entérinera, sous couvert et sous prétexte de politique d'apaisement et des droits de l'homme, une manière de « gérer le déclin » (Henry Kissinger) ressemblant fort à un renoncement au statut de supergrand. Quelques années plus tard, face à une administration Reagan ayant réussi à enrayer à plusieurs égards ce déclin et même à inverser les rapports de force avec l'URSS, le secrétaire général du Parti communiste soviétique, Mikhaïl Gorbatchev, prendra acte de l'incapacité de son pays à suivre la course aux armements et notamment le projet de « guerre des étoiles » américain, et endossera la responsabilité de jouer une ouverture et un apaisement qui entraîneront l'effondrement de l'édifice entier. Cela vaut également pour les puissances moyennes ou modestes. La grande puissance régionale qu'incarnait incontestablement l'Afrique du Sud, à l'époque de l'apartheid, abandonne sous le nouveau régime dominé par l'*African National Congress* (l'ANC) de Nelson Mandela une part considérable de son statut en renonçant non seulement à ses ingérences armées en Angola *via* la Namibie voisine, mais aussi et surtout à la poursuite du processus de nucléarisation militaire.

L'État-nation, seul garant et dépositaire de la puissance ?

Dans tous les cas de figure, *soft power* ou *hard power*, simple influence culturelle ou contraignante pression politique, la géopolitique a horreur du vide. Si le jeu géopolitique mondial n'est pas à somme nulle, rares sont les moments où la perte d'influence d'un État dans une région donnée ne signifie pas immédiatement sa substitution par un État tiers. Que l'on raisonne à petite ou à grande échelle, on retrouve cette réalité quasi mécanique. Lorsque s'effondre l'Empire soviétique, ses satellites européens passent sous influence directe des États-Unis en quelques années. Quand la France perd (ou abandonne ?) une part de son influence en Afrique noire francophone, la Chine, les États-Unis et des puissances africaines tendent à la remplacer. Même si, à chaque fois, les degré et nature de l'influence sur les marches d'un empire ou son « pré carré » sont différents, le phénomène persiste. Doit-on y voir une scandaleuse fatalité, notamment dans les régions pauvres et soumises à protection étrangère ? Pas nécessairement. Dans les années qui suivirent la fin de la guerre froide, l'impotence d'une Russie vivant ses « années 0 » et le désintérêt subséquent de Washington pour certaines zones devenues secondaires encouragèrent à la fois un *èthos* offensif de certains régimes débarrassés de pesants tuteurs pondérateurs, et de seigneurs de guerre locaux pouvant à loisir perpétrer leurs exactions de masse ; émergence de zones grises avec affirmations tribales en Asie centrale (drogue, terrorisme), guerres civiles d'une cruauté sans précédent en Afrique centrale (Congo-Kinshasa et Congo-Brazzaville), etc. Le phénomène peut s'observer également à grande échelle, autrement dit plus localement. Quand, bon gré, mal gré, Israël et la Syrie se retirent politiquement et militairement du Liban entre 2000 et 2005, l'Iran déjà présent *via* le Hezbollah et sous les bons auspices de Damas, s'engouffre vigoureusement dans la brèche jusqu'à se substituer peu à peu à son allié syrien.

Quant au champ d'exercice de la souveraineté étatique, il a pu paraître limité à la fois par les ONG cultuelles, culturelles ou humanitaires, et par des entités financières autonomes ou indépendantes pourvues en fonds propres (fonds souverains notamment). S'il s'avère que le droit d'ingérence exigé par des ONG a en effet permis d'érafler parfois la toute-puissance de certains États, cela ne se fit qu'en part relative et par rapport… à d'autres États ayant fait pression sur eux ! Face au régime d'apartheid maintenu en Afrique du Sud, il faudra tout le poids d'ONG occidentales et africaines relayant et canalisant l'opprobre des opinions publiques pour que s'exerce la seule pression réellement efficace sur un État relativement puissant à l'époque : d'autres États, en l'espèce ses fournisseurs et clients anglo-saxons. Aiguillons sans cesse plus efficaces mais aiguillons seulement, les ONG – pas davantage que les Églises ou même l'Assemblée générale de l'ONU – ne constituent d'imparables armes face à des régimes étatiques.

Sur le plan économique aussi, en Occident du moins, l'État demeure un arbitre acteur, un recours, un garde-fou ; la profonde crise financière révélée en 2008 a ainsi vu les États parmi les plus capitalistiques au monde – Grande-Bretagne et États-Unis – voler au secours de grandes banques en détresse afin de sauver le système financier dans son ensemble. Dans ce marasme planétaire, les gigantesques fonds souverains arabes et asiatiques ainsi que les grands fonds de pension américains, qu'on présentait comme acteurs économiques incontournables, ont souffert au premier chef de la crise et n'ont guère pesé – baudruches partiellement dégonflées – face à la puissance régalienne des grands États. Il en va de même pour d'autres entités devenues riches et plus ou moins autonomes comme certaines métropoles d'Occident. Collectivités locales, établissements bancaires privés, multinationales parfois, institutions publiques, simples citoyens ; tous recoururent à l'État. Schématiquement, nous dirions que cette crise sans précédent depuis 1929 aura démontré le maintien de la prépondérance du politique sur l'économique, avec en particulier le rôle non démenti – et pleinement assumé, même par les plus libéraux – de régulateur mais aussi de pourvoyeur de confiance confié à l'État.

Manifestement, cette entité qu'on ne cessait d'enterrer a encore de beaux jours devant elle en tant qu'actrice et dépositaire des rapports de force sur la planète.

5

Les rapports de force

> « Quand vous tenez un marteau, tous les problèmes ressemblent à des clous. »
>
> Anthony GIDDENS

L'époque est à la négociation tous azimuts, à l'ouverture de chaque acteur de la vie sociale, politique, économique à tous les autres, à l'inéluctabilité du *soft power*, à la conciliation en toute chose. Dans cette atmosphère intellectuelle parfois un peu sirupeuse, évoquer la constance des rapports de force ne plaît guère, et le simple terme choque parfois. Il convient donc, dans un ouvrage consacré à la géopolitique, de rappeler que l'ensemble de l'espace international est régi par des rapports de force. La confusion provient – comme pour la frontière dont on a vu qu'elle n'était pas nécessairement fermée et surarmée – de ce préjugé selon lequel un rapport de force est nécessairement violent. Or c'est la *nature* des rapports de force et non leur réalité qui fait question, et dans la quasi-totalité des cas ils n'impliquent guère l'usage de la violence. L'imbroglio israélo-arabe a certes donné lieu à quelques confrontations armées, mais la dernière de type interétatique conventionnelle remonte tout de même à 1973 et, depuis, on signa plusieurs traités de paix ; le rapport de force soviético-américain correspondant à la guerre froide se déroula à travers des conflits périphériques, mais jamais en un conflit frontal entre les deux supergrands ; entre voisins étatiques africains entretenant un litige frontalier, on privilégie le plus souvent la conciliation (*via* l'Union africaine – UA – ou la Cour internationale de justice) ou une stratégie de contournement pour éviter l'usage de la force brute. Aucun de ces choix ne traduit un pacifisme soudain, mais chacun d'eux signifie que la dissuasion mutuelle ici, une stratégie économique là, un partage des ressources ailleurs, rendent objectivement inapproprié le recours aux armes. Trop dangereux, trop cher, et très incertain quant aux résultats… Qu'on ne s'y trompe pas : dans le registre des amis et des alliés, dans le cénacle des États entre lesquels la guerre paraît définitivement hors de question, les rapports de force prédominent également ; alliés de l'OTAN, partenaires économiques privilégiés de l'UE, « couples » indéfectiblement amis, usent des rapports de force économiques, diplomatiques, psychologiques, démographiques parfois, pour servir leurs intérêts respectifs sur certains dossiers. Cela vaut même pour des tandems tels que Paris et Berlin ou Washington et Londres. S'en étonnera-t-on ? Au fond, les autres domaines de la sphère sociale échappent-ils à toute forme de rapports de force, y compris en cas de simples divergences de vue ? *Quid* des entrepreneurs, des salariés, des partis politiques, des communes, des régions, des syndicats, des ministres au sein d'un gouvernement, des voisins de palier ? En principe, dans un système démocratique progressiste, la loi du plus fort n'est pas toujours la meilleure, ou, plus précisément, le plus fort à un instant T n'est pas celui dont la violence physique (ou le pouvoir de corruption) potentielle est la plus grande. Cela dit, la société des États ne répond que très imparfaitement à cette théorie !

Objectifs, stratégies, tactiques

Définitions sommaires

Dans le cadre en principe strictement rationnel des rapports de force entre États, le hasard et l'approximation ne tiennent aucune place. De même, un dirigeant responsable ne confondra pas objectifs, stratégies et tactiques.

Objectif

Il n'est pas de politique sans objectif. Ainsi, on n'établit pas de stratégies autrement qu'à son service. L'objectif représente ce vers quoi on tend, ce pour quoi seront engagés toutes les forces vives d'un potentiel défini, la crédibilité morale, politique ou militaire, l'économie et les ressortissants d'un État. Suite à un changement radical de rapports de force, du fait d'une modification de la couleur idéologique d'un gouvernement par rapport au précédent, à cause encore d'une nouvelle conjonction de facteurs orientant manifestement vers d'autres intérêts supérieurs, un État ou une entité politique revendicatrice peut toujours modifier son ou ses objectif(s). Mais le coût d'un changement brutal, inopiné, infondé, comme celui d'un choix hasardeux, peut s'avérer catastrophique. But à atteindre, ou au pire à approcher, l'objectif digne de ce nom et du niveau de responsabilité du gouvernement qui le définit doit être simultanément crédible et ambitieux. Pour prendre un exemple français, on se souvient de l'objectif gaullien consistant à hisser la France sinon au rang des deux supergrands – de Gaulle savait parfaitement que le poids énergétique, militaire et démographique des États-Unis et de l'URSS l'interdisait – mais à celui situé juste derrière. Pour ce faire, il dessina comme axe stratégique majeur l'obtention d'un poids diplomatique prépondérant par un réseau de forte proximité avec une vingtaine d'États d'Afrique subsaharienne et d'Afrique du Nord fraîchement décolonisés (souvent sous son impulsion décisive), et de bonnes relations avec les non-alignés.

Stratégie

Il existe mille définitions de la stratégie. On retiendra quelques éléments clés de l'intéressante définition proposée par Thierry de Montbrial : « La stratégie ne s'occupe que de l'action humaine finalisée, volontaire et difficile : finalisée, c'est-à-dire tendue vers des objectifs ou des buts identifiés avec précision ; volontaire, c'est-à-dire que la volonté (qui est liée à la durée) de l'unité agissante représente une condition fondamentale pour la réalisation de l'objectif ; difficile, c'est-à-dire que cette réalisation demande des efforts substantiels et donc prolongés pour surmonter des obstacles comprenant généralement des adversaires pourvus de stratégies antagonistes, obstacles assez élevés pour entretenir l'incertitude, au moins pendant un certain temps, sur l'issue de l'épreuve[1]. » En géopolitique – où le militaire ne prime pas nécessairement –, la stratégie comprendra dans tous les cas une dimension aussi et surtout territoriale.

Une stratégie reste toujours, intrinsèquement, rationnelle, en principe frappée au coin de l'intime connaissance des rapports de force, et surtout en parfaite cohésion avec l'objectif à atteindre. Cet objectif, lui, peut traduire un état d'utopie ou de fanatisme, peu importe au fond. L'objectif d'Al-Qaïda – une forme d'apocalypse – est dément, mais ses stratégies

1. Th. de Montbrial et J. Klein (dir.), *Dictionnaire de stratégie*, Paris, PUF, 2000, p. 527.

pour y parvenir participent au contraire d'une grande rationalité : s'emparer de l'arme atomique (Pakistan), s'accaparer le levier pétrolier (Arabie saoudite), et créer le chaos intercommunautaire (Occident). La stratégie consiste à engager tous les moyens disponibles au service d'un objectif. Moyens, temps, espaces ; en théorie toujours, la stratégie se déploie avec plus, plus loin, et plus longtemps. On peut éventuellement en changer en cours de règne ou à l'échelle d'une politique générale menée par un régime, pas en cours d'opération ou d'initiative gouvernementale ponctuelle. Contrairement à la tactique, la stratégie incarne forcément une tendance lourde.

Tactique

Sans les lettres de noblesse qu'inspire souvent la stratégie – le tacticien apparaît roublard quand le stratège passe pour grand prince –, la tactique se fonde sur le même principe hyperréaliste avec pour finalité le même objectif, mais avec moins, moins loin, et moins longtemps. Un mouvement militaire tactique s'opère avec des forces modestes et relève du capitaine ; celui stratégique appartient au général et se développe par le truchement de forces considérables. Les deux tactiques les plus fréquentes – tant politiquement que militairement – consistent pour la première à dissimuler la réalité directionnelle de la stratégie générale (écrans de fumée diplomatiques, diversion sur le champ de bataille, etc.), et pour la seconde à en amplifier ou minimiser démesurément la portée des actes (menaces rhétoriques, craintes feintes, etc.). Mais l'une s'inscrit intimement dans le déploiement de l'autre. Dans l'exemple gaullien vu plus haut, le niveau tactique correspond au type et au nombre de contrats d'aide et d'assistance accordés aux anciennes colonies pour prix de leur soutien diplomatique systématique en faveur de Paris.

Deux cas de figure : le parallèle Sadate / Begin, et les États-Unis en Afghanistan

Deux cas de figure parallèles et relativement récents nous offrent une démonstration intéressante des rapports entre stratégie et objectif. En 1978, le président égyptien Anouar el-Sadate et le Premier ministre israélien Menahem Begin concluent un protocole d'accord de paix – le tout premier entre Israël et un État arabe, en l'espèce le plus puissant – baptisé accord de Camp David. Il donnera lieu à la signature du traité du même nom sous l'égide du président américain Jimmy Carter en mars 1979. Quelle fut la variable principale dans la prise de décision (historique) de chacun de ces dirigeants ? Quels *buts de paix* visaient-ils respectivement ? On peut considérer que les deux hommes d'État, qui s'invectivaient rudement encore quelques mois auparavant et dont chacun affirmait vouloir détruire ou annexer tout ou partie du territoire de l'autre, souhaitaient rester dans l'histoire. De fait, ils obtiendront chacun le prix Nobel de la paix. Mais chez ces combattants au tempérament trempé, à l'âge non canonique et aux larges perspectives de maintien au pouvoir (Begin élu seulement un an auparavant et Sadate encore relativement jeune), l'explication relève de la naïveté. On peut aussi se faire plaisir en les imaginant, la larme à l'œil, deviser sur les souffrances qu'engendrent les guerres. L'analyse sérieuse laisse apparaître, comme toujours en géopolitique, des objectifs et des stratégies bien compris, l'ensemble correspondant à un pragmatisme classique mais hautement appréciable.

Sadate : sacrifier l'état de guerre avec Israël pour développer l'économie

1 / Au niveau de l'objectif. Pour Sadate, il s'agit de renoncer, provisoirement au moins, à l'objectif principal affirmé de

son prédécesseur Nasser, la destruction d'Israël, et de lui substituer le développement d'une économie exsangue et typique du tiers-monde.

2/Au niveau stratégique. Dans la poursuite de ce nouvel objectif, il serait absolument indispensable d'obtenir des aides considérables de l'extérieur. Seuls les États-Unis pouvaient jouer ce rôle ; or jamais Washington ne souscrirait à cette demande de soutien massif sans le renoncement à la destruction d'Israël par Le Caire. De son côté, la condition *sine qua non* pour Sadate d'un tel engagement passait par le recouvrement de la souveraineté égyptienne sur l'intégralité de la péninsule du Sinaï.

3/Au niveau tactique. Fut-elle contradictoire, l'offensive égyptienne d'octobre 1973 ? Certes pas, d'autant que Sadate lança une attaque vigoureuse sur le canal le premier jour, pour adopter ensuite deux semaines durant une tactique plutôt défensive ; il s'agissait de conserver le gain symboliquement immense d'avoir remporté une bataille au moins, celle qui « lavait » l'humiliation de juin 1967. Toujours dans cette logique, on se souvient que Sadate avait dès avant le conflit chassé les conseillers et instructeurs soviétiques (1972) et pris langue avec Washington… Bref : en aucun cas l'offensive égyptienne ne se destinait à la destruction d'Israël.

À objectif nouveau, stratégie nouvelle à son service, et tactique particulière dans la gestion des phases de guerre comme de pourparlers. Dans cette économie générale, peu importe que Sadate ait *réellement* modifié sa représentation des Juifs et d'Israël, qu'il ait *réellement* voulu dans la foulée régler la question palestinienne en exigeant d'Israël des élections municipales en Cisjordanie et à Gaza. Où se trouve la réalité lorsqu'on démontre concrètement et qu'on exprime publiquement une volonté politique ? Et, en l'occurrence, dès la visite spectaculaire de Sadate à Jérusalem en 1977, les mots et les gestes y étaient. Fi d'angélisme ; pour le raïs, la paix avec Israël se plaçait au niveau *tactique*, derrière la stratégie américaine et l'objectif socio-économique. Sadate le paiera de sa vie en 1981, mais l'économie égyptienne bénéficiera en effet et jusqu'à ce jour d'aides annuelles équivalant à plus de deux milliards de dollars constants, auxquelles s'ajouteront les apports pétroliers (gisements d'Abu Simbel) et touristiques du Sinaï restitué.

Schémas de compréhension géopolitique ayant conduit aux accords de Camp David

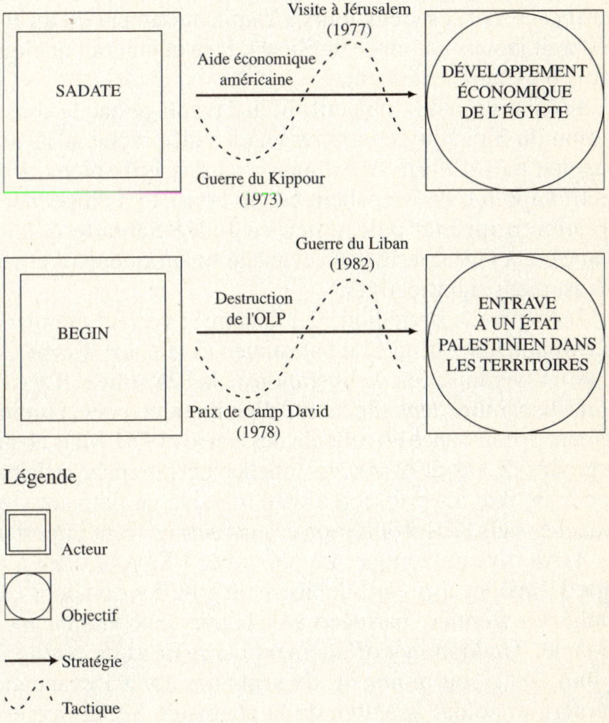

Begin : sacrifier le Sinaï pour interdire un État palestinien dans les Territoires

Le chef historique du courant sioniste nationaliste, à peine parvenu au pouvoir à la tête du Likoud en mai 1977, affirmait qu'il passerait ses vieux jours à Yamit, autrement dit qu'il ne céderait jamais un pouce du Sinaï[1]. Il se déjugerait quelques mois plus tard seulement.

1/Au niveau de l'objectif. Bien davantage que la conservation du Sinaï qui, contrairement à l'idée reçue, n'incarne pas une part d'*Eretz Israël* aux yeux des Juifs pieux, l'objectif suprême de Menahem Begin consiste à empêcher la création d'un État palestinien en Judée-Samarie (Cisjordanie) et à Gaza, terres en revanche historiquement et religieusement significatives.

2/ Au niveau stratégique. Le chantre et vecteur premier de la revendication d'un État palestinien (à la place d'Israël, du reste), l'Organisation de libération de la Palestine (OLP) doit donc disparaître, tant elle monte diplomatiquement et militairement en puissance en cette fin des années 1970. Mais abattre le groupe de Yasser Arafat, essentiellement retranché au Liban, nécessite une intervention armée massive ne pouvant s'enclencher sans la neutralisation d'au moins un front important.

3/Au niveau tactique. La paix avec l'Égypte offre à cet égard l'insigne avantage de libérer le gros des divisions cantonné à la frontière partagée avec la puissante voisine méridionale. Traduction extrêmement claire de cette réalité : le 6 juin 1982, soit moins de six semaines après l'évacuation du dernier soldat israélien de la péninsule Sinaïtique et la fixation définitive des ultimes balises frontalières, Tsahal pénètre en force au Liban, à la frontière septentrionale, pour

1. Yamit, du nom de la plus importante implantation israélienne du Sinaï.

mener à bien l'opération « Paix en Galilée » dont la vocation est le déracinement de l'OLP du pays du Cèdre et, au mieux, sa destruction complète.

Comme pour celle de Sadate, la paix de Begin s'inscrit surtout dans le registre tactique. Implantations, pétrole, tourisme : l'abandon du Sinaï par ce nationaliste s'explique avant tout par ce nouvel objectif, même si l'apport économique américain très considérable aura permis d'avaler la pilule... Et, trois décennies plus tard, le pari de Begin semble perdu théoriquement – puisque son lointain successeur Rabin signera les accords d'Oslo et que, même au Likoud nationaliste, on admet désormais le droit pour les Palestiniens à un État – mais remporté empiriquement, puisque cet État n'existe toujours pas et que l'OLP frôle constamment le chaos.

Les Américains en Afghanistan

En guise de seconde démonstration de l'articulation objectif / stratégie / tactique : ajoutons celle, bien connue pour ses répercussions fort contemporaines, de l'affaire afghane. En 1979, l'Union soviétique envahit l'Afghanistan en proie à une lutte de succession engageant un chef d'État communiste. Pour le nouveau président américain, le conservateur Ronald Reagan (1980-1988), l'*objectif* fondamental est l'affaiblissement voire l'effondrement de l'« empire du mal ». Mais l'Amérique sort à peine du traumatisme vietnamien et de l'humiliation iranienne, avec les otages de l'ambassade américaine à Téhéran. Au service de son objectif, Reagan adopte donc une *stratégie* d'attrition et de contournement, similaire à celle employée avec brio par l'URSS et ses satellites asiatiques des décennies durant. Washington va financer, armer et équiper des *moudjahidin* afghans combattant contre l'Armée rouge, sans coup férir. En toute logique d'une fin justifiant les moyens, on privilégiera les plus radicaux d'entre eux, en l'occurrence les islamistes (donc plutôt Gulbuddin Hekmatyar que Ahmad Massoud), censés porter les coups les plus durs à l'occupant. Moralement, on pourra toujours discuter sans fin sur l'opportunité de cette aide, surtout au regard des événements ultérieurs (11-Septembre), mais ceux qui voient rétrospectivement ce soutien comme tactiquement erroné se fourvoient ; il s'inscrivait dans la stratégie bien comprise d'affaiblissement de l'Empire soviétique par son flanc afghan, stratégie servant l'objectif d'abattre à terme le régime de Moscou. Chacun s'accorde à reconnaître le plein succès de cette entreprise reaganienne, puisque l'URSS s'effondrera bel et bien – certes pas uniquement du fait de son échec à Kaboul – à peine trois années après le retrait de ses troupes de Kaboul. En revanche, l'échec consistera à *poursuivre* l'aide aux islamistes radicaux une fois l'Union soviétique sortie du jeu, et cela jusqu'à l'avènement des fanatiques taliban en 1996. Opportune et efficace dans un contexte de lutte indirecte contre l'URSS, la tactique du pire jouée par Washington en Afghanistan allait s'avérer à double tranchant dans un contexte nouveau, celui de la montée en force d'une nébuleuse islamiste radicale non plus seulement antirusse mais violemment antiaméricaine. Cette réalité rappelle qu'objectif, stratégie et tactique ne doivent pas se développer seulement dans l'espace mais aussi dans le temps. Il aura tout de même fallu l'attaque meurtrière contre les Twin Towers et le Pentagone pour que Washington commence à considérer les taliban au pouvoir à Kaboul (1996-2001) comme de dangereux fanatiques… Dès lors qu'on avait modifié l'objectif, on devait en faire de même pour la stratégie.

Les buts de guerre

Dans la vie des États et des nations, un peu comme dans les *wargames* et autres jeux de rôles dont de nombreux jeunes raffolent, il n'est pas de conflits sans objectifs précis. Qu'on les atteigne ou pas, ou dans quelle mesure, est une tout autre affaire. Mais on n'entre pas en guerre, lorsque l'exécutif entretient le sens des responsabilités et se situe dans un cadre de pensée rationnel, sans avoir préalablement établi des buts de guerre[1]. Cela se vérifie à deux niveaux : celui, tactique et militaire, des capitaines au sens générique du terme – soit des chefs de guerre sollicités par la hiérarchie politique pour combattre sur le terrain – et celui, politique, des hommes d'État, qui nous préoccupe ici. Entrer en guerre, c'est-à-dire concrètement décider de l'emploi massif et létal de la violence, n'est jamais une décision anodine. Dans tous les cas de figure, y compris celui de la victoire, les conséquences pourront s'avérer très lourdes : pertes humaines évidemment, et donc baisse potentielle du moral ou de la confiance de la population voire saignée démographique (1914-1918), mais aussi affaiblissement économique et diplomatique[2]. En cas de défaite, le coût peut aller jusqu'à la chute du régime en place, au ravage d'une partie conséquente du pays, et à l'anéantissement de sa souveraineté. En principe, la rationalité constitue donc une constante dans la prise de décision de faire la guerre, et dans l'établissement des buts de celle-ci. L'entrée en conflit présuppose un ou plusieurs objectifs s'inscrivant dans le champ du politique – comme le conceptualisa Clausewitz –, donc dans l'après-guerre que l'on souhaite favorable puisque suivant une victoire sur le terrain ;

1. Cette règle doit s'appliquer même si le temps est révolu de la geste solennelle des hérauts tendant parchemin et des diplomates en gants blancs annonçant l'état d'hostilité. Depuis la fin de la Seconde Guerre mondiale (URSS / Japon), on ne se déclare plus officiellement la guerre.

2. Lorsque le géant est vraiment superpuissant et le nain réellement lilliputien, comme dans le cas des États-Unis attaquant l'île caraïbe de la Grenade en 1983, l'entrée en guerre peut n'avoir en effet que des conséquences positives pour le premier. Mais ce cas de figure demeure tout de même marginal.

aussi, plus large sera la victoire militaire au champ d'honneur, plus grands apparaîtront les avantages politiques (pris au sens large, par opposition au registre militaire) à la table des négociations. Comme objectifs, ces buts de guerre doivent impérativement répondre aux deux critères déjà soulignés plus haut : l'ambition (timorés, l'enjeu de la guerre en vaut-il la chandelle ?), et surtout le réalisme (démesurés, ne se condamne-t-on pas à échouer ?).

Il convient de ne pas pécher par candeur, les choses de la guerre ne s'y prêtent point. Un pouvoir politique ne signe pas de charte de transparence ou de sincérité quant à des buts de guerre réels, et l'ambiguïté, la dissimulation ou le maintien d'une forme d'effet de surprise participent souvent de l'initiative ; on s'évite ainsi d'avoir à fixer des buts inatteignables ou inavouables dans un premier temps, et de se découvrir vis-à-vis de l'adversaire ou des opinions publiques. Mais il arrive nécessairement un moment où les buts de guerre initiaux doivent se révéler, en particulier en démocratie où l'on rend des comptes à ses concitoyens, et *a fortiori* lorsque les pertes s'accumulent, tant en hommes qu'en budgets.

Irak et Hezbollah

Quels furent par exemple les buts de guerre de l'administration Bush en Irak, début 2003, en abattant le régime de Saddam Hussein par l'invasion du pays ? Lui substituer un régime démocratique ? Surveiller l'Iran voisin ? S'assurer du contrôle des points d'extraction et des voies d'approvisionnement de l'abondant brut local ? Écarter le danger d'armes de destruction massive ? Montrer de la détermination après le 11-Septembre ? Un peu tout cela à la fois, sans doute, mais dans quel ordre ? Plusieurs années après le déclenchement de l'aventure irakienne, on a du mal à dégager clairement lesquels de ces buts de guerre primordiaux a poursuivi George

W. Bush, d'autant que celui avancé par le président américain avec le plus de constance, la victoire dans la lutte contre le terrorisme (*Global War on terror*), demeure franchement le moins convaincant. La « guerre sans fin » (Bruno Tertrais) dans le temps et l'espace relève, on le sait, d'une chimère. Même si la Maison-Blanche était soumise à de fortes influences divergentes ou contradictoires (réalistes *versus* néoconservateurs), et parfois à des pressions croisées du Département d'État et du Pentagone, in fine le président se devait de trancher. *A posteriori*, l'absence de buts de guerre crédibles et cohérents aura coûté à Washington à la fois affaiblissement de crédibilité et opprobre. Dans plusieurs autres cas célèbres, les historiens peinent aussi à déterminer des objectifs précis. En août 1914, si la France peut officiellement afficher sa volonté pluridécennale de recouvrer sa souveraineté sur l'Alsace-Lorraine, les buts de guerre du IIe Reich et de la Couronne britannique paraissent plus confus, tenant surtout dans la réduction de la puissance militaire adverse. Or pour cet objectif aux contours indéfinis, et parce qu'il leur fallait tenir leur engagement pris dans un système d'alliances complexes (Triplice et Triple Entente), ces deux nations lutteront, parmi d'autres, plus de quatre années durant, sacrifiant ainsi leur jeunesse et leur économie florissante. Au moins la France, à travers les *Grandeurs et misères d'une victoire* (Georges Clemenceau, 1929), récupérerait-elle ses provinces perdues en 1870-1871. Dans tous les cas, au terme d'un tel cataclysme, lorsque les populations meurtries et appauvries en viennent moins à se poser la question de savoir si tel enjeu méritait tant de sacrifices, que celle de savoir quel avait été cet enjeu au départ, cela augure de lendemains difficiles…

De façon peut-être plus emblématique encore et sur un théâtre espace-temps infiniment plus réduit, on évoquera le récent exemple israélo-libanais de juillet 2006. Immédiatement après le coup de force du Hezbollah chiite pro-iranien en territoire israélien (Zarit), au cours duquel huit soldats de Tsahal sont abattus et deux autres capturés, le Premier ministre Ehoud Olmert déclare solennellement à la Knesset que la campagne de représailles contre l'ennemi ne s'arrêtera que lorsqu'elle aura permis de démanteler le Hezbollah et de récupérer les deux militaires israéliens. À cet instant précis, à peine enclenchée, la guerre est déjà perdue. Car comment espérer anéantir un mouvement qui comprend, outre une guérilla performante, des dizaines de milliers de cadres civils sociaux, religieux et politiques, et cela par une campagne de bombardements aériens dont on sait au moins depuis l'expérience du Vietnam qu'elle n'est en aucun cas suffisante ? Comment espérer que ce mouvement polymorphe libère en rase campagne les deux captifs dont la « valeur » devient soudainement immense, car enjeu même du conflit, par la voix d'Olmert en personne ? N'y eut-il plus eu qu'un seul combattant du Hezbollah vivant à l'issue de la puissante offensive israélienne, celui-ci aurait de fait été le geôlier des deux prisonniers ! À la vérité, on reste confondu devant la précipitation et l'incompétence du chef de gouvernement d'un pays pourtant rompu à un demi-siècle de conflits, et par le caractère hautement irréaliste de ses objectifs proclamés. Depuis, en dépit d'un bilan tactique mitigé, les belligérants autant que les diplomates étrangers admettent la seconde guerre du Liban comme perdue par Israël. Contestable en termes strictement militaires, le constat s'impose absolument au regard des buts de guerre énoncés par Jérusalem[1]. Lors de la guerre de Gaza de décembre 2008 - janvier 2009, le gouvernement israélien fera preuve d'infiniment plus de prudence et de réalisme quant à ses objectifs.

1. Cela dit, les buts de guerre du Hezbollah dans l'affaire n'apparaissent guère plus intelligibles ; sauf à considérer bien entendu que le créateur et tuteur iranien avait besoin de rouvrir à peu de frais le front « sioniste », afin de démontrer ses capacités balistiques et humaines, et de faire oublier sa marche au nucléaire militaire…

Rivalités asymétriques

Le concept « 0 mort »

Jusqu'où supporterez-vous vos *pertes ?*

Mao Zedong, fondateur en octobre 1949 puis président de la République populaire de Chine jusqu'à sa mort en 1976, établit en son temps la célèbre théorie du « tigre de papier » appliquée aux puissances occidentales, successivement empêtrées dans les guerres d'Indochine (France, 1946-1954) et du Vietnam (États-Unis, 1964-1975). Pour l'auteur du *Petit Livre rouge*, les Occidentaux disposaient certes d'une force de frappe supérieure à celle de leurs adversaires, mais d'une capacité moindre à supporter les coûts moraux et humains de la confrontation. En substance, il défiait les sociétés occidentales sur leur capacité à supporter des pertes élevées chez leurs combattants. De fait, l'indifférence voire l'hostilité croissante de l'opinion publique française à l'égard du coûteux engagement en Indochine (cinquante-huit mille tués, des milliards de francs engloutis), davantage encore que les revers militaires tactiques de 1953-1954, allaient précipiter la fin du conflit en défaveur de Paris. Plus clairement encore, les doutes profonds de l'opinion américaine quant au bien-fondé du sacrifice humain – cinquante-neuf mille soldats au final – dans la guerre du Vietnam face à une menace bien peu palpable de surcroît, ébranlèrent la détermination de deux administrations au moins. En face, Mao et Hô Chi Minh affirmaient pouvoir sacrifier des millions d'hommes au besoin, forts de la légitimité d'une guerre de « libération populaire ». Encore s'agissait-il dans ces deux cas de conflits géographiquement lointains (comme celui, colonial, mené par le Portugal en Angola), impliquant des dizaines ou des centaines de milliers d'hommes, dont de nombreux réservistes (en Algérie – lequel territoire comprenait trois départements français et abritait presque un million d'Européens – les gouvernements français dépêchèrent le contingent, donc les jeunes conscrits, pour plusieurs longues années). Mais à partir des années 1970, cette réticence des opinions occidentales à engager leurs soldats – fille des expériences catastrophiques des Première et Seconde Guerres mondiales et d'un certain pacifisme subséquent, et non de prétendues « valeurs occidentales » – se confirma et s'accentua dans des cas pourtant *a priori* infiniment moins problématiques : théâtres d'opérations plus proches et mieux circonscrits que le Sud-Est asiatique ou l'Afrique noire, absence de réservistes dans les forces engagées, aval onusien et donc respect du droit international, voire même opérations de maintien de la paix au profit de civils désemparés… Lorsque le chef d'État libyen Muammar al-Kadhafi envahit le nord du Tchad en 1983, le président Mitterrand, constitutionnellement chef des armées, exigea de son état-major un plan « économe » (opération Manta) en vie de soldats, fussent-ils des professionnels engagés volontaires. Plus récemment, en août 2008, la perte subite au combat de dix parachutistes français face aux taliban relança très vivement le débat, non seulement sur l'opportunité de la présence française en Afghanistan dans le cadre de l'OTAN, mais aussi sur le jeune âge des soldats tombés (vingt ans en moyenne), leur formation, leur équipement, etc. En Somalie, l'embuscade qui fit dix-huit tués parmi les soldats américains de l'opération *Restore Hope*, en 1993 (épisode immortalisé par le film *La Chute du Faucon noir*), précipita comme on l'a vu la fin de l'opération sous l'impulsion d'un président Clinton soucieux des atermoiements de l'opinion ; en 1999, sous la pression d'Européens heurtés par les exactions serbes au Kosovo, le même chef d'État américain acceptait de frapper la Serbie de Slobodan Milošević, mais par voie exclusivement aérienne et donc sans risque de pertes au sol… À chaque demande onusienne de forces de maintien de la paix, les gouvernements sollicités (tous ne sont pas européens) exigent des garanties de sécurité maximales pour leurs soldats une fois sur zone. Et parfois, lorsque quelques-uns d'entre eux tombent au combat ou sous les coups d'assassins (Belges au Rwanda, en 1994), les mêmes gouvernements retirent immédiatement l'ensemble du contingent. Certes, l'intervention massive en Irak semble contredire ce constat général, puisque durant les trois premières années au moins après l'intervention, l'opinion américaine suivait bon gré mal gré le président George W. Bush en dépit des pertes croissantes parmi les *boys*. Mais il convient de rappeler que les forces américaines investirent l'Irak peu de temps après le 11-Septembre, acte de guerre sans précédent par son ampleur à la fois symbolique et meurtrière sur le sol américain.

Ainsi en va-t-il des Occidentaux pour les pertes dans leurs propres rangs. Mais *quid* des pertes non pas subies mais *infligées* à l'ennemi ? Sont-ils prêts à les assumer ?

Jusqu'où supporterez-vous nos *pertes ?*

Au fond, la théorie de Mao ne comportait-elle pas un second volet lié aux souffrances mêmes des ennemis des Occidentaux ? Les effets des bombardements conventionnels (mais massifs et incendiaires) sur Dresde et nucléaires sur Hiroshima et Nagasaki, en février et août 1945, ne se voient pas immédiatement hors zone. De toute façon, face à la barbarie des régimes nazi et nippon, il est douteux qu'une protestation populaire se fût exprimée, surtout dans une Grande-Bretagne exsangue et meurtrie[1]. Plus tard, l'emploi massif de l'aviation – Serbie, Afghanistan, etc. –

1. Quant à la guerre de Corée, elle concerne encore majoritairement des militaires et intervient avant l'ère de la télévision.

répondra bien entendu à des impératifs tactiques militaires autant qu'à la volonté logique d'épargner la vie du plus grand nombre de combattants, surtout dans un conflit de guérilla. Mais ces dernières décennies, la « reine des batailles » aura aussi procuré un autre avantage insuffisamment évoqué : sauf en cas de présence journalistique opportune (ou importune !) aux points d'impact, on ne distingue guère les effets d'un bombardement aérien. Le rapport puissance destructrice / visibilité des souffrances est de loin le meilleur qu'on puisse obtenir. Or avec la guerre du Vietnam, surtout dans sa dimension terrestre, on entrait dans un registre nouveau, celui de l'image de masse. Photographies et reportages télévisés apportaient un éclairage nouveau moins sur les difficiles conditions de combat des GI – de retour au pays, les fantassins parlent, et leurs blessures deviennent visibles – que sur les souffrances qu'ils infligeaient à l'adversaire, en particulier civil. Car, au Vietnam, la ligne de front n'est nulle part et les civils sont en première ligne presque partout. Qui, en Occident, n'a jamais vu la photographie de cette petite Vietnamienne en pleurs fuyant nue son village en feu, avec en arrière-plan un soldat américain armé et casqué ? Ce type de clichés, diffusés pendant la guerre, n'aura-t-il contribué bien davantage que les embuscades du Vietcong à démobiliser l'opinion américaine, ou plutôt de la mobiliser contre la poursuite d'un conflit perçu comme inhumain ? Que l'ennemi se comporte en barbare, la propagande le dit – et parfois c'est exact, comme durant la Seconde Guerre mondiale –, et on aime à le croire en toute logique patriotique ou ethnocentrique. Mais que ses propres chefs et soldats se comportent mal, voilà qui est de plus en plus difficilement toléré des sociétés qui ont élevé la valeur de la vie et sa protection à un niveau probablement jamais atteint. Affirmer que l'épisode d'Abu Ghraïb – les tortures et humiliations infligées à des prisonniers irakiens par des soldats américains dans la prison de Bagdad – a constitué un tournant dans le soutien populaire américain à l'expédition d'Irak ne relève sans doute pas de l'exagération. Ces scrupules, ainsi que les suites judiciaires qu'a connues l'affaire, font honneur à la démocratie américaine, mais ils introduisent une faiblesse géopolitique dont ne pâtissent guère des régimes autrement moins soucieux de l'éthique de leurs militaires…

Quelques combinaisons

Dans les guerres dites asymétriques, différentes combinaisons peuvent se « jouer » entre parties antagonistes, des positionnements se voir adopter par les adversaires en présence.

Fort au faible, ou la démonstration de force vaut force

On connaît bien, pour l'avoir expérimentée, la tactique du fort au faible ; il s'agit de jouer sur la puissance de feu. Mais on néglige dans cette combinaison le coup à double détente, autrement dit la démonstration de force comme impact indirect d'une opération majeure, fût-elle manquée. Même si la situation devait s'améliorer structurellement en Irak, l'intervention américaine de 2003 restera (perçue comme) un échec, ne serait-ce que du fait des buts de guerre initiaux et du chaos qui aura régné quelques années au moins dans la région de Bagdad. Cela dit, on n'a sans doute pas suffisamment porté intérêt aux effets politico-stratégiques induits par l'intervention américaine, traduction type de la stratégie du fort au faible. En l'occurrence, plusieurs « faibles » ont fortement infléchi leur politique antiaméricaine immédiatement après l'aventure irakienne. Dès mai 2003, Damas se désengageait de Beyrouth (puis de tout le Liban en septembre 2004). Bonne volonté soudaine de Damas après… vingt-sept années d'occupation presque continue de la capitale libanaise ! L'élément déclencheur : une véritable injonction de Colin Powell, dès la conquête de Bagdad par les GI. Un autre « faible » s'inclina face au « fort » sans pourtant se trouver directement en ligne de mire : le régime islamo-nationaliste de Khartoum, en guerre depuis 1983 contre les rebelles (et les civils) chrétiens et animistes du Sud-Soudan, acceptait subitement de négocier avec John Garang, chef de ladite rébellion et homme des Américains dans la région. En 2004, un accord était trouvé après vingt années de conflit à outrance. À la même époque, le turbulent colonel Kadhafi accélérait le processus de règlement du contentieux qui l'opposait aux familles d'assassinés britanniques et américains du vol 747 de la Pan Am (attentat de Lockerbie en décembre 1988), puis remettait spectaculairement aux États-Unis – plutôt qu'à l'ONU, choix *a priori* stupéfiant de sa part – quatre-vingts tonnes de matériels réputés nucléaires. Après un tiers de siècle passé à combattre et agonir l'Amérique, il opérait un virage à 180 degrés. Enfin le pouvoir collégial en place au Yémen, soutien actif et affirmé d'Al-Qaïda, allait jusqu'à proposer à Washington l'établissement d'une base aéronavale à Aden ! Cette quadruple concomitance – qui frise la schizophrénie géopolitique – renvoie à deux questions que se posent en substance les despotes face au déploiement de puissance d'un « fort » idéologiquement déterminé (en l'espèce, les néoconservateurs autour de George W. Bush) : 1/ Serai-je le prochain sur la liste ? 2/ Si oui, comment l'éviter ?

Faible au fort

Dans le registre militaire, la tactique du faible au fort est connue depuis Sun Zi ; mener la guérilla, profiter de la géographie pour harceler l'adversaire plutôt que d'en affronter les redoutables puissances de feu et numérique en rase campagne, affecter son moral, tenter de peser sur celui de son arrière, etc. Dans le registre diplomatique, le faible jouera d'expédients (gagner du temps, jouer le victimisme) et adoptera une tactique de contournement en s'adjoignant d'autres faibles ou présumés tels.

Fou au faible

Parmi les autres combinaisons envisageables, celles introduisant le concept du « fou » nous semblent intéressantes. Jouer hors rationalité, menacer de chaos plus que d'attaque raisonnée, abandonner toute mesure et toute loi dans l'exercice de la confrontation. Le président américain Richard Nixon tenta au début des années 1970 de convaincre le Nord Vietnam que, excédé, il comptait raser le pays par des bombardements plus intensifs encore que ceux menés en représailles du soutien de Hanoï au Vietcong. L'initiative échoua devant la détermination implacable d'Hô Chi Minh et la capacité d'endurance et de sacrifice exceptionnelle de ses concitoyens, mais aussi devant l'hostilité de l'opinion publique américaine – et de celle du monde entier – à la poursuite de cette guerre. En outre, il paraît douteux que le chef d'État nord-vietnamien, déjà rompu à deux décennies de lutte (guerre d'Indochine), ait cru à la posture de « fou » tentée par son homologue américain.

Fou au fort

La tactique du fou au fort, cette fois, s'apparenterait à Al-Qaïda frappant des milliers de civils au cœur de la première puissance étatique au monde. Pourquoi le faible n'a-t-il pas « seulement » humilié le fort en visant ses bases (ce qui fut fait, d'ailleurs, en Arabie saoudite en 1995), laissant matière à discuter ? Il sait qu'un 11-Septembre correspond au coup de pied dans le nid de guêpes plutôt qu'au coup qui blesse mais laisse une chance à l'échange. Le procédé appelle avec certitude absolue une riposte sans bornes, du moins à horizon utile de plusieurs années ou décennies, et illustre le choix du chaos davantage que du combat.

Ces quelques combinaisons – auxquelles nous pourrions en adjoindre d'autres – s'inscrivent évidemment dans la théorie géopolitique, même si de nombreux exemples tel celui de la guerre d'Irak peuvent les illustrer empiriquement. Certains demeurent du reste sujets à débats : les terroristes anarchistes sont-ils « fous » ou « faibles » face à l'Empire tsariste en 1895 ? Ceux d'extrême gauche face à l'Allemagne fédérale dans les années 1970 ? Les terroristes islamistes face à l'Occident contemporain et à une grande partie du monde musulman ?

Un rapport de force plus classique qu'il n'y paraît ; la guerre de l'eau n'aura pas lieu

« La prochaine guerre sera celle de l'eau. » L'assertion est fréquente, ce d'autant plus depuis que les scientifiques, les ONG et les ingénieurs hydrauliques sonnent l'alarme à l'unisson, sur le risque ici, la réalité là, de la raréfaction localisée des ressources, due entre autres phénomènes au dérèglement climatique. Des conflits pour la possession des ressources hydriques auraient déjà eu lieu, telle la guerre israélo-arabe des Six-Jours de 1967, en particulier dans sa dimension israélo-syrienne (plateau du Golan, proximité du lac de Tibériade). Incontestablement, l'importance fondamentale pour un État de disposer de points d'approvisionnement suffisants existe depuis la haute Antiquité, et ne se dément pas depuis. Dans des zones géographiquement arides, ou à proximité de mégapoles rapidement surgies de terre, enfin lorsque les productions agricoles hydrophiles comme le coton constituent l'essentiel des produits d'exportation d'un pays en voie de développement, cet accès à l'or bleu devient tout simplement vital. En outre, l'accès à certaines ressources fluviales a déjà fait l'enjeu de rivalités géopolitiques. Au cours du XIXe siècle, le Brésil n'a de cesse d'établir ses frontières occidentales le plus haut possible vers les sources des affluents de l'Amazone, entraînant des tensions avec l'Équateur et le Pérou. Plus proche dans le temps, en 1998, la Turquie exige l'extradition du chef des rebelles kurdes du Parti des travailleurs du Kurdistan (PKK), Abdullah Öcalan, réfugié en Syrie. Damas refuse. Plutôt que d'envoyer des troupes à la frontière, Ankara réduit alors le débit de l'Euphrate grâce à son gigantesque complexe de barrages « Atatürk », situé en Anatolie orientale. La Syrie, pays d'aval et tributaire du grand fleuve pour son approvisionnement, s'exécutera dans les quarante-huit heures en expulsant Öcalan. Mais ne voyons dans cet exemple qu'une semi-démonstration. En effet, même pays d'amont aux infrastructures hydrauliques performantes et par conséquent possesseur d'un instrument hydrostratégique efficace, la Turquie n'a triomphé que parce qu'elle aurait été capable, le cas échéant, de mener et de remporter une guerre traditionnelle, acier contre acier, feu contre feu. Car la guerre pour l'eau – ou pour l'énergie, ou pour l'or ou toute autre ressource – signifie d'abord la *guerre*. Faute de moyens, d'alliés ou de combattants, on négociera aide technique et/ou importation, sans donc recourir au rapport de force militaire, au *hard power*. Dans le cas de figure évoqué, le levier hydraulique a permis à Ankara d'éviter d'en venir à un rapport de force militaire qui, de toute façon, paraissait clairement en sa faveur. Un luxe… Car dans un autre registre, si la Jordanie, l'un des États accusant le pire stress hydrique au monde, cherche à se procurer de l'eau autrement que par la négociation technique ou commerciale avec des voisins mieux pourvus, il lui faudra aligner hommes, chars et avions en quantité et en qualité. Sans quoi non seulement elle n'obtiendra guère d'accès au fleuve ou au lac convoités, mais encore son prestige et son économie pâtiront d'une défaite militaire classique sur un champ de bataille conventionnel.

En l'espèce, nain militaire, Amman n'a que deux alternatives, aucune n'empêchant du reste des restrictions ; soit le partage avec l'autre indigent régional, son voisin israélien, soit la construction de coûteuses unités de dessalement d'eau de mer. Amman privilégiera la première solution, et bénéficiera ainsi d'un partage effectif des eaux du bassin Yarmouk / Jourdain, à hauteur de 50 millions de m³ par an prodigués par l'État juif, en vertu du traité de paix du 26 octobre 1994.

On peut considérer qu'au moins une guerre ouverte fut déclenchée directement pour accaparer des ressources, pétrolières en l'occurrence, paradoxalement par un État qui en possédait des quantités phénoménales. En 1990, lorsque l'Irak envahit et annexe le Koweït voisin, c'est le deuxième exportateur de brut au monde qui s'empare du cinquième. Derrière le vernis idéologique et la propagande légitimatrice à usage interne de Saddam Hussein, faisant du petit émirat koweïtien la « 19e province » de l'Irak, c'est bien entendu pour des raisons liées au pétrole que celui-ci en prend possession ; il s'agit d'élargir l'étroite fenêtre maritime dont dispose l'Irak dans le Golfe, mais aussi et surtout de se payer sur la bête des gigantesques efforts humains et financiers consentis huit ans durant dans la guerre contre l'ennemi perse iranien commun aux Arabes sunnites. Le dictateur irakien s'estime en effet insuffisamment rétribué en retour de ses sacrifices. Disposant d'un rapport de force militaire écrasant face au modeste Koweït et à son inerte alliée saoudienne (dont les élites, officiers compris, se réfugient au Yémen et à Londres), il franchit le Rubicon. Mais l'aurait-il fait s'il avait prévu l'immédiateté et surtout l'ampleur de la réaction américaine et, derrière Washington, internationale, autrement dit s'il avait su devoir finalement pâtir d'un rapport de force brut aussi écrasant en sa défaveur ? On peut en douter ; tout cruel qu'il fût, Saddam Hussein était un pragmatique.

Une stratégie éprouvée : tirer sa force de l'ennemi

Tension à l'extérieur pour ressouder à l'intérieur : « la ligne bleue des Vosges »

L'une des plus anciennes pratiques stratégiques employées par les gouvernants consiste à faire la guerre *à l'extérieur* pour obtenir ou renforcer la paix ou la stabilité *à l'intérieur*. Pointer du doigt les périls extérieurs en les surestimant, stigmatiser une puissance plus ou moins voisine et toujours plus ou moins comploteuse et expansionniste, revendiquer la souveraineté sur un îlot perdu ou sur des reliefs désolés des confins, exiger le « rattachement » de frères / autochtones / locuteurs « brimés » hors des frontières, ou exiger la modification du tracé d'anciennes frontières naguère « imposées », permettent de renforcer popularité et cohésion intérieure, à l'avantage du pouvoir en place évidemment, en particulier lorsque s'accumulent les difficultés et, avec elles, la contestation populaire. Flatter la fibre identitaire – surtout nationaliste et/ou religieuse – permet de canaliser ces frustrations sociales et politiques vers un but commun, d'édulcorer ou d'apaiser les sentiments d'injustice et de colère face à la misère, à l'impéritie du gouvernement, à la corruption de la force publique. Ce principe stratégique se constate presque structurellement chez les régimes autoritaires, à la tête desquels l'autocrate ou les oligarques préside(nt) arbitrairement et sans contre-pouvoirs réels aux destinées du pays sous férule ; à cet égard, le degré d'autoritarisme du régime d'une part, et la fragilité de sa base clanique, religieuse, ethnique ou idéologique d'autre part, influent généralement sur son aventurisme militaire. Une sorte de *panem et circenses*, mais sans pain, et dont les jeux se dérouleraient « pour de vrai » et hors de l'arène. Dans

Le Rivage des Syrtes, Julien Gracq traduit à merveille ce phénomène d'instrumentalisation d'une rivalité de pouvoir sur un territoire, à travers l'adresse du chef de la cité déclinante et assoupie d'Orsenna à un jeune officier de grande famille : « L'état officiel d'hostilité, qui est celui de la Seigneurie vis-à-vis d'une certaine puissance étrangère, a pu avec les années s'évanouir dans la conscience de son peuple, jusqu'à devenir un sujet de plaisanterie et de dérision ; il vous appartient de vous rappeler, au besoin contre lui, une vérité redoutable qui n'a jamais cessé d'être, et de vous maintenir en toutes circonstances à la hauteur de ce qu'elle peut vous proposer. Cette vérité vit par vous, et par quelques-uns qui en demeurent seuls dépositaires ; il dépend de vous, et d'eux, que l'État, qu'ils peuvent prétendre à incarner seuls, dans des circonstances décevantes, continue à être servi lucidement[1]. »

On touche là à la quintessence du phénomène ! Certes, cette stratégie s'accompagne souvent d'autres variables qui entrent en jeu dans les prises de décision : un Mao Zedong en Corée en 1950 recherche aussi le triomphe du communisme à ses portes ; un Leonid Brejnev en Afghanistan en 1979 brigue aussi un meilleur rapport de force en Asie centrale face aux États-Unis présents au Pakistan ; un Saddam Hussein au Koweït en 1990 convoite l'assainissement de ses finances par un surcroît de brut à vendre, etc. Dans tous les cas, les effets secondaires de la guerre projetée seront toujours bons à prendre : prestige en cas de victoire, victimisme et revanchisme en cas de défaite, pour peu qu'elle ne se révèle pas trop dévastatrice. Quand elle l'est, l'agresseur peut tout perdre. De toute façon, il prend généralement soin de s'attaquer à un (présumé) plus faible, pragmatisme oblige. Mais chez le dictateur argentin Videla, en revanche, la guerre des Malouines de 1982 correspond tout à fait au schéma initial. Les protestations s'accentuent, l'armée paraît hésiter, l'éco-

1. J. Gracq, *Le Rivage des Syrtes*, Paris, José Corti, 1952, p. 137.

nomie sombre : place alors à la guerre fédératrice pour récupérer les « terres perdues », redonner à la mère patrie une partie arrachée d'elle-même. Pour ce faire, on jouera sur la représentation populaire de *las Malvinas* « martyres et occupées » par la lointaine et « impérialiste » Angleterre. L'opération suscitera du reste en effet une certaine ferveur en Argentine, mais le caractère humiliant de la déroute militaire face à l'armée britannique dépêchée par Margaret Thatcher signera tout de même la chute du despote et de sa junte[1]. Autre cas d'école, mais ne s'inscrivant pour l'essentiel que dans un état de tension – ou de guerre froide locale – sans dégénérer en conflit ouvert : le Golan. Perdu par la Syrie au profit d'Israël lors de la guerre des Six-Jours de juin 1967, ce modeste plateau représente depuis 1974 une sorte de ligne bleue des Vosges pour le régime alaouite ultraminoritaire et dictatorial des Assad, père (Hafez, 1970-2000) et fils (Bashar, depuis 2000)[2]. Après l'échec militaire d'octobre 1973, Damas n'a plus jamais tenté une quelconque action militaire pour recouvrer sa souveraineté sur le *Djôlan*, et tous les pourparlers diplomatiques ou militaires des années 1990 et 2000 avec Jérusalem ont échoué, faute – entre autres – de propositions crédibles. Cause nationale en Syrie, ce caillou mouillé vaut bien davantage hors des frontières qu'à l'intérieur ; il légitime et justifie tout, de l'état d'urgence permanent depuis presque cinq décennies à une politique prédatrice au Liban, en passant par une implacable férule sociale, politique et économique sur l'ensemble de la population. Toute réserve publiquement exprimée à l'endroit du régime est

1. Il semble que la Première ministre britannique maîtrisait mal l'emplacement de cet archipel perdu aux confins de l'Atlantique Sud, mais il reste que sa réaction immédiate et sans faiblesse lui permettra de remporter haut la main le scrutin législatif de 1983, tenu jusque-là pour perdu…

2. Hypothèse développée dès 1999 dans mon *Moyen-Orient entre guerre et paix. Une géopolitique du Golan*, Paris, Flammarion.

dénoncée et châtiée comme trahison de la lutte sacrée pour la terre perdue, ou comme forme perverse d'intelligence avec l'ennemi occupant. Dans ce jeu consistant à « en parler toujours, n'y agir jamais », le régime damascène innove peu, et se fait fort de rappeler que la zone fut partie intégrante du sol national dès l'indépendance de 1945. Pour autant, sa technique de non-récupération du plateau pour des motifs intérieurs force l'admiration…

L'affaire est plus complexe dans une authentique démocratie moderne, car les dirigeants en place – pas nécessairement plus pacifiques ou moins belliqueux que leurs homologues tyranniques – ont des comptes à rendre à la population dont ils ont à prendre en charge à tout le moins la sécurité politique, voire, selon les textes constitutionnels, le bien-être ou même le bonheur[1]. De nos jours, on dirait plutôt « opinion » que « population » tant les sondages incarnent l'une des boussoles privilégiées des leaders en Occident. Rendre des comptes, cela signifie d'abord passer par les fourches caudines de scrutins régulièrement et sincèrement organisés[2]. Un chef de l'exécutif qui engagerait son pays en l'absence de péril mortel évident (mais nous sommes déjà dans l'interprétation) sur la voie d'une confrontation très coûteuse – économiquement en cas de simple montée de tension (mobilisation, déplacement de matériels lourds, augmentation substantielle des budgets militaires), humainement en cas d'aventure militaire (soldats tombés au front, civils réfugiés, blessés ou tués) – prendrait le risque ô combien rédhibitoire de se voir rejeter par le corps électoral au scrutin suivant. Du reste, en cas d'exercice trop solitaire ou manifestement irresponsable du

1. Cf. la Constitution française de 1793.

2. Et en cas de forfaiture ou de décision irresponsable, c'est prendre le risque de se voir traduit en justice ou déposé. On concédera qu'il s'agit là de principes très théoriques, mais ils tranchent tout de même avec l'usage en vigueur dans les régimes de dictature.

pouvoir, de puissants mécanismes de régulation interviennent en principe comme autant de garde-fous : parlement, institution de contrôle des lois de type conseil constitutionnel ou cour suprême, presse libre, partis d'opposition, etc. L'exemple le plus emblématique pour la France reste à ce jour la volonté farouche de se réapproprier l'Alsace-Lorraine partiellement annexée par l'Allemagne en 1871. Louable et légitime, il n'en demeure pas moins que cet abcès de fixation fut d'autant plus entretenu par la IIIe République qu'il servait grandement sa consolidation. Rien mieux que l'horizon bleu des Vosges ne permit de rassembler la nation vers un objectif commun, par-delà les clivages extrêmement profonds existant alors, dans les décennies 1870-1910, sur les plans idéologique, social et même culturel. Cette ferveur revanchiste se retrouverait du reste dans les tranchées de la Première Guerre mondiale, et permettrait à un Clemenceau de justifier *in situ* (puis *a posteriori*) la guerre et, peut-être, d'augmenter la ténacité des Poilus combattant dans des conditions épouvantables quatre années durant. Tendre le ressort des énergies nationales par des opérations extérieures, cela consiste aussi à encourager la nation à soutenir une politique de conquête coloniale – et en l'espèce, les démocraties française, britannique, belge et néerlandaise n'auraient rien à apprendre des empires autoritaires nippon, russe et allemand ! –, y compris avec les encouragements d'une puissance rivale et occupante parfois. Ainsi le chancelier prussien/allemand Bismarck n'aurait-il de cesse de pousser la France vers les conquêtes outre-mer afin de mieux lui faire oublier l'Alsace-Lorraine conquise et occupée par ses propres soins…

Usage de la mémoire traumatique génocidaire

Le problème de « l'usage » politique d'une mémoire génocidaire n'est quasiment jamais abordé dans les analyses de type géopolitique. Sans doute la charge émotionnelle entourant le traitement du crime des crimes et la crainte de heurter des survivants ou leurs descendants limitent-elles les vocations. La question nous semble toutefois incontournable : moralement, un gouvernement, ou un régime politique dans son ensemble, peut-il utiliser un événement cataclysmique stratégiquement et à des fins de politique intérieure ou extérieure ? En outre, quand, à partir de quel discours, de quel dispositif visuel, de quelles actions l'instrumentalisation se substitue-t-elle à l'hommage sincère et légitime rendu à la mémoire des martyrs ? Qu'un pouvoir cherche à se renforcer ou à obtenir des avantages en exagérant la vulnérabilité de ses frontières, en trafiquant ses résultats économiques, en dissimulant sa véritable démographie ou en faisant vibrer la fibre nationaliste est perçu comme assez banal, en particulier s'il est de nature autoritaire. Qu'il ose en revanche utiliser les cendres, les ossements ou les noms de milliers de membres du peuple au nom duquel il (dit) exerce(r) son autorité choque les consciences, apparaît comme monstrueux, surtout s'ils incarnent les vestiges d'un génocide avéré et reconnu. Or la question accusatoire, outre le fait qu'elle renvoie à la sempiternelle place de la morale en politique, ne se borne pas à la sphère théorique. On la retrouve ainsi dans les trois cas de figure arménien, israélien et rwandais. L'ancienne République soviétique d'Arménie, l'État d'Israël et la République rwandaise « utiliseraient » respectivement les trois grands génocides respectifs de 1915-1916, 1941-1945 et 1994 pour légitimer des politiques expansionnistes, notamment dans les litiges (toujours respectifs) du Haut-Karabakh azéri, des Territoires palestiniens, et du Kivu congolais. Dans le cas rwandais, le pouvoir en place est de surcroît accusé de prendre appui sur le génocide tout récent pour bafouer les droits de l'homme.

Exprimer et montrer l'horreur : le Rwanda

Le domaine d'expression politique dans lequel le régime rwandais fait en revanche « emploi » du génocide est surtout celui des affaires extérieures. Comme l'écrit justement l'africaniste Gérard Prunier, « les prisons bondées du Rwanda sont à la fois une blessure morale et le rappel irritant d'une horreur non résolue. Elles permettent au gouvernement actuel de jouer les saints avec l'avantage moral que cela suppose et de tirer un profit politique maximal de la situation. La moindre critique sur l'échec de la justice ou sur le monopole politique est facilement balayée du haut de cette supériorité morale en face de l'impuissance internationale. Pris sous cet angle, le régime en place au Rwanda a retourné l'indifférence de l'Occident pendant le génocide en un capital politique qui peut lui servir sur la scène internationale[1] ».

Le rappel constant de l'incohérence, de l'impuissance et du cynisme des nations pour ce qui est d'empêcher ou de stopper le génocide de 1994 s'accompagne, hors des sphères diplomatiques, d'une scénographie mortuaire à usage externe. Le pouvoir FPR ayant placé les principaux lieux de mémoire génocidaire dans le protocole diplomatique, il s'avère difficile, lorsqu'on parcourt le Rwanda, d'échapper aux ossuaires disposés en plusieurs points précis du territoire. Bien entendu, l'exhumation de corps ensevelis dans des fosses communes, fosses dont certains emplacements sont révélés au fil des audiences des tribunaux *Gaçaça*, revient d'abord à offrir une sépulture honorable aux malheureux et, pour de nombreuses

1. Gérard Prunier, *Rwanda. Le Génocide*, *op. cit.*, p. 435.

familles, à tenter de retrouver dans les macabres amas un être cher grâce à un bout de tissu ou à une malformation osseuse. Mais la prorogation de cet état de fait traduit une intention politique : maintenir bien en vue, sur plusieurs sites emblématiques du génocide, des montagnes d'ossements et autres alignements de crânes procède à l'évidence d'une volonté de frapper les esprits. Ce dispositif concerne surtout les visiteurs étrangers, car d'une part les Tutsi revenus d'exil dans le sillage du FPR (surtout installés à Kigali) n'ont pas subi le génocide et ne s'y intéressent pas nécessairement, et d'autre part les Hutu ne se rendent pas spontanément sur ces lieux évoquant des crimes de masse, qu'ils les légitiment *a posteriori*, qu'ils les contestent ou qu'ils y soient réellement étrangers. Ajoutons que ni les écoliers et lycéens, ni les soldats n'ont obligation de « pèleriner » au mémorial du génocide de Gisozi, à Kigali, ni en nul autre lieu de supplice à travers le pays, contrairement aux exemples israélien et arménien ; avec les visites impératives du mémorial de Yad Vashem à Jérusalem et de celui de Tsitsernagabert à Erevan, il s'agit essentiellement de renforcer le ciment national, même si par ailleurs le protocole diplomatique inclut une visite de ces deux lieux pour les hôtes de haut rang. Mais dans le cas rwandais, on recherche davantage à affecter durablement des consciences étrangères qui pèsent d'un poids politique, diplomatique, médiatique ou économique, et par conséquent susceptibles d'améliorer à l'extérieur l'image du gouvernement et à l'intérieur la situation financière ou militaire générale. Au fond, le président Paul Kagamé ne mit-il pas fin au génocide, major à la tête de ses troupes ? Et ne serait-il pas le garant – bien mieux qu'une ONU qui sombra en 1994 – de l'impossibilité de sa répétition ?

Peut-être faut-il en définitive ramener la question de l'emploi de la mémoire génocidaire à celle, plus conventionnelle (au sens où un génocide n'est pas un crime conventionnel), de l'usage politique de toute mémoire traumatique collective.

Belgrade et ses alliés serbes de Bosnie rappelaient ainsi, durant la guerre civile yougoslave des années 1990, que leurs ennemis croates avaient collaboré avec le IIIe Reich de 1941 à 1944 ; la Chine proteste régulièrement contre les hommages officiels rendus au Japon par de hautes personnalités à des officiers nippons qui participèrent à des campagnes barbares, comme celles de Nankin en 1937 ; le pouvoir algérien a fréquemment recours à l'accusation de génocide contre la France à propos de la guerre d'indépendance ; le président russe Medvedev qualifia l'attaque géorgienne d'août 2008 sur Tskhinvali (capitale de l'Ossétie du Sud) de « génocidaire » et de « nazie »[1]… Preuve au moins que l'accusation infamante de génocide a acquis une portée tactique universelle certaine, de plus en plus de gouvernements l'emploient, non seulement dans une presse aux ordres mais aux tribunes des plus hautes instances internationales.

1. Le président russe traitera aussi son homologue géorgien Mikhaïl Saakashvili de « mélange de Saddam Hussein, de Hitler et de Mussolini » ; on concédera que c'est beaucoup pour un seul homme !

6

Internet, l'opinion publique, les mots piégés

« Si toutes les valeurs se valent, le cannibalisme n'est qu'une affaire de goût. »

Claude LÉVI-STRAUSS

INTERNET, UNE RÉVOLUTION GÉOPOLITIQUE ?

Posons-le d'entrée de jeu : la mondialisation de l'information *via* Internet ne paraît pas pouvoir révolutionner à court terme les mentalités, du moins dans un sens pacifique et conciliateur. On n'enregistre pas moins de violences intercommunautaires dans les sociétés pluriconfessionnelles ni moins de conflits interétatiques depuis l'explosion de la Toile dans les années 1990, et le nationalisme exacerbé, le fanatisme religieux comme les différentes formes de racisme n'ont guère décru, avec ou malgré le développement spectaculaire de cette nouvelle technologie d'information. Encore devrait-on ajouter qu'un bon quart de la population mondiale n'y a toujours pas accès (se consacrant pour l'essentiel à tenter de subsister), et qu'un autre quart y « *surfe* » sous la menace permanente d'autorités politiques ou religieuses répressives. En outre, si cet outil à usage multiple permet une meilleure connaissance des idées, des images et des cultures – bref, de l'Autre par-delà les frontières –, il sert également de caisse de résonance et de courroie de transmission aux complotistes, négationnistes et terroristes de tout acabit à travers la planète.

Le syndrome de l'ordinateur d'Al-Qaïda

Il semble établi que l'ordre d'exécuter la quadruple opération terroriste du 11 septembre 2001 fût transmis *via* Internet, depuis l'Afghanistan alors dominé par le régime islamiste radical « barbare[1] » des taliban, par des membres d'Al-Qaïda. Pour nombre d'observateurs, un tel fait impliquerait une véritable révolution géopolitique : guerre virtuelle, abolition des frontières, etc. Or, si l'on y regarde de près, à quel saut qualitatif, à quelle différence de nature correspondrait l'emploi d'un ordinateur afin de déclencher une opération à des milliers de kilomètres ? Rapidité de l'exécution et difficulté d'interception ? En leur temps, téléphone, télégraphe, pigeons voyageurs et autres volutes de fumée sur les crêtes faisaient fort bien l'affaire et franchissaient tout aussi bien les frontières. Usage des technologies de pointe de la part d'un groupe marginal ? Les anarchistes russes du XIXe siècle utilisaient déjà les bombes les plus sophistiquées, les *Hashishin* ismaéliens du XIIe siècle la technique novatrice du poignard empoisonné manié par des « kamikazes ». Quant à la pratique consistant à envoyer d'autres hommes à la mort, sans nécessairement les connaître et sans avoir à en subir personnellement les contrecoups, on admettra qu'elle n'est pas nouvelle non plus. En vérité, la question qui se pose est la suivante : où se trouvait précisément le terroriste lorsqu'il tapa ses ordres *via* Internet à la bande de Mohamed Atta ? Puisque pas un territoire au monde n'échappe à une souveraineté étatique, il fallait bien

1. Expression qu'employèrent successivement deux présidents français, Jacques Chirac le 8 octobre 2001, et Nicolas Sarkozy le 21 août 2008.

qu'il opérât sur le sol d'un État. En l'espèce, il s'agissait de l'Afghanistan, dirigé depuis 1996 par le régime taliban. Dès lors, deux hypothèses s'imposaient, aux conséquences lourdes et radicalement antinomiques : soit ce régime *ignorait* les activités criminelles d'Al-Qaïda – et affirmait les réprouver –, auquel cas on avait affaire à une « zone grise » et les puissances pouvaient aider Kaboul à réduire le réseau islamiste (scénario pakistanais sous le général Moushara‌f de 2001 à 2008) ; soit le régime *savait*, auquel cas il se rendait complice et devait en assumer les conséquences. On sait ce qu'il en était et ce qu'il advint. Ce cas démontre qu'Internet ne constitue pas nécessairement une révolution dans « l'art » de mener la lutte (terroriste ou militaire), même si la quantité, le poids et la simultanéité des messages qu'il permet de diffuser abolissent en effet l'espace-temps. En revanche, la géographie politique conservera bel et bien ses droits tant que les hommes ne pourront échapper tout à fait aux espaces terrestre, aérien ou maritime souverains. Même en haute mer – ou éventuellement, à l'avenir, en orbite –, l'horreur du vide entretenue par tout système politique international imposera des responsabilités étatiques sur le mode du « chacun doit balayer devant sa porte », en l'espèce devant ses côtes, ou surveiller l'usage de ses navires, ou de ses capsules spatiales, etc. Et Internet n'y changera pas grand-chose. En revanche, la Toile s'est d'ores et déjà avérée un formidable accélérateur non seulement de révélations diplomatiques via WikiLeaks, mais aussi de rumeurs de complots, de remises en cause de réalités génocidaires, de distorsions grossières des réalités.

Complotisme et négationnisme

On aurait tort de ne pas prendre au sérieux l'ampleur du phénomène. Que des pans entiers de certaines sociétés, frustrés de victoires militaires ou humiliés par l'interventionnisme de puissances tierces perçues comme impérialistes ou néocoloniales, cèdent au mythe du complot et à ses théoriciens : l'affaire n'a rien d'exceptionnel et, sans avoir à convoquer de sombres heures du bas Moyen Âge, on vit l'Europe rationaliste moderne s'y adonner plus désastreusement que le monde arabo-musulman contemporain. Mais les techniques de communication modernes – Internet en tout premier lieu – offrent à ces lubies plus ou moins manipulées une ampleur sans précédent, et aux propagandistes des moyens de subversion redoutables. Ainsi la théorie du complot fragilise-t-elle des régimes politiques sur le thème du pouvoir « vendu » aux forces occultes certes souvent corrompus et autoritaires, mais s'inscrivant dans un concert de nations nécessitant la stabilité et non l'aventurisme, et menace-t-elle des populations intrinsèquement fragiles en milieu conservateur : les femmes, les homosexuels, les minorités religieuses, les francs-maçons ainsi que tous les démocrates bien entendu. L'expérience prouve qu'à chaque montée de fièvre collective se nourrissant notamment du complot, « l'ennemi intérieur » essuie la première salve. On ne distingue point les ourdisseurs du complot ? Preuve qu'ils se terrent très efficacement[1] !

Aux confins du complotisme et jamais bien loin de celui-ci, le négationnisme se développe autour de l'exigence de la preuve irréfragable *absolue* – par définition introuvable –, et par l'inversion de la charge de la preuve. Ces deux articulations sont notamment à l'œuvre dans les grands génocides

1. En France, le brûlot de Thierry Meyssan intitulé *L'Effroyable Imposture. 11-Septembre 2001* (Versailles, Carnot, 2002) bénéficia hélas d'un grand succès grâce à l'émission alors la plus vulgaire du paysage audiovisuel français. Lire, parmi les solides contre-enquêtes, celle menée immédiatement après par les journalistes Guillaume Dasquié et Jean Guisnel, *L'Effroyable Mensonge* (Paris, La Découverte, 2002), et, plus généralement sur le phénomène complotiste, les recherches de Pierre-André Taguieff et d'Antoine Vitkine.

arménien, juif et tutsi. Le négationnisme n'incarne pas seulement un détestable phénomène de société, plus ou moins passager et psychologiquement irritant ; il a aussi des incidences géopolitiques. Quand elles s'inscrivent dans le discours officiel d'un gouvernement, la négation ou la minimisation outrancière d'un génocide exaspèrent les citoyens et les élites d'un État qui s'en estiment les descendants ou les héritiers. Leur réaction – sincère ou instrumentalisée, peu importe en l'espèce – risquera d'orienter substantiellement une politique étrangère sur des chemins offensifs. La rupture des relations diplomatiques en novembre 2006 entre Paris et Kigali, décidée par le régime rwandais, fit ainsi suite au rapport d'enquête très controversé du juge français Bruguière sur les causes du génocide tutsi. Les rodomontades négationnistes du président iranien Mahmoud Ahmadinedjad ainsi que le « colloque » organisé à Téhéran en décembre 2006 sur les « mensonges de l'Holocauste » relèvent peut-être de la gesticulation diplomatique sur fond de processus nucléaire et de luttes de pouvoir au Liban. Il n'empêche ; ce type de démonstration choque profondément l'opinion israélienne (et occidentale) et, par contrecoups, pousse à la surenchère certains leaders populistes tout en restreignant la marge de manœuvre des représentants politiques de l'État juif. Quant à l'exigence arménienne de reconnaissance du génocide de 1915, elle constitue un enjeu non seulement entre Ankara et Erevan, mais aussi entre la Turquie et l'UE dans la perspective d'une adhésion de la première à la seconde, enfin et surtout entre Washington et Ankara ; si la Maison-Blanche reconnaissait ce génocide, la géopolitique turque en serait bouleversée.

Europe, Méditerranée, monde musulman ; le mythe des opinions publiques globales

Parfois aussi creux que le concept de « communauté internationale », celui d'« opinion publique » pose problème dans une analyse géopolitique. Car brandir l'opinion publique tel un slogan répond généralement à une volonté politique, *a fortiori* si on la décrète européenne, méditerranéenne, musulmane, et pourquoi pas mondiale ! Fluctuante par définition, traversée de clivages nécessairement multiples, une opinion publique ne s'observe-t-elle qu'à l'aune d'un événement unique, si dramatique soit-il ?

Guerre d'Irak : émergence d'une opinion publique européenne ?

En 2002 et 2003, des analystes des mouvements d'opinion établissaient une théorie selon laquelle était née – fait sans précédent depuis la construction de l'architecture de la CEE en 1957 – une véritable « opinion publique européenne » (Dominique Reynié), et ce à l'occasion de l'intervention armée de Washington et de ses alliés en Irak. Et en effet, toutes les enquêtes d'opinion sans la moindre exception avaient à l'époque indiqué un rejet plus ou moins massif, en Europe occidentale, de l'attaque contre le régime de Saddam Hussein. À l'Est, dans les dix États qui devaient intégrer l'UE l'année suivante, les chiffres étaient moins marqués, et on atteignait même l'équilibre en Pologne, en République tchèque et dans les Pays baltes (Lituanie, Lettonie, Estonie). Sans doute l'influence américaine – alors à la mesure de la crainte et de la détestation entretenues à l'encontre de la Russie – avait-elle favorisé leur pondération vis-à-vis de la politique de George

W. Bush. Toujours est-il qu'au sein de l'UE, sondages successifs, tribunes d'intellectuels et manifestations de rue ne laissaient aucun doute. Pour autant, une première interrogation s'impose : pour distinguer une opinion publique sur un territoire ou au sein d'une population donnée, doit-on impérativement y constater un consensus ? En France comme dans toute démocratie pacifiée, à l'exclusion peut-être des thématiques fondatrices telles que la nature du régime, l'opinion publique ne se clive-t-elle pas sévèrement, souvent en deux parts plus ou moins égales ? Une forte majorité d'approbations ou de désapprobations sur un thème précis marque-t-elle la condition *sine qua non* de l'existence d'une opinion publique ? Deuxième interrogation : si les sociétés européennes avaient été aussi arc-boutées contre la guerre en Irak, par quel sortilège auraient-elles paradoxalement maintenu (ou remis) aux affaires des équipes dirigeantes en faveur de la guerre ? Ainsi, en dépit d'un revers électoral en 2004 (dû à l'usure du pouvoir ?), le Premier ministre britannique Tony Blair se maintient, lui, le principal allié de George W. Bush dans l'aventure irakienne. Le Premier ministre danois Anders Fogh Rasmussen – lui aussi inconditionnel de la guerre en Irak – remporte les élections générales de 2005 et 2007 ; Sylvio Berlusconi – atlantiste forcené et proguerre sans état d'âme – triomphe aux législatives italiennes de l'été 2008 ; aux Pays-Bas les démocrates-chrétiens se maintiennent lors du scrutin législatif de 2006, etc.

À l'inverse, Gerhard Schröder, principal opposant à la guerre avec son homologue français, échoue en 2007 face à Angela Merkel, tandis qu'il n'avait gagné cinq années plus tôt *in extremis* qu'en axant déjà toute sa campagne sur l'Irak. En France, on ne peut pas dire que les ultimes années du second mandat de Jacques Chirac, le fer de lance des antiguerre européens, aient été triomphales, ni que son successeur, l'américanophile Nicolas Sarkozy, élu haut la main en 2007, compta parmi les plus fanatiques opposants à Washington[1]. Ajoutons que Bernard Kouchner, l'une des rarissimes personnalités françaises à avoir soutenu ouvertement la destruction du régime irakien, deviendrait à peine quatre ans plus tard l'un des ministres les plus populaires du premier gouvernement Sarkozy, aux Affaires étrangères de surcroît[2] ! En Espagne, José Luis Zapatero, lui aussi farouche contempteur de l'opération (mais alors dans l'opposition), l'emportait certes aux législatives de mars 2004, mais quarante-huit heures après les terribles attentats islamistes des gares de Madrid, face au successeur d'un José Maria Aznar ayant effrontément menti sur l'identité des auteurs du massacre. Encore quelques jours auparavant, le conservateur Mariano Rajoy était crédité d'une avance sérieuse dans les sondages, bien que souhaitant le maintien des soldats espagnols aux côtés de leurs camarades américains en Irak…

En réalité, l'apparition d'une opinion majoritaire devant un événement isolé – fût-il primordial sur le plan géopolitique – ne suffit guère pour conclure à la création d'une opinion publique globale. Les citoyens de l'UE, à un moment particulier et face à un événement précis – sur lequel ils n'avaient du reste guère prise, puisque leurs gouvernements, tous démocratiquement élus, détenaient la décision légitime –, pouvaient en effet se retrouver ; mais dans le quotidien de leur existence et de leurs situations et convictions sociales, politiques ou identitaires, l'événement ne constituait pas un facteur de cohésion en soi. Les Français demeurent sans doute les derniers à croire encore que leur gouvernement fut alors, en 2002-2003, représentatif d'une opinion majoritaire dans ce « jeu de go » avec les États-Unis ; les opinions publiques

1. Il convient toutefois de rappeler que, ministre de l'Intérieur, il s'y était publiquement opposé.

2. Position prise en compagnie des philosophes Pascal Bruckner et André Glucksmann, ainsi que du cinéaste Romain Goupil.

– volatiles par définition – changent ou évoluent très vite et, si l'opposition à ce conflit fut incontestablement forte, les gouvernements démocratiquement élus – et parfois réélus – se tinrent au contraire majoritairement derrière Washington[1].

Mal pensée, mal justifiée (puis mal menée), cette guerre méritait contestation. Or ses opposants, qui jouèrent en vérité la carte de l'opinion publique afin de mieux la délégitimer, échouèrent non seulement devant la détermination des gouvernements européens (et de bien d'autres) à suivre l'allié américain, mais encore et surtout face à l'inertie d'une opinion publique sans doute plus conceptuelle qu'empirique…

1. Comme l'illustra la « Lettre des 8 », publiée en commun le 30 janvier 2003, par laquelle les dirigeants de huit pays de l'UE appelèrent à un « front face à l'Irak » aux côtés des États-Unis : José María Aznar (Espagne), José Manuel Barroso (Portugal), Silvio Berlusconi (Italie), Tony Blair (Grande-Bretagne), Václav Havel (République tchèque), Péter Medgyessy (Hongrie), Leszek Miller (Pologne), et Anders Fogh Rasmussen (Danemark). Cette lettre, qui stupéfia Paris, fut suivie le 5 février de la Déclaration des pays du groupe de Vilnius, là encore en faveur de Washington, mais de la part d'États non membres de l'UE : Albanie, Bulgarie, Croatie, Estonie, Lettonie, Lituanie, Macédoine, Roumanie, Slovaquie et Slovénie.

Les États présents en Irak en 2003 furent (par ordre d'importance des contingents) : États-Unis (130 000), Royaume-Uni (UE, 9 900), Italie (UE, 3 000), Pologne (UE, 2 350), Ukraine (1 650), Espagne (UE, 1 255), Pays-Bas (UE, 1 100) ; entre 100 et 1 000 hommes : Australie, Roumanie (UE), Bulgarie (UE), Thaïlande, Danemark (UE), République tchèque (UE), Honduras, Salvador, République dominicaine, Norvège, Mongolie, Azerbaïdjan, Hongrie (UE), Portugal (UE), Nicaragua, Lettonie (UE) ; moins de 100 hommes : Philippines, Slovaquie (UE), Albanie, Croatie, Géorgie, Nouvelle-Zélande, Lituanie (UE), Moldavie, Estonie (UE), Macédoine, Kazakhstan. Une dizaine d'autres États, dont le Japon, soutinrent alors politiquement Washington.

L'affaire des caricatures de Mahomet, ou un milliard de gens irritables…

Le traitement de l'affaire des caricatures parues dans le journal danois *Jyllands-Posten*, en septembre 2005, constituera sans doute une clé de compréhension du nouveau mythe des opinions publiques globalisées. Cinq manifestations de quelque envergure (de l'ordre du millier de personnes ou plus) se tinrent ponctuellement et tardivement dans le monde : l'une, modeste, au Maroc, une deuxième en Égypte concoctée par les Frères musulmans en guise de pression sur le gouvernement Moubarak en pleine préparation successorale, une troisième en Syrie organisée par les services secrets pour punir la France de sa politique jugée hostile (l'ambassade est endommagée), une autre en Arabie saoudite, alors que toute manifestation y est strictement interdite (!), et une dernière au Pakistan. Les autres manifestations témoignèrent de la même « spontanéité » dans l'Iran des mollahs, moyennant finance pour les participants. À chaque fois, des femmes en tchador ou en burka défilent, fermement encadrées par des hommes accoutrés à la mode salafiste… Au total, ce sont donc quelques dizaines de milliers de personnes sur plus de cinq cents millions d'adultes qui, obéissant soit aux ordres d'un régime hyperoppressif, soit à ceux de partis politiques religieux extrémistes, manifestèrent l'espace de quelques jours leur colère. Mais *le* monde musulman aurait été choqué, la « guerre de civilisations » enclenchée, etc. En définitive, une partie des intellectuels et des politiques occidentaux n'ont-ils pas joué à se faire peur, prenant inconsciemment les musulmans comme un bloc monolithique d'un milliard d'individus ataviquement obnubilés par toute représentation caricaturale de Mahomet ? Cette posture relèverait non seulement de la complaisance vis-à-vis de minorités extrémistes ou de pouvoirs autoritaires (parfois prétendument laïcs) prompts à canaliser à leur profit toute ferveur populaire agissante, mais aussi, au fond, à un certain mépris pour ces nouveaux « bons sauvages » si susceptibles, si frustes…

Un concept commode : la « rue arabe »

Que va penser la « rue arabe » ? Cette expression – folklorique et un poil orientaliste (sous-entendu : les gosses dans la rue, une promptitude à la colère, etc. ? Comme on aurait dit naguère le « bureau new-yorkais », l'« usine allemande », la « rizière chinoise » ?…) – traduit en réalité un concept fantasmatique. On agite la menace d'explosion de la « rue arabe » à chaque crise dans laquelle des Occidentaux prennent part. Certes, le mécontentement social, économique, politique de la plupart des sociétés arabes face à la pauvreté et à la corruption des régimes, ne peut qu'affaiblir ces derniers, lesquels jouent sur la corde sensible du conflit israélo-palestinien ou sur la détestation des États-Unis pour éluder leur propre impéritie. Mais le constat demeure : ils ne chutent pas sous la pression populaire, et les ambassades occidentales ne sont guère l'objet d'assauts d'une populace en furie à chaque caricature antireligieuse ou à chaque loi sur la limitation du port des signes religieux (dont le *hijab*) en Europe. Allons plus loin : jamais depuis la mort naturelle de Gamal Abdel Nasser en 1970 la « rue arabe » n'a fait chuter un régime (sauf en Tunisie en 2011). On enregistra certes des attentats ciblés, tels ceux qui frappèrent mortellement le roi saoudien Fayçal en 1975 et le président égyptien Sadate en 1981, et des émeutes islamistes (Syrie, 1982). Mais de manifestations de mécontentement menant au soulèvement général, point. Même les meurtrières émeutes de la fin des années 1980, en Jordanie ou en Algérie par exemple, avaient pour fondement une colère bien plus sociale que politique, et elles s'éteignirent en quelques jours sous les balles des militaires[1].

Extension occasionnelle du mythe commode de la « rue arabe », la « rue musulmane » fait florès ces dernières années. On ajoute à la commodité une véritable ineptie : celle d'un monde musulman plus ou moins unifié. Cinquante-sept États majoritairement musulmans sur trois continents, des communautés minoritaires importantes ailleurs, des confessions et des écoles islamiques différentes et pour certaines de plus en plus antagonistes (chiites / sunnites), des milliers de clans et de tribus, des traditions culturelles, sociopolitiques et économiques diversifiées, des dizaines de langues... Dans un tel contexte d'éclatement extrême, ni les coups de force américains en Irak, ni le conflit israélo-palestinien ni – donc – l'affaire des caricatures ne sont évidemment parvenus à fédérer un tant soit peu ; il était du reste édifiant de voir, durant la campagne américaine de 2003, le soutien populaire non feint que témoignaient vis-à-vis de l'administration Bush des foules musulmanes au Koweït, au Kosovo et au nord de la Côte d'Ivoire. Certes, dans ces trois cas on percevait les Américains comme des libérateurs (ou du moins, pour la Côte d'Ivoire, comme un contrepoids aux Français), mais il n'en demeure pas moins qu'ils manifestèrent bruyamment leur soutien, preuve, là encore, que les aspirations « locales » pèsent davantage que des considérations extérieures souvent vécues comme abstraites.

1. La guerre meurtrière de Gaza, en janvier 2009, confirma le caractère très conceptuel de la « rue arabe ». Certes, des manifestations de colère éclatèrent dans plusieurs villes du monde arabe (et musulman), mais sur un rythme et avec une ampleur à peine supérieurs à celles qui eurent lieu dans les cités d'Occident, et finalement sans débordements massifs.

QUESTIONS SÉMANTIQUES

Mare nostrum, ou le mythe entretenu d'une opinion publique méditerranéenne

L'une des « opinions publiques » les plus en vogue est sûrement celle qui prévaut quant à la Méditerranée. La *mare nostrum* – « notre mer », en latin – ne fut telle que parce que l'Empire romain y était maître, non seulement politiquement, mais dans une large mesure aussi commercialement sinon spirituellement. Les thuriféraires d'une « notre mer » actuelle sont bien en peine de trouver des caractéristiques communes aux États et sociétés qui la bordent, une fois dépassées les considérations plus culinaires que géographiques autour de l'huile d'olive, et celles vaguement sociologiques sur la place prépondérante de la famille[1]. Encore ferons-nous grâce ici des caractéristiques pseudo-anthropologiques prêtées aux Méditerranéens quant à l'usage de leurs mains pour s'exprimer… La réalité, infiniment plus prosaïque, nous ramène à la géopolitique : schématiquement, entre le Nord et le Sud, le fossé institutionnel, géographique, économique, social et religieux est abyssal[2]. Au Nord règnent la démocratie parlementaire et l'État de droit, au Sud des régimes plus ou moins autoritaires (faiblement au Maroc, férocement en Libye) ; au Nord prévaut

1. La famille est-elle toujours aussi prépondérante dans les sociétés de la rive nord ? Ne l'est-elle pas aussi en Afrique noire, en Amérique latine, en Asie du Sud ?

2. Encore est-ce là bien simplificateur ; car au-delà du Nord et du Sud (eux-mêmes clivés du reste), on pourrait dégager un Est-méditerranéen lui-même divisé : la Turquie et Israël d'une part, la Syrie et la Palestine (en fait Gaza sous la férule du Hamas, et la Cisjordanie – non riveraine de la mer – sous autorité palestinienne légale) d'autre part, qui n'entretiennent pas forcément les aspirations et représentations du Nord européen pour les deux premiers, ni du Sud grand-maghrébin pour les deux autres.

une union institutionnelle et économique fortement intégrée (l'UE), au Sud-Ouest on a échoué à plusieurs reprises à partir de 1989 à bâtir une Union du Maghreb arabe (UMA)[1] ; au Nord (plus la Turquie) presque tous les États appartiennent à la plus puissante et à la plus ancienne alliance militaire multilatérale au monde (l'OTAN), au Sud coexistent ou se superposent divers systèmes d'alliances bilatéraux (Libye/URSS jusqu'en 1991, Syrie/Iran depuis 2002, Égypte/États-Unis depuis 1978, Tunisie/France depuis 1956), et persistent parfois de graves dissensions (Maroc/Algérie) ; au Nord l'Église – chrétienne – est séparée de l'État (sauf en Grèce), au Sud l'islam est partout religion d'État, sauf la remarquable exception tunisienne ; au Nord les couvertures sociales sont relativement épaisses et le PIB par habitant avoisine en 2011 les vingt-quatre mille dollars, quinze fois plus qu'au Sud où subsistent de criantes inégalités aggravées par une couverture faible voire inexistante. Et l'on pourrait poursuivre avec des perceptions historiques radicalement divergentes (notamment sur – et du fait de – la colonisation française, et, plus marginalement, les colonisations britannique, italienne et espagnole), des modes d'aménagement du territoire antinomiques, des divergences démographiques parfois encore profondes, etc. Sans omettre de différencier au moins trois États méditerranéens situés géographiquement à l'est de l'espace maritime, la Turquie, Israël et le Liban, que les fondements institutionnel, économique et stratégique placeraient plutôt au nord, mais dont certaines caractéristiques culturelles, sociales et sociétales rapprochent du Sud méditerranéen[2].

1. À ne pas confondre avec l'Oumma, concept théologique spatial correspondant à la communauté des croyants dans l'islam, en principe sans frontières entre ses différentes composantes. L'UMA y fait référence à la manière d'un jeu de mots.

2. Quant aux territoires palestiniens, divisés géographiquement depuis 1948 (Gaza maritime/Cisjordanie dans les terres) et politiquement depuis

Enfin, si des intellectuels des deux (ou des trois) rives ont déjà participé ensemble à des tribunes, colloques et voyages, cela ne dépassa jamais des cercles relativement restreints. N'en jetons plus, cela fait déjà beaucoup pour une *mare nostrum*. La permanence de tous ces clivages lourds, structurels, ne signifie pas qu'il n'existe pas de liens réels entre les rives septentrionale et méridionale de la Méditerranée (grâce aux migrants), et moins encore qu'il ne faille pas chercher à renforcer ceux existants et à en créer d'autres. Mais d'opinion publique méditerranéenne, point. Et force est de prévoir, au regard de l'échec relatif du processus de Barcelone (1995), que les perspectives d'un authentique rapprochement s'inscrivent sur le long terme et sans certitude de succès, comme en témoignent les blocages de l'ambitieux projet français d'Union pour la Méditerranée (UPM) mis en branle en grande pompe à Paris le 13 juillet 2008.

La volonté de créer à toute force, chez certains Français surtout, une sorte d'Eurabia avec le Sud méditerranéen, semble motivée par un antiatlantisme débridé. Or, s'il s'agit de faire pièce à l'imperium américain, le projet est voué à l'échec : ne leur en déplaise, non seulement cinq États du Sud sont militairement alliés à Washington, mais les sociétés civiles elles-mêmes semblent davantage attirées par le rêve américain, et ce avant même l'élection de Barack Obama – notamment chez les étudiants et les hommes d'affaires – que par celui qu'incarnerait une hypothétique unité euro-méditerranéenne, servie par une opinion plus hypothétique encore…

2007 (putsch du Hamas à Gaza le 15 juin), ils présentent pour l'essentiel les caractéristiques du Sud.

Résistance ou terrorisme ? Esclavagisme, impérialisme ou colonialisme ?

En septembre 2005, l'ONU tenta de – et échoua à – se réformer en profondeur. Parmi toutes les questions de représentativité, de légitimité politique ou juridictionnelle, de rapports de force, l'une en particulier illustra l'échec général : comment définir le terrorisme ? Sémantique et donc anecdotique au premier abord, marginale au regard des grands dossiers en suspens, la question donna lieu à des débats extrêmement âpres entre diplomates. Car à la vérité, l'enjeu est fondamental. Selon le qualificatif qu'emploieront l'Assemblée générale, le Conseil de sécurité, la Cour internationale de justice, les chancelleries, les médias et les simples citoyens, une politique menée par un groupe d'individus ou par un État se verra légitimée ou au contraire disqualifiée, voire durement réprimée ; le résistant, courageux devant l'oppression, est sublimé, là où le terroriste, lâche devant des faibles, est honni. Qui résiste, qui terrorise ? Pour n'avoir pu répondre, l'ONU accentua la crise institutionnelle et morale qui la traversait.

Que l'instance internationale ne fournisse pas de définition faute de consensus ne doit pas nous interdire de tenter d'en dégager une. Le résistant comme le terroriste font certes usage de la violence pour des raisons philosophiques, idéologiques ou religieuses, mais, tandis que le résistant borne ses attaques à des cibles *militaires* en temps d'occupation (perçue comme telle, ou réelle en droit), le terroriste frappe indistinctement *civils* et militaires. Or la nature de la cible – et non le contexte dans lequel on la vise – nous semble un critère distinctif tout à fait essentiel ; si en effet des considérations contextuelles (état de souffrance politique, psychologique ou sociale) doivent déterminer la nature de l'acte de celui qui tue comme « résistant », alors ses victimes civiles

– par définition innocentes – deviennent un peu coupables… Les résistants français sous l'Occupation, souvent pris en exemple par des terroristes, ne frappaient que les soldats allemands et non leurs familles. La controverse camusienne des *Justes*, entre Stepan et Dora, offre à cet égard une piste de réflexion passionnante[1].

La confusion règne également autour de termes extrêmement péjoratifs car renvoyant à des conditions et à des situations passées très douloureuses pour des populations entières, à commencer par celui d'« esclavage ». Reconnu crime contre l'humanité en France depuis la loi Taubira de 2001, l'esclavage a concerné des dizaines de millions d'individus, Noirs africains pour l'essentiel, des siècles durant. Même si l'esclavagisme est probablement né avec les plus anciennes cités sumériennes, on considère qu'il connut son « heure de gloire » entre les XVIe et XIXe siècles. Avec les explorateurs arabes et européens, l'Afrique fut durement saignée et des millions de ses habitants réduits à l'état d'objets dans des conditions effroyables. Mais contrairement à l'idée reçue, les Européens furent dépassés quant au nombre d'esclaves ponctionnés en Afrique par les Arabes[2]. Deuxième constat, il fallait que les royaumes noirs fournissent la chair captive à des Européens qui, en tout état de cause, ne s'aventuraient guère dans les terres (crainte des combattants, des maladies tropicales, etc.) ; sans l'aide active de certains royaumes africains, la traite eût été extrêmement difficile. Enfin, sujet géopolitique brûlant et très contemporain celui-là : les cas d'esclavage subsistent dans plusieurs États d'Afrique subsaharienne, de la péninsule Arabique et de l'Asie du Sud. Fer, uranium et surtout pétrole oblige, rares sont les condamnations

1. A. Camus, *Les Justes*, Paris, Gallimard, 1950.

2. Lire à ce sujet le livre de référence de l'historien Olivier Pétré-Grenouilleau, *Les Traites négrières. Essai d'histoire globale*, Paris, Gallimard, 2004.

internationales. Plus assourdissants encore apparaissent les silences des mouvements d'opinion autoproclamés altermondialistes vis-à-vis des régimes concernés, eux d'ordinaire si prompts à condamner les Occidentaux lorsque ceux-ci se fourvoient avec des despotes. Ne pas laisser s'instaurer la négation ni même la minimisation de cette abomination que fut l'esclavage de masse reste primordial. Interdire l'esclavage « artisanal » contemporain l'est tout autant sinon davantage, tant au Sahel que dans la péninsule Arabique.

Parmi les autres mots piégés dont l'emploi implique de lourds effets, on retrouve souvent le « colonialisme » et l'« impérialisme », et même les plumes les plus averties les confondent parfois. Or, là encore, la précision s'impose. Si toute politique colonialiste est par essence impérialiste, l'inverse n'est pas vrai. Le colonialisme se caractérise par deux éléments. Il consiste d'abord pour une puissance à implanter arbitrairement certains de ses ressortissants sur des territoires déjà peuplés par des indigènes – terme hélas devenu péjoratif mais neutre à l'origine, désignant, à l'inverse des allogènes, des individus natifs de la zone –, territoires plus ou moins lointains et avec lesquels cette puissance ne possède nul lien historique, culturel ou religieux particulier pouvant légitimer ses revendications ; l'Afrique pour la France, les Indes pour la Couronne britannique, l'Indonésie pour les Pays-Bas, l'Éthiopie pour l'Italie, etc. Cette politique de peuplement souvent intensif, sur le bien-fondé de laquelle on ne consulte guère la population indigène et/ou ses élites, déstructure généralement l'économie locale, ou du moins la déséquilibre. Le colonialisme consiste également et surtout à accorder davantage de droits à ses propres ressortissants qu'aux indigènes. Mais il convient d'établir une limitation dans le temps, dans l'espace, et dans la qualité du régime colonial ; jusqu'à quand peut-on qualifier de colonialiste un régime ou une politique ? S'il n'existe plus de ségrégation formelle entre population anciennement allogène et population de souche, peut-on encore parler de colonialisme ? Les russophones installés de gré ou de force par Saint-Pétersbourg puis par Moscou des siècles durant chez les Yakoutes, les Nenets et autres Caucasiens sont-ils, au commencement du XXIe siècle, des colons ? Doit-on faire figurer l'Australie contemporaine parmi les États coloniaux parce que les Aborigènes furent longtemps discriminés et spoliés par les colons britanniques envoyés sur l'île-continent ? Les Européens vivant en Algérie française bénéficiaient de droits politiques et économiques particuliers par rapport aux musulmans, ce qui faisait objectivement de la France – y compris dans ses trois départements – une puissance coloniale. Pour autant, cette situation faisait-elle de ces simples citoyens des gens sans droits à demeurer sur cette terre peuplée depuis déjà plusieurs générations par leurs aïeux ? Enfin, où commence et où finit un territoire colonisé ? Les Blancs colonisèrent, au détriment des Noirs, l'Afrique du Sud, entité prise dans son acception étatique contemporaine ; mais dans la vaste région du Cap, par exemple, les Africaners s'installèrent les premiers. Cet état de fait historique ne donnera pas pour autant le droit moral à la minorité blanche d'instaurer un système d'apartheid (1948-1991) ; qui peut contester pour autant la qualité d'Africains – et, en l'espèce, de primo-arrivants – aux Blancs du Cap ? Sauf à faire œuvre de racisme – à l'instar du président zimbabwéen Robert Mugabé – et à affirmer que l'intégralité du continent africain ne doit pouvoir accueillir que des populations noires ou arabes…

Quant à l'impérialisme, il n'est donc pas nécessairement colonial. Depuis la fin des empires coloniaux européens dans les années 1950-1960, les politiques impériales des puissances – petites ou grandes – revêtent d'autres formes : pressions économiques ou diplomatiques, traités d'assistance conditionnels, menaces militaires, etc. Par ailleurs, les puissants n'en ont pas l'apanage ; un État faible relativement aux grandes puissances peut tout aussi bien déployer à son niveau des politiques plus ou moins agressives ou expansionnistes en engageant une part importante de ses modestes ressources. Cette réalité concerne même des États pauvres ayant subi un traumatisme exceptionnel : le Vietnam exsangue après des décennies de guerre interne et extérieure (France puis États-Unis) pénètre en force au Cambodge en 1979, afin d'y chasser le régime (criminel) Khmer rouge, l'Éthiopie indigente intervient militairement en 2007 en Somalie pour déloger du pouvoir les « tribunaux islamiques », etc.

« Choc des civilisations » et « valeurs occidentales »

Rarement un chercheur aura su à ce point créer un débat géopolitique si long et, *via* les *mass media*, si globalisé ; dans un article publié dans la revue américaine *Foreign Affairs* en date de 1993, le politologue américain Samuel Huntington affirmait que le conflit idéologique Est-Ouest laissait place dorénavant à un conflit entre civilisations. Il développait sa pensée dans *The Clash of Civilizations*, paru l'année suivante. Bien qu'intellectuellement stimulante, cette théorie prédictive ne convainc guère. Sur la forme d'abord, il est fort difficile d'établir avec sérieux et rigueur scientifique la réalité empirique d'une civilisation ; entité culturelle, religieuse, ethnique, géographique, morale, technologique ? Un peu tout cela à la fois en vérité, ce qui en fait pour le moins un concept délicat à manier. Sur le fond ensuite, les césures ou les fractures civilisationnelles établies par Huntington et ses émules relèvent de la fantaisie ; car sans prise en considération des représentations identitaires sur des « temps longs » qu'entretiennent les populations concernées, on n'obtient pas de conclusions sérieuses. Mettre dans le même « sac » des pays aux structures sociétales et aux approches historiques aussi différentes que le sont celles de la Chine, du Japon et du Vietnam relève d'une profonde méconnaissance. De même, *la* civilisation africaine est un concept réducteur ; il existe plusieurs Afrique fort différentes, y compris dans la seule partie noire du continent. Et comment comprendre que le premier fournisseur de pétrole à l'État juif soit un État musulman, chiite de surcroît, et frontalier de l'Iran des mollahs ? Pourquoi les Arméniens, qui sont chrétiens, apprécient-ils davantage les Iraniens, pourtant musulmans, que les Géorgiens chrétiens ? En raison de la conscience ou pas d'appartenir à tel groupe. La *représentation identitaire* : voilà le tout premier critère à prendre en compte, bien davantage que la couleur de la peau, la confession de naissance ou la façon de s'asseoir à table. Insistons : le choc des civilisations comme outil explicatif et globalisant *des* conflits du XXIe siècle ne nous apparaît ni efficient ni pertinent. Cela ne signifie pas qu'ici ou là, dans tel conflit, la différence culturelle ou l'argument civilisationnel ne prévaudra pas ; simplement, ce conflit prendra ailleurs – ou plus tard – une autre forme, il sera de nature plus économique, tribale, stratégique, idéologique. Dans l'Afrique des Grands Lacs, et notamment dans cette zone de guerre et de violence endémique qui comprend l'Est-Congo, le Rwanda et le Burundi, presque tous les hommes sont noirs, catholiques, francophones (le français n'étant toutefois pas langue vernaculaire), de traditions culinaire et vestimentaire assez semblables et de conditions socio-économiques relativement similaires. Où se situe le fossé civilisationnel qui a englouti en moins de vingt ans quatre millions de civils, et sur quels paramètres est-il fondé ?… En revanche, nous croyons davantage à un choc des *valeurs*, s'il faut absolument prédire une nature de confrontations. Au fond, un clivage sans cesse plus net semble se dessiner entre les démocrates – au sens le plus large du terme – dans les différents pays ou régions du monde, et les ultraconservateurs flanqués des fanatiques, en particulier (mais pas seulement) sur le plan théologique et religieux. À cet égard, il conviendrait de ne pas se focaliser sur le seul islam, pourtant traversé en effet par une violence sans précédent ; la progression fulgurante du nombre des évangéliques dans des aires de confrontation potentielle ou réelle, associée à un poids économique croissant, risque à terme d'avoir une portée géopolitique extrêmement lourde, si ce n'est déjà fait.

Nous mentionnons les valeurs, mais, là aussi, gare à un structuralisme de mauvais aloi. Il convient de faire un sort au concept de « valeurs occidentales ». Il n'existe guère de valeurs éternellement et intrinsèquement occidentales, ni, du reste, orientales, noires, blanches, chrétiennes ou asiatiques. L'empereur d'Occident Charles le Grand dit Charlemagne, en convertissant les Saxons de force, entretenait-il les « valeurs occidentales » admises comme contemporaines ? En 1942, à quoi correspondaient ces « valeurs » et quel était l'« Occident » auquel elles s'appliquaient ? L'Europe sous la domination des fascismes et de la barbarie nazie ? Par ailleurs, où commence et où s'arrête l'Occident ? Si le Maghreb arabe est oriental, alors comment qualifier les mondes asiatiques ? En réalité, les valeurs qu'on dit caractéristiques d'une société ou d'un groupe de sociétés ne le sont que depuis un certain temps et pour un temps encore, indéterminable à ce jour. Ceux qui adoraient ou abhorraient le sens collectif(viste) de la Chine en sont pour leurs frais, au regard du libéralisme débridé qui prévaut depuis des années maintenant. *Idem* pour les valeurs du « consumérisme occidental » effréné et brocardé à partir des années 1960-1970 : énergie chère, prise en considération des problèmes écologiques, changements des mentalités, tout cela mène à des modes de vie et de consommation différents. On aurait pourtant tort d'en tirer une conclusion de type relativiste ; certaines valeurs sont bel et bien universelles – même si ce sont des États majoritairement occidentaux qui les consignèrent dans la Déclaration universelle onusienne des droits de l'homme de décembre 1948 – à commencer par la sauvegarde de la vie humaine et à un corpus minimal de libertés, d'intégrité morale et physique, et de dignité.

À cet égard, si « les États n'ont que des intérêts », les plus démocratiques d'entre eux sont dirigés par des gouvernants tenant à demeurer au pouvoir. Insistons : ils tiennent compte *a minima* des passions de leurs opinions publiques respectives ; qu'une cause humanitaire (ou indépendantiste) fasse descendre des centaines de milliers de personnes dans les rues, et le gouvernement en place pourra difficilement ne pas réagir. À la fin des années 1970, les *boat people* constituèrent ainsi une tragédie pour laquelle non seulement l'opinion mais de grands intellectuels se mobilisèrent, la seule du reste qui réunit Jean-Paul Sartre et Raymond Aron (1978), en l'espèce sous l'impulsion décisive du jeune philosophe André Glucksmann.

7
Penser la guerre (pour mieux la combattre)

> « Au commencement était la violence. Quand la violence devint intolérable, jaillit la guerre. Et la guerre, règle introduite dans le désordre, commença à faire reculer la violence. »
>
> Pierre CHAUNU

PÉRILS ANCIENS, PÉRILS NOUVEAUX

Le fanatisme

Voilà bien un phénomène puisant dans les temps très anciens. L'usage moderne du terme renvoie à un dogmatisme poussé, au refus plus ou moins assumé d'accepter de transiger parfois et de privilégier l'approche rationnelle bâtie sur le rejet de la politique du pire, sur les rapports de force objectifs croisés à la volonté d'éviter pertes et souffrances superflues. Les vérités du fanatique ne souffrent en aucun cas la notion de doute, et celui-ci recourra sans limites à la répression pour en anéantir les expressions. Mythe du complot, usage massif voire institutionnalisé de la violence, fantasme de l'absolument pur ou impur, caractérisent le fanatique. Le racisme, la misogynie ainsi qu'une eschatologie délirante (Reich censé durer mille ans, apocalypse puis éternité de l'enfer ou du paradis aux soixante-dix vierges permanentes, etc.) peuvent participer aussi du phénomène. Seuls les fanatiques dogmatiques recherchant dans l'Armageddon un au-delà païen ou mystique, les despotes au crépuscule de leur magistère n'ayant plus rien à perdre, prônent et jouent la politique du chaos.

Depuis au moins la révolution khomeyniste d'Iran en 1979 et les progrès meurtriers de l'islamisme radical, on a tendance à entendre le fanatisme dans une acception exclusivement religieuse. Or il convient de rappeler que, d'une part, « la maladie de l'islam » (Abdelwahab Meddeb) renvoie à celle frappant épisodiquement et localement les autres monothéismes et philosophies orientales tels le christianisme, le judaïsme, l'hindouisme ou encore le bouddhisme, et que, d'autre part, si la nature du fanatisme semble en effet, à l'orée du XXIe siècle, plus religieuse que politique et idéologique, il n'en fut pas toujours ainsi[1]. En des temps si proches que des milliers de rescapés peuvent encore en témoigner, des régimes hautement criminels non religieux pour ne pas dire athées (ou païens ?) ont fait périr de mort violente des civils par millions sans la moindre prétention ni référence « spirituelle » ou théologique ; le Jeune-Turc ottoman Talat Paşa, le nazi allemand Adolf Hitler et le *Hutu Power* rwandais Théoneste Bagosora[2] exécutèrent ainsi leur besogne génocidaire

1. Encore devrait-on s'interroger sur le sens d'une classification par confession d'origine ; dans quelle mesure (de toute façon non quantifiable) l'origine confessionnelle d'un despote permet-elle d'expliquer l'ampleur ou la nature de ses exactions ? En quoi et par quel truchement les naissances respectives en milieu bouddhiste, shintoïste et orthodoxe du chef Khmer rouge Pol Pot, du général nippon Tojo et du despote Staline contribuent-elles à expliquer leurs initiatives ou politiques criminelles ?

2. Le colonel Théoneste Bagosora, chef du gouvernement intérimaire *Hutu Power* d'avril à juillet 1994, fut l'un des cerveaux et des exécutants principaux du génocide des Tutsi rwandais. Il a été condamné en 2008 par le TPIR d'Arusha à la réclusion à vie pour crimes de guerre, crimes contre l'humanité et crimes de génocide.

en remisant les bûchers de l'Inquisition au rang de sympathiques feux de camp entre amis. Certes, les nazis disposèrent de moyens techniques qui faisaient défaut aux inquisiteurs du Moyen Âge, mais le génocide des Tutsi rwandais se perpétra au gourdin et à la machette… Les progrès techniques permettent d'anéantir plus et plus vite, en aucun cas d'expliquer la décision prise au sommet de l'État de les employer comme outils de mort à grande échelle. Cela dit, un régime politique peut choisir d'employer un corpus discursif clairement fanatique à usage politique interne – soumettre sa population par la terreur, ou amadouer son opposition extrémiste, par exemple. Sa dangerosité pour la région ou le monde s'accroît considérablement lorsqu'il se dote des moyens militaires lui permettant d'assouvir son exécration ou de mettre ses menaces à exécution. Il existe deux types de fanatiques au pouvoir : le pragmatique et le dogmatique.

Le premier exerce sa tyrannie intérieure et extérieure contre plus faible que lui. Il sait « jusqu'où ne pas aller trop loin », de façon à conserver non seulement la vie mais le pouvoir, et si possible dans un rapport de force favorable. Fanatique lorsqu'il massacre les chiites, les opposants (réels ou présumés), et les civils kurdes au gaz de combat, Saddam Hussein souhaite ne pas prendre de risques inconsidérés face aux puissances extérieures ; il attaque l'Iran en 1980 en *sachant* disposer de la planète politique derrière lui, envahit le Koweït en août 1990 en *croyant* pouvoir bénéficier du blanc-seing américain, frappe Israël en janvier 1991, mais avec des missiles dépourvus de gaz de combat. Même en 2002-2003, il pensera pouvoir échapper à la coalition anglo-américaine en autorisant des inspections de l'Agence internationale de l'énergie atomique (AIEA). Enfin, plutôt que de mourir en héros martyr, il se cache pour tenter d'éviter la mort.

Le fanatique dogmatique, non content d'user de son pouvoir de manière cruelle et inique, privilégie systématiquement l'outrance face aux puissances, quitte à sacrifier son propre pouvoir et éventuellement sa vie. Pour cet illuminé, l'enjeu se situe hors du politique et du champ du compromis possible, dans une forme transcendante d'au-delà, dans un *èthos* jusqu'au-boutiste où le chaos compte finalement davantage que l'effectivité du pouvoir. On lui doit déjà maints crimes de masse.

Le terrorisme : menace stratégique ?

Au-delà des aspects moraux ou philosophiques liés au terrorisme, celui-ci représente à l'orée du XXIe siècle une menace non plus seulement tactique mais stratégique, au regard de l'objectif apocalyptique que se sont assignés les plus fanatiques parmi les islamistes radicaux des nébuleuses d'Al-Qaïda. Au service de cet objectif universel, le réseau a établi dès sa création en 1998 une stratégie déstabilisatrice en trois points, constituant autant de cibles : le Pakistan, détenteur de l'arme atomique, situé aux confins du sanctuaire afghan et de l'Inde polythéiste, et de plus en plus proche de l'Occident ; l'Arabie saoudite, première réserve de pétrole au monde (plus de 20 %) et mosquée sainte « souillée » par une famille décadente et indissolublement alliée aux États-Unis ; enfin les territoires abritant des communautés diverses, de façon à disjoindre les musulmans des autres, mécréants par nature, et, au mieux, à créer les conditions d'un affrontement en Occident et dans les sociétés arabes ou musulmanes les plus ouvertes. Si ce plan fonctionnait, le monde se trouverait au bord du gouffre. L'Inde bien entendu (elle connut son « 11-Septembre » en novembre 2008 à Bombay), mais les autres puissances importantes – Chine comprise – pourraient difficilement tolérer la double épée de Damoclès de la guerre nucléaire entre voisins sud-asiatiques d'une part, et de la cessation de l'approvisionnement en pétrole saoudien d'autre part. On assisterait aussi à des mouvements d'exaspération d'une opinion occidentale se percevant comme assaillie de l'intérieur par des « cinquièmes colonnes », mouvements qui se traduiraient par des violences civiles et des plébiscites de leaders ultranationalistes. Les attentats des années 1990 et 2000, soit contre des personnalités pakistanaises de premier plan, soit contre des installations pétrolières, soit encore contre des cibles civiles aux États-Unis (11-Septembre), en Europe (Londres et Madrid, tentative à Strasbourg), et dans des sociétés musulmanes (Tunis, Casablanca, Égypte, Indonésie, Pakistan), attestent de cette volonté de créer les conditions du chaos. De nature bel et bien géopolitique (une rivalité de pouvoir ; des représentations identitaires sur des « temps longs », ceux des *Salaf*, des Anciens ; une pensée de l'espace mondial, etc.), et servi par une stratégie rationnelle, l'objectif islamiste radical d'Al-Qaïda n'en correspond pas moins à un projet dément et exclusif inscrit dans un au-delà fantasmé. À ce titre, et parce que la tactique opératoire est aveuglément violente, il s'avère excessivement dangereux.

La prolifération nucléaire

Avec l'explosion des premières bombes atomiques d'Hiroshima et de Nagasaki en août 1945, l'humanité inaugura un âge nouveau, celui des potentialités destructrices pratiquement absolues ; en effet, un gouvernement pouvait décider non seulement d'anéantir toute vie sur des villes puis des régions entières, mais de le faire en un laps de temps extrêmement réduit, à un coût humain nul (hors riposte éventuelle s'entend), et à des milliers de kilomètres de son centre décisionnel. À partir de 1950, l'Union soviétique brisant le monopole américain – puis Britanniques, Français et Chinois brisant le duopole américano-soviétique –, on entra dans l'ère de l'équilibre de la terreur, celle des armes de destruction massive. Mais puisque aucun des possesseurs de l'arme absolue ne souhaite que la « partie » ne s'achève par l'apocalypse à laquelle il n'échapperait pas davantage que son adversaire, l'équilibre se maintient, sans prolifération intensive puisque, hormis les cinq membres permanents du Conseil de sécurité, seuls quatre États (sur 193) acquirent ou démontrèrent une capacité nucléaire caractérisée par la possession d'engins et de vecteurs : Israël (officieusement) dans les années 1970, puis l'Inde et le Pakistan (officiellement, et essai nucléaire à l'appui en 1998), enfin la Corée du Nord dans les années 2000. D'autres puissances s'en approchèrent mais, soit du fait d'une intervention militaire extérieure (le réacteur irakien d'Osirak détruit par Israël en 1981), soit par l'obligation statutaire de se borner à une technologie nucléaire à usage civil (Allemagne, Japon…), soit encore par choix idéologique ou budgétaire (Afrique du Sud), elles ne franchirent pas le seuil. Il ne s'agit pas de mésestimer les dangers existant déjà avec les quelques détenteurs affirmés, mais quand s'additionnent les possesseurs de l'arme s'additionnent aussi les menaces : accidents de manipulation, erreurs d'interprétation dans les ordres ou dans l'attitude de l'adversaire, prolifération infra étatique (cf. le réseau pakistanais Khan), prolifération étatique illicite par des régimes ubuesques (Corée du Nord), ciblage d'un État par des groupes fanatiques, etc. L'accroissement des risques provient aussi des modalités d'application des rapports de force avec l'acquisition de la bombe par des puissances moyennes voire modestes. Car en dernier ressort, qu'ont-elles à perdre face à des puissances supérieures qui se contenteraient d'exercer des pressions sur le plan économique ou militaire conventionnel ? Lorsqu'on dispose d'un jeu très faible garni d'un unique atout maître, on sera peut-être tenté de jouer surtout celui-ci. Durant la deuxième partie de la guerre froide, après la théorisation d'un Henry Kissinger sur les graduations (*retaliations*) dans la riposte (mais après la frayeur suscitée aussi par la crise des missiles de Cuba en 1962), chaque supergrand aura pu conventionaliser l'arme absolue, établir des garde-fous et renforcer les étapes vers un emploi rendu sans cesse plus improbable. La menace du recours à la bombe, *via* les différents degrés d'alerte, donnait la mesure de sa détermination sur un dossier particulier, cette démonstration de force impressionnante tenant finalement lieu de posture diplomatique. Pendant la guerre du Kippour d'octobre 1973, et devant la menace soviétique d'intervention militaire directe en faveur de ses alliés arabes, le président Nixon déclencha ainsi le premier niveau d'alerte ; on en resta là, les deux ponts aériens respectifs se poursuivirent, et tout cela n'entraîna guère d'interruption du réchauffement général américano-soviétique. Outre ces dispositifs préventifs et conventionalisés, les superpuissances disposaient aussi de « vassaux » pour s'affronter par procuration. Mais de quels vassaux pourra à l'avenir se servir une petite puissance détentrice de la bombe ? De quelle marge de manœuvre disposera-t-elle en cas d'agression conventionnelle caractérisée sur ses marches forcément peu lointaines, ou sur son propre sol difficilement défendable ? Question d'autant plus cruciale si cette puissance n'acquiert qu'une modeste force de frappe, incapable d'anéantir une trop vaste région ; la menace paraîtra-t-elle suffisamment grave pour que des pressions des grandes puissances s'exercent à son encontre, afin de lui faire remiser ses engins ?

Enfin, n'en déplaise aux relativistes, il convient de rappeler que si des régimes parfois agressifs et autoritaires présidèrent aux destinées des puissances nucléaires, ils demeurèrent largement guidés par un haut degré de rationalité. Avec la montée en force du fanatisme religieux, au Moyen-Orient en particulier, demeurera-t-on dans la dimension pragmatique où la conservation de la vie – à commencer par la sienne, *a minima* ! – prime sur la pulsion de mort et le désir d'ordalie suprême ? Rien n'est moins sûr.

Le cas iranien

Le Traité de non-prolifération (TNP), signé par la plupart des États dans le monde en 1968 (et 1970 pour son protocole additionnel), n'a jamais été violé sur le fond trente années durant. Israël dispose à l'évidence d'une force de frappe nucléaire (sans toutefois le reconnaître ni le démentir) mais n'a jamais signé le traité. L'Inde et le Pakistan ne le ratifièrent pas davantage. Quant à la Corée du Nord, elle a très vraisemblablement fabriqué au moins un engin, mais après s'être retirée unilatéralement du TNP en 2003. Ces deux types de cas – non-ratification et retrait – trahissent les faiblesses du système. Tout d'abord, pourquoi tolérer d'un État non signataire ce qu'un État signataire s'interdit juridiquement de faire ? Quel intérêt pour des puissances capables de (et intéressées à) parvenir à l'obtention de la bombe de se maintenir dans ce carcan autocensurant ? Ensuite, si à tout moment un État peut se libérer de ses engagements sans susciter de rétorsions internationales trop paralysantes et mettre ainsi au point sa bombe, en quoi le TNP représente-t-il encore une garantie de non-prolifération et d'équité devant l'enjeu nucléaire ? Enfin, en amont de ces préoccupations, des régimes remettent régulièrement en cause la « paix des vainqueurs » (Rony Brauman) de la Seconde Guerre mondiale, ces cinq puissances nucléarisées entre 1945 et 1965 qui fermèrent la porte à la prolifération juste derrière elles… En réalité, les États signataires et strictement respectueux du TNP qui en font expressément la demande obtiennent des aides techniques substantielles de l'AIEA leur permettant d'accéder à un usage nucléaire civil. Par ailleurs, d'un point de vue moins technique et plus politique, nombre d'États ont adhéré d'autant plus facilement au TNP qu'ils remettaient parallèlement leur protection à une puissance nucléaire ; ainsi du « parapluie » américain sur le Japon et (potentiellement) l'Europe de l'Ouest durant la guerre froide, ainsi de celui, soviétique cette fois, qui couvre l'Europe de l'Est à la même époque, voire du « parapluie » chinois sur la Corée du Nord. Même hors de la première ligne de front, assez loin de l'équilibre de la terreur, un système de protection conventionnel suffisait à des États modestes pour ratifier le traité sans appréhension, comme l'illustrèrent par exemple les nombreux accords de défense bilatéraux franco-africains.

Ainsi donc, l'État qui violera le TNP créera en définitive un précédent et inaugurera assurément une ère nouvelle, celle de la haute prolifération[1]. Évoquer cette hypothèse revient bien entendu à mettre en exergue le cas de la République islamique d'Iran. Si l'Iran venait à transgresser le TNP sans que les grandes puissances veuillent ou puissent l'en dissuader, ces dernières ne pourraient sans doute plus refermer la boîte de Pandore, au Moyen-Orient en premier lieu. Parce qu'arabe, monarchique, sunnite, et première productrice de pétrole au monde, l'Arabie saoudite proliférerait probablement grâce à ses moyens financiers et à ses ingénieurs pakistanais face à l'Iran perse, antimonarchique, chiite, et grand concurrent pétrolier. Déjà, en décembre 2006 – fait sans précédent –, le Conseil de coopération du Golfe (CCG) regroupant six États de la péninsule Arabique annonçait le lancement d'un programme de recherches nucléaires, emboîtant le pas à l'Égypte ayant annoncé son « intérêt pour le nucléaire civil[2] ». Parce que rivale de l'Iran dans le Caucase et sur la question kurde et ombrageusement nationaliste, pourquoi la Turquie ne chercherait-elle pas à proliférer également, même en étant membre

1. Je renvoie à mon article publié dans les pages « Rebonds » du quotidien *Libération*, le 19 septembre 2007 : « Iran, une bombe hautement proliférante ».

2. Fondé en décembre 1981, le CCG regroupe l'Arabie saoudite, le Koweït, le Qatar, Bahreïn, les Émirats arabes et le sultanat d'Oman. Dans la péninsule, seul le Yémen n'y figure donc pas.

de l'OTAN et en l'absence de perspectives européennes ? Parce que rival religieux (sunnite) et politique (Baloutchistan transfrontalier), le Pakistan – déjà possesseur de la technologie nucléaire militaire – accroîtrait sûrement ses capacités, Islamabad s'inquiétant dès 2004 de la « menace grandissante du nucléaire iranien ». Par ailleurs, devant l'effondrement de la crédibilité du TNP que traduirait l'accession de Téhéran à l'arme atomique, la prolifération risquerait de s'étendre bien au-delà du Moyen-Orient. Comment imaginer en effet que les deux grands vaincus de la Seconde Guerre mondiale – dont le Japon, au seuil de la maîtrise de la chaîne de conception du nucléaire – maintiendraient leur confiance en un protecteur américain si faible, face à une modeste puissance de surcroît ? Question brûlante pour un Japon voisin de trois puissances nucléaires – Russie, Chine, Corée du Nord – dont les deux dernières au moins lui semblent ouvertement hostiles, et pour une Allemagne épisodiquement traversée de courants ultranationalistes qui trouveraient là du grain à moudre. Mais d'autres États encore pourraient rapidement décider de passer du stade civil au stade militaire, comme le Brésil, ou de s'y remettre après l'interruption officielle du processus d'acquisition, comme l'Afrique du Sud.

L'ONU entre *Realpolitik*, morale et droit international

L'intervention militaire anglo-américaine de 2003 en Irak aura donné lieu dans de vastes courants d'opinion à une surestimation de l'ONU, à la mesure sans doute du mépris dans lequel les coalisés l'auront tenue dans cette affaire. Dans les capitales ouest-européennes, des manifestants, des responsables politiques et des diplomates s'indignèrent du positionnement « unilatéral » des Anglo-Saxons. Cela dit, nombre de ces opposants avaient déjà contesté l'intervention multilatérale contre l'Irak envahisseur du Koweït en 1990, pourtant alors dûment mandatée par l'ONU. En outre, on peut se demander pour quelle raison une intervention en Irak aurait impérativement dû recevoir l'onction onusienne tandis qu'en 1999, face aux exactions étatiques serbes contre les albanophones du Kosovo, le simple recours à l'OTAN – et non à l'ONU – avait semblé leur suffire pour écraser Belgrade sous les bombes occidentales, américaines en particulier. À l'époque, la Serbie aurait en effet pu compter sur un veto russe au Conseil de sécurité… Indépendamment de ce type d'interrogations, l'ONU a-t-elle vocation à régler toutes les crises ? Si oui, les crises politiques ou humanitaires ? En a-t-elle seulement les moyens ? Entre sa paralysie durant la guerre froide et ses échecs partiels en ex-Yougoslavie, son naufrage complet au Rwanda mais son relatif succès au Liban, son double standard constant « selon que vous serez puissants ou misérables » allié à la présence de la quasi-totalité des États en son sein, l'organisation soixantenaire bâtie sur le « Plus jamais ça » autant que forgée comme outil de régulation des conflits présente des atouts et des faiblesses. Si les premiers ne sont pas négligeables, les secondes nous paraissent trop structurelles pour nourrir des espoirs démesurés.

Quelle efficacité ?

Lorsqu'un État en agresse manifestement un autre, l'agressé – ou un État tiers – peut saisir l'ONU. Une simple condamnation de l'agresseur à l'Assemblée générale, quand même l'unanimité se ferait contre lui, n'impliquera aucune mesure coercitive, pas davantage du reste qu'une condamnation par la Cour internationale de justice, un autre organe intégré parmi ceux qui composent l'ONU. Si les plaintes atteignent le Conseil de sécurité, et que celui-ci adopte à la majorité des deux tiers (neuf voix sur quinze, et sans veto d'un des cinq membres permanents bien entendu) une résolution au titre du chapitre VI (« Règlement pacifique des différents »), l'agresseur ne subira pas non plus de foudres autres que verbales ; contraignantes en théorie, les résolutions adoptées n'ouvrent pas à l'éventualité de sanctions concrètes. *In fine*, il faut qu'une résolution soit adoptée dans les mêmes conditions de majorité sans blocage, mais au titre du chapitre VII (« Action en cas de menace contre la paix, de rupture de la paix et d'acte d'agression ») pour qu'enfin une riposte puisse intervenir. Toute la palette des sanctions et de leurs modalités s'offre alors, dans le cadre d'un mandat onusien, de l'embargo sur les dirigeants de l'État en question ou sur ses produits d'exportation à une campagne de frappes aériennes, d'un lent train de sanctions graduellement applicables à un blocus immédiat. Seul le Conseil de sécurité peut mettre fin à ces mesures.

En cas de résolution contraignante impliquant, à la demande du Secrétaire général, l'envoi d'un contingent – Casques bleus ou autres – les choses se compliquent ; la mise sur pied d'une force nécessite en amont la participation de troupes non seulement suffisantes mais assez qualifiées et dotées en armements pour paraître crédibles sur leur théâtre d'opérations. Or, s'il existe un état-major permanent au sein de l'ONU, il ne dispose pas de forces ni de matériels à discrétion. Aussi, réunir dans un délai relativement court un contingent persuasif et cohérent sur les plans linguistique[1], militaire et logistique, s'avère d'autant plus complexe que les États dépêchant leurs hommes sous des casques de couleur bleue exigent pour eux des garanties de sécurité très élevées. À plusieurs reprises

1. Au Sud-Liban, par exemple, les troupes de la FINUL se composèrent majoritairement depuis 1978 à 2006 de Sri Lankais, de Fidjiens, de Ghanéens et de Bengladeshis, globalement anglophones.

dans les années 1990, on a vu des troupes onusiennes d'interposition ne pas réagir – faute de mandat ou de sécurisation jugée suffisante – face à des massacres de grande ampleur ; en 1994, Bruxelles rapatria ses centaines de parachutistes (sous mandat onusien) après le massacre de dix d'entre eux par le *Hutu Power*, laissant à la merci de celui-ci un million de Tutsi ; un an plus tard à Srebrenica (Bosnie), les Casques bleus néerlandais demeureraient l'arme au pied devant le massacre de huit mille Bosniaques musulmans, faute de mandat plus « offensif ». Au Darfour (Soudan), la force multinationale d'interposition africaine mise sur pied en 2004, trop faible numériquement (sept mille hommes sur une zone grande comme la France !) et matériellement (absence d'hélicoptères), parvient tout juste à assurer une présence symbolique. Quant à la MONUC déployée au Kivu, pourtant puissamment dotée en prérogatives et en moyens, elle s'avéra cruellement inefficace à s'interposer entre les rebelles de Laurent N'Kunda et l'armée congolaise et à sauver des civils (conflit de 2008) : soldats pakistanais refusant d'obéir à des officiers indiens ; officiers de divers continents ne prenant leurs ordres qu'auprès de leurs capitales respectives ; etc.

Quelle représentativité ?

Jusqu'aux années 1980, les États ne remettaient pas souvent en cause la composition du Conseil de sécurité, ou alors sans véhémence. Fruit des rapports de force au sortir de la Seconde Guerre mondiale, cette institution centrale sinon déterminante dans le système onusien car condition *sine qua non* de son pouvoir coercitif, comprenait des vainqueurs, des puissances qui s'étaient dotées de surcroît de l'arme atomique. Puissances (ex-)impériales (Grande-Bretagne et France), géants militaires (États-Unis, URSS), poids lourds économiques et/ou démographiques (États-Unis, URSS, Chine) ; que ces

États-là disposassent non seulement d'un siège permanent (les dix autres tournant tous les deux ans) mais aussi d'un droit de veto correspondait au moins à la sempiternelle logique des rapports de force. Mais la fin de la guerre froide, puis, dans un autre registre, l'émergence de nouvelles puissances dans les années 2000, ont remis en question la composition du Conseil de sécurité, certains États critiquant ouvertement le *statu quo* en revendiquant de pouvoir obtenir à leur tour le siège envié. L'une des réformes de l'ONU devait précisément porter sur la question cruciale de la représentativité du forum des nations, mais elle avorta pour plusieurs raisons. D'abord il fallait s'accorder sur les critères. Le seul rapport de force militaire et stratégique devait-il primer, au moment où chacun s'accorde à délégitimer le recours à la force ou sa simple démonstration au profit du *soft power* ? À partir de quel niveau d'armement devrait-on pouvoir postuler ? Et ce critère sélectif n'inciterait-il pas des États à se surarmer, y compris en matériels non conventionnels ? Du reste, si la possession de la bombe atomique entrait en ligne de compte, Pakistan, Inde, Corée du Nord voire Israël pouvaient revendiquer leur place. Devait-on au contraire choisir pour critère d'entrée au Conseil de sécurité comme membre permanent le poids économique ? En ce cas, les anciens parias allemand et japonais l'intégreraient immédiatement. Mais là encore, on devait déterminer le niveau et la nature de la puissance économique et/ou financière, calcul d'autant plus aléatoire que le degré de richesse fluctue rapidement. Au demeurant, pourquoi le niveau de vie ou la capacité industrielle devraient-ils conférer du pouvoir diplomatique ? Quant à la démographie, outre ses évolutions là aussi intrinsèquement aléatoires, elle reléguait sans appel France et Grande-Bretagne. *Exit* également la nature démocratique du régime ; qui l'évaluerait comme telle et sur quels paramètres ? (Chine et Russie perdaient leur siège sur la base des critères de Copenhague !). De toute façon, la Charte des Nations unies n'établit nulle part que la nature autoritaire d'un régime politique devrait priver l'État en question de ses prérogatives en matière de souveraineté et de représentation onusienne.

Ensuite, la concurrence ou la rivalité des prétendants régionaux entre eux entravèrent toute modification en profondeur. Il s'agissait d'adjoindre au Conseil actuel quelques États seulement qui rassembleraient objectivement les paramètres principaux de la puissance tout en représentant leur continent ou environnement régional respectif. Or, au puissant Brésil s'opposa l'Argentine voisine ; à la puissante Inde s'opposa le Pakistan ; au puissant Nigeria s'opposèrent l'Afrique du Sud et l'Égypte, et à la puissante Allemagne s'opposa l'Italie !

Enfin se posa l'incontournable problème de la paralysie du système en cas de multiplication des droits de veto. Déjà, ce droit avait permis successivement à chacun des cinq grands d'y avoir recours pour bloquer des résolutions le défavorisant, lui ou ses alliés ; à dix ou à quinze, qu'adviendrait-il ? Et chacun des cinq membres actuels refusant de perdre le sien, sa suppression pure et simple par souci d'équité ne semble pas acquise…

Quelle moralité ?

Chez les cyniques, il est de bon ton de railler le « droit de l'hommisme » censé caractériser ceux qui, benoîtement, attendent de l'ONU actions et positionnements autres que strictement confinés à la gestion de la *Realpolitik*. Or le préambule de la Charte des Nations unies de 1945 donne clairement raison aux « candides » sur les cyniques. Qu'on en juge plutôt.

« Nous, peuples des nations unies, résolus : À préserver les générations futures du fléau de la guerre qui deux fois en l'espace d'une vie humaine a infligé à l'humanité d'indicibles souffrances, À proclamer à nouveau notre foi dans les droits fondamentaux de l'homme, dans la dignité et la valeur de la personne humaine, dans l'égalité des droits des hommes et des femmes, ainsi que des nations, grandes et petites, À créer les conditions nécessaires au maintien de la justice et du respect des obligations nées des traités et autres sources du droit international, À favoriser le progrès social et instaurer de meilleures conditions de vie dans une liberté plus grande. »

Certes, le contenu de la Charte, dès les premiers articles, renvoie davantage à la *Realpolitik* inhérente aux questions de souveraineté interétatique, et à la régulation des rapports entre États indépendants. Cela dit, la Déclaration universelle des droits de l'homme viendra, en décembre 1948, renforcer la dimension morale et humaniste du corpus global onusien. Lors de la (tentative de) réforme de 2005, on remplaça même la Commission des droits de l'homme, parfois présidée par des États les bafouant outrancièrement (le dernier fut la Libye), par un Conseil des droits de l'homme en principe plus vigilant sur la question. Reste qu'en son sein, les sempiternels rapports de force demeurent, tout comme la non moins habituelle solidarité entre États non-démocratiques.

Fin 2002, Paris entama une tournée diplomatique auprès des dix membres non permanents du Conseil de sécurité pour empêcher Washington de faire adopter une résolution légitimant son action prochaine en Irak. Parmi les États dont on sollicitait la voix, l'un au moins, l'Angola, présentait tous les critères d'un État déchiré par la guerre civile et d'un régime hautement corrompu ultra-autoritaire. Un tel membre de l'ONU méritait-il de peser d'un poids géopolitique exorbitant sur une situation prévalant à des milliers de kilomètres de ses propres frontières, de décider de la paix ou de la guerre et du degré de liberté et de prospérité pour des millions de personnes ? En droit international la question ne se pose guère ; on a vu que rien n'interdit à un État souverain, quelle que soit la nature de son régime, de participer aux instances décisionnaires, notamment au sein du puissant

Conseil de sécurité. Sur un plan juridique et philosophique également, comment bannir des instances électives internationales un membre de l'ONU sans s'autoriser à priver, au sein même d'un État démocratique, certains citoyens de leur droit de vote sur des critères moraux [1] ? Moralement en revanche, il y a débat : en cas de non-respect flagrant, manifeste et renouvelé des droits de l'homme *a minima*, pourquoi l'ONU ne pourrait-elle imposer comme mesure de rétorsion la suppression du droit de vote pour certains gouvernements particulièrement odieux ? Élément de réponse hélas incontournable : parce que les rapports de force imposeraient un double standard : impunité pour les puissants dotés de nombreux alliés et/ou clients/fournisseurs, rigueur pour les États modestes. Par ailleurs, le spectre d'une SDN *bis* boudée par de grandes puissances resurgirait fréquemment ; si, excédées par les « leçons de morale » des démocraties, des puissances despotiques décidaient en effet de quitter concomitamment l'ONU, quelle audience et donc quels moyens de pression celle-ci conserverait-elle à leur encontre ?

In fine, l'ONU est et demeurera le cénacle au fond assez classique des traditionnels rapports de force entre puissances, un espace politique en l'espèce dominé pour l'heure par cinq d'entre elles. Et dominé jalousement, comme le montra leur rejet glacial de l'entremise turco-brésilienne, en juin 2010, dans le dossier des sanctions contre l'Iran. Sauf à y voir une entrave définitive à toute moralité, on peut espérer le maintien du « machin » (Charles de Gaulle) comme instrument pondérateur de ces rapports de force, voire peut-être son amélioration, selon le degré de convergence des intérêts respectifs des grands entre eux, et l'urgence liée aux graves dérèglements climatiques. Au-delà de cette espérance raisonnable, on entre dans l'angélisme.

1. La privation des droits civiques existe du reste, mais la justice ne l'applique que dans des cas bien spécifiques liés justement au non-respect des règles démocratiques.

Pour une géopolitique à visage humain

Les végétaux ne font pas la guerre. Les animaux, sauf exceptions peut-être, ne s'y livrent pas davantage. Évoquer un comportement « bestial » ou « inhumain » pour désigner une attitude féroce, des massacres, de la cruauté à grande échelle, relève d'une facilité de langage et induit en erreur. Les animaux tuent pour vivre, *a priori* sans volonté d'infliger une forme de souffrance, ni de s'imposer autrement que sur un sol de survie. Seuls les humains s'adonnent de temps à autre à l'activité guerrière, à cette confrontation collective organisée pour des motifs politiques ou stratégiques complexes, au « duel » clausewitzien. En outre, rien ne semble prémunir complètement contre l'usage de la force brute – hors cas de légitime défense évidente pour soi-même ou ses proches immédiats. Si l'ouverture à la connaissance et à la compréhension des autres pensées et coutumes, si la valorisation du doute et de la réflexion, si l'apprentissage du respect d'autrui dans ses différences permettent en principe d'éloigner le goût pour la violence et/ou l'engouement pour la guerre, ce n'est pas suffisant. Nécessaire, mais non suffisant. Ni de bonnes études – nombre de SS provenaient des universités –, ni la pratique de la médecine – Yossef Mengele avait prêté le serment d'Hippocrate, tout comme l'antisémite forcené Louis-Ferdinand Céline –, ni le droit, les humanités et la littérature – les écrivains Léon Daudet et Gabriele D'Annunzio entretenaient un nationalisme agressif, et Pauline Nyiramasuhuko était avocate[1] –, ni l'appartenance à la franc-maçonnerie – Talat Paşa était frère –, et moins encore tel engagement poli-

1. Ministre *Hutu Power* rwandaise de la Promotion de la Famille et des Affaires féminines, Pauline Nyiramasuhuko encouragea et organisa des viols massifs de femmes tutsi durant le génocide de 1994. Elle est à ce jour inculpée par le Tribunal pénal international pour le Rwanda (TPIR) à Arusha, de crimes contre l'humanité et crimes de génocide.

tique progressiste (Déat de la SFIO et Bergery du Parti radical sont passés à la Collaboration active en 1940) ne mettent hélas définitivement à l'abri du naufrage moral.

Le rappel de cette donnée fondamentale selon laquelle l'homme est l'unique être vivant à faire de temps à autre massivement et collectivement usage de la force physique coercitive dans le but de s'accaparer, de dominer, de se venger ou d'humilier – et dans le genre humain, tout un chacun ne peut-il devenir un bourreau à la faveur d'une conjonction exceptionnelle de circonstances extrêmes ? – devrait présenter deux avantages. D'abord pousser à l'humilité les Européens de l'ouest du sous-continent, qui entretiennent le prisme trompeur d'un gros demi-siècle de paix (encore qu'assombrie par le risque atomique), oubliant que « l'histoire est tragique » (Hegel) et qu'ailleurs s'impose souvent la *norme* de la menace de guerre. Ensuite rappeler que très rarement un authentique état de paix a prévalu dans un grand espace donné sur des « temps longs ». Le fléau de la guerre aura certes épargné des régions entières de l'Égypte antique, des Empires romain et ottoman ou encore, plus récemment, de l'Amérique latine au XXe siècle, mais cela n'aura duré à chaque fois qu'un temps (parfois plusieurs siècles tout de même) sur les six ou sept millénaires de civilisation humaine, et pas sur un continent entier.

Partant de ce constat réaliste et difficilement contestable, vouloir adopter une posture structurellement pacifiste consistant à balayer d'un revers de main la guerre comme réalité ancienne et présente à la fois relève d'une démarche hautement utopiste. Espérerait-on anéantir la maladie en se contentant de ne jamais en évoquer la possibilité, et en rejetant donc tout remède potentiel ? Dangereuse illusion… Mieux vaut sans doute tenter de *penser* au contraire le phénomène afin de le combattre avec force et vigueur. Dans cette perspective, « achever Clausewitz » – pour reprendre le titre d'un ouvrage du philosophe chrétien René Girard, mais dans une acception différente – nous semble une piste de réflexion intéressante. En effet, si « la guerre [n']est [que] la continuation de la politique par d'autres moyens », selon la formule du stratégiste prussien, sa contention est possible dans un cadre pragmatique et rationnel où priment les intérêts stratégiques et matériels par rapport aux sentiments et aux dieux.

Dans le développement d'une crise et l'éventuelle montée aux extrêmes qui s'ensuit, s'expriment comme sentiment la haine (et non l'amour ou l'amitié !), et comme idéologie mobilisatrice une forme de mystique transcendantale – pas nécessairement monothéiste d'ailleurs –, vieux mais performant carburant des moteurs de la guerre. Qu'on extirpe ces deux phénomènes hélas inhérents à nombre de conflits, et peut-être les rendra-t-on moins barbares.

Car à la fin des fins, la question demeure bien celle de la violence collective organisée. La guerre n'est pas un mal nécessaire, c'est un mal. Mais il ne nous semble pas abolissable. Fondamentalement, il s'agit donc de tenter de circonscrire l'activité guerrière, de la limiter le plus possible dans l'espace, dans la durée, et surtout dans la cruauté. Que le degré de violence atteint par la puissance de feu destructrice (artillerie et bombardements aériens) et la longévité d'un conflit de haute intensité (1914-1918), donnent des chiffres de tués arithmétiquement supérieurs à ceux correspondant à certains grands massacres ne change rien. C'est la nature des victimes et l'intentionnalité qui importent prioritairement. Des militaires sont des êtres humains dont la vie, dans l'absolu, vaut autant que celle de leurs congénères. Mais en temps de guerre ce sont les seuls acteurs, remparts de la cité, en principe habilités à subir et à porter le fer et le feu. Or si la violence physique et armée accompagne consubstantiellement la guerre, elle ne l'incarne pas. Nécessairement violente, elle ne constitue pas ontologiquement *la* violence ni ne se confond tout à fait avec elle. En théorie, l'activité

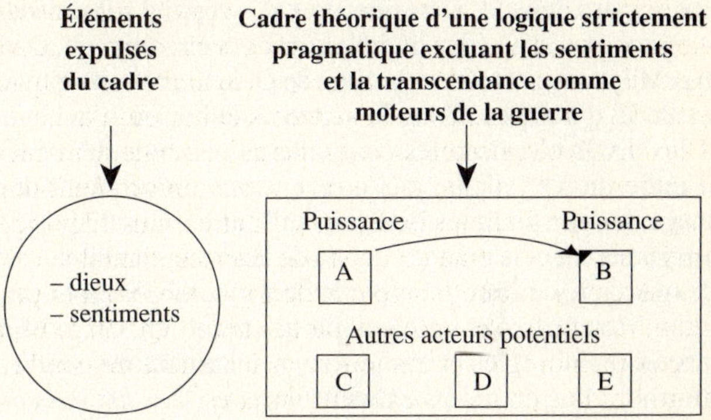

La puissance étatique A revendique une part de ce que possède la puissance étatique B : partage ou cession d'une zone riche en ressources ; modification d'un tracé frontalier ; rupture ou signature d'un traité d'alliance, etc. A et B négocieront éventuellement, B exigeant à l'évidence une contrepartie ou des compensations. Dans tous les cas, si A considère disposer d'un rapport de force militaire lui permettant d'obtenir satisfaction à moindre coût humain, politique ou matériel que par des concessions, elle pourra décider d'employer la force brute pour contraindre B (« Une continuation de la politique par d'autres moyens »).

En principe, si la guerre que mène alors A ne s'inscrit que dans une logique d'intérêts pragmatiques dénuée de passions idéologiques (par exemple mise en cause des race ou religion de B) et/ou religieuses (guerre sainte), on peut espérer l'absence de crimes de masse sur les populations civiles qui ne présentent *a priori* guère d'« avantages ».

La stigmatisation de B n'aura lieu que comme instrument ponctuel dans la confrontation et non comme moteur de celle-ci, et s'établira dans une dimension politique ou économique et non identitaire.

guerrière – même si certains de ses aspects chevaleresques façon « guerre en dentelles » des XVIIIe et XIXe siècles ont tout à fait disparu dans les charniers du XXe – répond à des codes, des règles, des lois et des intérêts censés la circonscrire. Dans le bas Moyen Âge chrétien, la trêve de Dieu interdisait de livrer bataille le dimanche. Sous le sultan Saladin, on n'achevait pas les civils ni même les combattants ennemis désarmés. À l'aube du XXe siècle, des conventions prohibaient déjà l'usage des gaz toxiques à des fins militaires. Ces dispositifs n'empêchèrent ni la grande bataille de Bouvines un dimanche, ni le massacre des turcoples par le chef ayyoubide, ni l'usage de gaz Moutarde par l'état-major allemand en 1915. Malheureusement, règles et garde-fous n'incarnent pas souvent la norme. Mais du moins existent-ils, avec leur *jus in bello*, leurs traités, leur strict balisage par l'article 51 de la Charte des Nations unies, leur Déclaration universelle des droits de l'homme, et des citoyens engagés pour les rappeler et les défendre. En théorie toujours, il n'y a point d'intérêt majeur à massacrer si l'on poursuit un objectif rationnel : conquérir un espace frontalier stratégique, s'accaparer des richesses minières, contrôler un champ pétrolifère ou un accès terrestre ou maritime, contraindre à un traité d'alliance, etc. On risque d'accuser une perte de temps, de moyens, de prestige peut-être au sein comme à l'extérieur de ses frontières. Or la violence déchaînée, pure, massive, sans règles ni lois autres que celles fantasmatiques des fanatiques dogmatiques qui l'exercent, se passe de buts de guerre rationnels, de motivations objectivement stratégiques ou mercantiles, de pragmatisme, de distinctions entre ennemis civils ou militaires, de scrupules quant aux faibles, aux prisonniers, voire à sa propre population. Elle prend le visage de Goetz[1], ce capitaine sartrien assiégeant Worms, elle est *hubris* et

1. Au début de la pièce *Le Diable et le Bon Dieu*, de Jean-Paul Sartre, Paris, Gallimard, 1951.

ivresse de souffrance et de mort, et s'exprime par le massacre. À une grande échelle et moyennant une organisation longue et minutieuse décidée à la tête de l'État, la violence absolue aboutit au crime des crimes : le génocide.

La morale n'est qu'une variable dans les prises de décision des gouvernants, et non une constante. C'est peu, mais non négligeable. Aussi, trois postures géopolitiques nous paraissent possibles : celle du cynique, celle du réaliste, et celle de l'utopiste. Pour finir et boucler la boucle, l'utopiste exigera l'inversion du postulat, et la mise en avant de la morale dans les relations internationales. Il lui faudra préalablement modifier l'âme humaine, ce en quoi nous lui souhaitons bien du courage. La différence entre les deux autres, le cynique et le réaliste, ne tient-elle pas dans un *curseur* incarnant l'exigence du respect d'une certaine moralité dans les rivalités de pouvoir ? Le premier le maintiendra invariablement à zéro en feignant le regret et en se justifiant par la *Realpolitik*, le second tentera de le déplacer dans les limites raisonnables des intérêts *a minima* et en respectant la dichotomie wébérienne de l'« éthique de conviction » face à l'« éthique de responsabilité ».

Modeste pierre à l'édifice, une analyse géopolitique réaliste permettra peut-être, dans les conflits présents ou à venir, d'éviter le plus de malheurs possible au plus grand nombre possible d'humains.

Bibliographie introductive et livres cités

Adler, A., *J'ai vu finir le monde ancien*, Paris, Grasset, 2002.

Ancel, J., *Géopolitique*, Paris, Delagrave, 1936.

– *Géographie des frontières*, Paris, Gallimard, 1938.

Aron, R., *Sur Clausewitz*, préface de P. Hassner, Paris, Complexe, 2005.

– *Paix et guerre entre les nations*, Paris, Calmann-Lévy, 1984.

Badie, B., *La Fin des territoires*, Paris, Fayard, 1995.

– *Un monde sans souveraineté*, Paris, Fayard, 1999.

Braudel, F., *La Méditerranée et le Monde méditerranéen à l'époque de Philippe II*, Paris, LGF, 1993 (vol. 1) et 2006 (vol. 2 et 3).

Bruneteau, B., *Le Siècle des génocides*, Paris, Armand Colin, 2004.

Brzezinski, Z., *Le Grand Échiquier*, Paris, Robert Laffont, 1997.

Camus, A., *Les Justes*, Paris, Gallimard, 1988.

Chaliand, G., *Anthologie mondiale de la stratégie*, Paris, Robert Laffont, 1990.

Chaunu, P., *Trois millions d'années. Quatre-vingts milliards de destins*, Paris, Robert Laffont, 1990.

Clausewitz, C. von, *De la guerre*, présenté par G. Chaliand, Paris, Perrin, 1999.

Claval, P., *Géopolitique et géostratégie*, Paris, Nathan, 1996.

Coutau-Bégarie, H., *Traité de stratégie*, Paris, Économica, 1999.

David, Ch.-Ph., *La Guerre et la Paix*, Paris, Presses de Sciences-Po, 2000.

Duroselle, J.-B., *Tout empire périra*, Paris, Publications de la Sorbonne, 1981.

Encel, F., *L'Art de la guerre par l'exemple*, Paris, Flammarion, nouvelle éd. « Champs », 2008.

– *Géopolitique de Jérusalem*, Paris, Flammation, nouvelle éd. « Champs », 2008.

Foucher, M., *Fronts et frontières*, Paris, Fayard, 1991.

– *L'Obsession des frontières*, Paris, Perrin, 2007.

Fukuyama, F., *La Fin de l'histoire et le dernier homme*, Paris, Flammarion, 1992.

Gaulle, Ch. de, *Le Fil de l'épée*, Paris, Berger-Levrault, 1932.

Gautier, L., *Face à la guerre*, Paris, Éd. de la Table ronde, 2006.

Gentelle, P., Eckert, D., Elissalde, B. *et al.*, *Géopolitique du monde contemporain. États, continents, puissances*, Paris, Nathan, 2008.

Giblin, B. (dir.), *Nouvelle géopolitique des régions françaises*, Paris, Fayard, 2005.

Girard, R., *Achever Clausewitz. Entretiens avec Benoît Chantre*, Paris, Carnets Nord, 2007.

Glucksmann, A., *Le Discours de la guerre*, Paris, L'Herne, 1967.

– *Le Discours de la haine*, Paris, Plon, 2004.

Gracq, J., *Le Rivage des Syrtes*, Paris, José Corti, 1951.

Hassner, P., *La Violence et la Paix. De la bombe atomique au nettoyage ethnique*, Paris, Esprit, 1995 ; Paris, Seuil, « Points Essais », n° 416, 2000.

Heisbourg, F., *L'Épaisseur du monde*, Paris, Stock, 2008.

– *La Fin de l'Occident ?*, Paris, Odile Jacob, 2005.

Hobsbawm, E. J., *Les Enjeux du XXIe siècle*, Paris, Complexe, 2000.

Huntington, S., *Le Choc des civilisations*, Paris, Odile Jacob, 2000.

Kissinger, H., *Nuclear Weapons and Foreign Policy*, New York, Harper and Row, 1957.

– *Diplomatie*, Paris, Fayard, 1996.

Klein, J. et Montbrial, T. de, *Dictionnaire de stratégie*, Paris, PUF, 2000.

Korinman, M., *Quand l'Allemagne pensait le monde*, Paris, Fayard, 1998.

Lacoste, Y., *La géographie, ça sert d'abord à faire la guerre*, Paris, Maspero, 1976.

– *Paysages politiques*, Paris, Le Livre de poche, 1990.

– *Atlas géopolitique*, Paris, Larousse, 2007.

– (dir.), *Dictionnaire de géopolitique*, Paris, Flammarion, 1994.

Laurens, H., *L'Empire et ses ennemis. La question impériale dans l'histoire*, Paris, Seuil, 2009.

Lorot, P. et Thual, F., *La Géopolitique*, Paris, Montchrétien, 1997.

Machiavel, *Le Prince*, Paris, Gallimard, 1980.

Mackinder, « *The Round World and the Winning of Peace* », *Foreign Affairs*, juillet 1943.

Mahan, A., *Naval Strategy*, Londres, Longman, 1911.

Meddeb, A., *La Maladie de l'islam*, Paris, Seuil, 2002.

Moreau-Defarges, Ph., *Introduction à la géopolitique*, Paris, Seuil, 1994 ; « Points Essais », n° 292, 3e éd., 2009.

– *Relations internationales*, Paris, Seuil, « Points Essais », n° 259-260, 2000.

Morgenthau, H.-J. et Thompson, K.W., *Politics among Nations. The Struggle for Power and Peace*, New York, McGraw-Hill Humanities, 2005.

Murawiec, L., *L'Esprit des nations*, Paris, Odile Jacob, 2002.

Nye, J., *Soft Power. The Means to Success in World Politics*, New York, Public Affairs, 2004.

Pétré-Grenouilleau, O., *Les Traites négrières. Essai d'histoire globale*, Paris, Gallimard, 2004.

Poirier, L., *Des stratégies nucléaires*, Paris, Complexe, 1988.

Prunier, G., *Rwanda. Le Génocide*, trad. de l'anglais par D. Luccioni, Paris, Dagorno, 1999.

Ratzel, F., *Anthropo-Geographie, oder Grundzüge der Anwendung der Erkunde auf die Geschichte*, Stuttgart, J. Engelhorn, 1882.

– *Géographie politique*, trad. de l'allemand par P. Rusch, Genève, Éd. régionales européennes, Paris, Economica, 1988.

Reclus, É., *Nouvelle géographie universelle. La terre et les hommes*, Paris, Hachette, 20 vol., 1876-1894.

– *L'Homme et la Terre*, Paris, Librairie universelle, 6 vol., 1905-1908.

Renouvin, P., *Histoire des relations internationales*, Paris, Hachette, 4 vol., 1994.

Reynié, D., *La Fracture occidentale*, Éd. de la Table ronde, 2004.

Roche, J.-J., *Théories des relations internationales*, Paris, Montchrestien, 8e éd., 2011.

Sartre, J.-P., *Le Diable et le Bon Dieu*, Paris, Gallimard, 1951.

Spykman, N., *America's Strategy in World Politics. The United States and the Balance of Power*, New York, Harcourt, 1942.

Sun Zi (Sun Tse), *L'Art de la guerre*, trad. du chinois par J.-J. Amiot, Paris, Pocket, « Agora », n° 127, 2002.

Tertrais, B. (dir.), *Atlas stratégique et militaire*, Paris, Autrement, 2008.

Thual, F., *Le Désir de territoire*, Paris, Ellipses, 1999.

– *Contrôler et contrer. Stratégies géopolitiques*, Paris, Ellipses, 2006.

Védrine, H., *Face à l'hyperpuissance*, Paris, Fayard, 2003.

Vidal de La Blache, P., *La France de l'Est*, Paris, Armand Colin, 1917.

Waltzer, Michael, *Guerres justes et injustes. Argumentation morale avec exemples historiques*, trad. de l'anglais (États-Unis) par S. Chambon et A. Wicke, Paris, Belin, 1999.

Index

11-Septembre, 23, 76, 111, 135, 154, 156, 161, 165, 180, 182, 206, 207

Abbas, Ferhat, 137
Abkhazie, 80, 86, 88
Abu Dhabi, 133
Abu Ghraïb, 162
Abu Musa (îles), 78
Abu Simbel, 150
Adélie (terre), 93
Aden, 164
Adjarie, 88
Afghanistan, 31, 103, 107, 133, 148 *sq.*, 153, 154, 160, 161, 170, 180, 181
Afrique, 26, 39, 48, 69, 72, 73, 85, 87, 88, 89, 98, 114, 126, 130, 135, 136, 139, 140, 146, 160, 191, 195, 196, 197, 199, 208, 212, 217
Afrique du Sud, 39, 85, 139, 140, 197, 208, 212, 217
Ahmadinedjad, Mahmoud, 183
AIEA, 205, 210
AKP (parti), 30
Alaska, 78
Albanie, 187
Albion, voir Grande-Bretagne
Albright, Madeleine, 110
ALENA, 85, 88
Alexandre le Grand, 52
Alexandrette, 81
Algérie, 109, 121, 137, 160, 177, 189, 192, 197
Allemagne, 24, 27, 28, 34 *sq.*, 49 *sq.*, 80, 89, 97, 105, 116, 122, 127, 128, 132, 166, 173, 208, 212, 217
Al-Qaïda, 26, 104, 146, 164, 165, 180 *sq.*, 206, 207
Alsace-Lorraine, 36, 57, 60, 61, 157, 173
Amazone, 82, 167
Amérique, 41, 48, 72, 81, 82, 85, 107, 118, 126, 135, 136, 137, 153, 164, 191, 221
Amman, 106, 168
Amnesty International, 113

Amour, 74, 124
Anatolie, 83, 127, 137, 167
ANC, 139
Ancel, Jacques, 44, 55, 58 *sq.*, 71
Ancien Régime, 66
ANZUS, 131
Andler, Charles, 59
Andorre, 96, 97
Andrinople, 31
Angkor, 95
Angola, 139, 159, 218
Ankara, 29, 84, 167, 183
Anvers, 54
Aozou, 82
Arabie saoudite, 81, 97, 106, 121, 130, 131, 132, 147, 165, 188, 206, 211
Arabique (péninsule), 50, 73, 81, 195, 196, 211
Ararat, 84
Araxe, 74
Arctique, 48, 53, 78, 93, 97
Argentine, 27, 74, 92, 93, 171, 217
Arménie, 29, 77, 79, 80, 83, 84, 126, 129, 174, 176, 183
Aron, Raymond, 17, 21, 61, 201
Arusha, 204, 221
Assad, Bachar, 171
Assad, Hafez, 171
Asie, 29, 31, 32, 39, 48, 49, 50, 72, 73, 107, 140, 170, 191, 195
Atlantique, 46, 49, 52, 54, 72, 76, 77, 78, 82, 85, 171
Atta, Mohamed, 180
Auschwitz, 67
Australie, 48, 187, 197
Autriche, 51, 106, 136
Autriche-Hongrie, 38, 86, 100
Azerbaïdjan, 29, 79, 80, 121, 126, 187
Aznar, José María, 186, 187

Bab el Mandeb, 105
Bagdad, 78, 162, 163, 164
Bagosora, Théoneste, 204
Bakassi, 89
Bakou, 29, 80, 121, 126
Balkans, 18, 86, 88
Baltique (mer), 53
Bangladesh, 78, 87
Banyamulengue, 65
Barbarossa (opération), 42
Barcelone, 193
Bahreïn, 211
Barroso, José Manuel, 187
Beaufre, André, 61
Begin, Manahem, 148 *sq.*
Belgique, 39, 60, 89, 105, 114
Belgrade, 177, 213
Benelux, 28, 105
Bengui, 99
Ben Laden, Oussama, 26
Bergery, Gaston, 221
Berlin, 24, 39, 59, 64, 72, 75, 80, 86, 144
Berlusconi, Silvio, 185, 187

Beyrouth, 65, 84, 163
Biafra, 108
Biélorussie, 90
Birmanie, 52, 78
Bismarck, Otto von, 38, 59, 173
Blair, Tony, 185, 187
Bohême, 77
Bokassa, Jean Bedel, 99
Bolivie, 82
Bombay, 206
Bonn, 80
Bosnie, 177, 215
Bouvines, 224
Braudel, Fernand, 22
Brauman, Rony, 109, 210
Brejnev, Leonid, 170
Brésil, 77, 82, 85, 128, 167, 212, 217
Briand, Aristide, 122
Bruckner, Pascal, 28
Bruguière, Jean-Louis, 183
Brunei, 121
Brunhes, Jean, 55
Bulgarie, 132, 187
Buenos Aires, 66
Burundi, 39, 199
Bush, George Walker, 113, 156, 157, 161, 164, 185, 190
Byzance, voir Istanbul

Cachemire, 75
Cambodge, 95, 108, 198
Cameroun, 39, 89
Camp David, 148, 151
Camus, Albert, 195
Canada, 127
Cap (Le), 197
Caraïbes, 49, 77, 105, 126
Carter, Jimmy, 138, 148
Casablanca, 207
Caspienne (mer), 29, 78
Catherine II la Grande, 51
Caucase, 22, 29, 31, 39, 79, 86, 88, 135, 211
CCG, 211
CECA, 28
CEE, 23, 88, 184
CEI, 88
Céline, Louis-Ferdinand, 220
Centrafrique, 99
Ceyhan, 29
Chamberlain, Arthur Neville, 34
Champ des merles (bataille), 66
Charlemagne (Charles le Grand, dit), 200
Charles XII de Suède, 52
Château-Gaillard, 24
Chili, 74, 82, 93
Chine, 24, 32, 33, 40, 48, 67, 77, 90, 105, 107, 109, 113, 120, 124, 128, 132, 135, 139, 159, 177, 198, 200, 206, 212, 216
Chirac, Jacques, 114, 132, 180, 185
Chomsky, Noam, 135
Chypre, 75
CIJ, 113, 144

Cisjordanie, 75, 125, 138, 149, 152, 191, 192
Clausewitz, Carl von, 17, 36, 129, 155, 220, 221
Clemenceau, Georges, 58, 60, 157, 173
Clinton, Bill, 23, 109, 110, 160
Clipperton (île), 77, 94
Colombie, 82, 104
Commune, 56
Conseil de l'Europe, 94
Congo-Brazzaville, 140
Congo (fleuve), 74
Congo-Kinshasa, 78, 106, 140
Constantinople, voir Istanbul
Constituante, 66
Corée du Nord, 26, 89, 90, 97, 117, 132, 208, 210, 211, 212, 216
Corée du Sud, 76, 89, 90, 97, 128
Costa Rica, 96, 112
Côte d'Ivoire, 130, 190
Crète, 94
Croatie, 88, 187
Cuba, 86, 97, 208

Daladier, Édouard, 34
Damas, 26, 80, 81, 140, 163, 167, 171, 172
D'Annunzio, Gabriele, 220
Dantzig, 53, 60, 72
Danube, 74
Darfour, 215
Darius, 52
Dasquié, Guillaume, 182
Daudet, Léon, 220
David (roi), 22
Déat, Marcel, 221
Diên Biên Phu, 137
Donbass, 121
Dresde, 161
Dubaï, 133
Dumont-Durville, 93

Écosse, 53, 89
Égypte, 34, 85, 124, 125, 132, 151, 152, 188, 192, 207, 211, 217, 221
Eilat/Akaba (golfe), 31
Émirats arabes unis, 78, 81, 89, 133, 211
Encel, Frédéric, 30
Équateur, 82, 167
Erevan, 77, 80, 126, 176, 183
Érythrée, 78, 88
Espagne, 54, 72, 74, 86, 94, 95, 114, 186, 187
Estonie, 184, 187
États-Unis, 27, 30, 37, 42, 44, 45, 48, 49, 50, 53, 56, 77, 85, 86, 93, 98, 102, 105, 110, 112, 121, 123, 128, 131, 132, 133, 134, 135, 138, 139, 140, 145, 148, 149, 155, 159, 164, 170, 186, 187, 189, 192, 198, 206, 207, 216
Éthiopie, 88, 109, 196, 198
Euphrate, 74, 78, 85, 167
Eurasie, 49

Europe, 23, 27, 28, 29, 30, 31, 35, 38, 40, 41, 44, 48, 49, 50, 51, 52, 59, 60, 64, 71, 72, 73, 76, 80, 81, 84, 87, 87, 88, 89, 93, 94, 99, 101, 102, 112, 114, 120, 123, 126, 127, 128, 131, 134, 135, 136, 137, 139, 144, 160, 161, 182, 183, 184, 185, 186, 187, 189, 191, 192, 195, 197, 200, 207, 211, 212, 213, 221

Falkland, voir Malouines
FARC, 105
Fayçal, 189
Febvre, Lucien, 35, 57
FINUL, 214
Foch, Ferdinand, 45
Foucher, Michel, 74
FPR, 129, 175, 176
France, 27, 28, 33, 38, 39, 40, 44, 49, 50, 51, 53, 54, 55, 57, 58, 60, 61, 62, 68, 74, 76, 77, 98, 102, 105, 108, 111, 114, 115, 120, 123, 126, 128, 130, 131, 134, 137, 139, 145, 157, 159, 173, 177, 182, 185, 188, 192, 195, 196, 198, 215, 216
Franco, Francisco, 72
Frères musulmans, 123, 188
Front Polisario, 24
Fukuyama, Francis, 23

Galilée, 84, 153
Gandhi, Mohandas Karamchand, 85
Garang, John, 164
Gaulle, Charles de, 61, 137, 145, 219
Gaza, 85, 102, 126, 138, 149, 152, 158, 190, 191, 192
Gengis Khan, 52
Géorgie, 79, 80, 88, 114, 136, 137, 177, 187, 199
Geremek, Bronisław, 131
Giblin-Delvallet, Béatrice, 63
Gisozi, 176
Glucksmann, André, 186, 201
Gobi (désert de), 48
Gobineau, Joseph Arthur, comte de, 40
Golan, 80, 166, 171
Goma, 104, 109
Gorbatchev, Mikhaïl, 138
Goupil, Romain, 186
Gracq, Julien, 170
Grande-Bretagne, 27, 39, 40, 42, 44, 45, 49, 50, 51, 53, 54, 76, 77, 94, 98, 105, 140, 161, 171, 187, 215, 216
Grands Lacs, 18, 199
Grenade, 155
Groenland, 78
Guadalupe Hidalgo (traité de), 81
Guillaume II, 35, 43, 48, 54, 55
Guinée (golfe de), 105, 121
Guisnel, Jean, 182
Guyana, 105
Gyumri, 77

Habsbourg, 51, 54, 102
Hamas, 85, 123, 191, 192
Hambourg, 53
Han, 33, 67
Hanich (îles), 78
Hanoï, 165
Haushofer, Karl, 37, 40 *sq.*, 46, 55, 59
Havel, Václav, 187
Hegel, Friedrich, 221
Heisbourg, François, 92
Hekmatyar, Gulbuddin, 154
Hess, Rudolf, 42, 43
Hezbollah, 65, 140, 156, 157, 158
Himalaya, 32, 48, 93
Hindu Kush, 118
Hiroshima, 161, 207
Hitler, Adolf, 34, 42, 43, 48, 52, 102, 132, 177
Hô Chi Minh, 137, 159, 165
Hongrie, 84, 187
Huntington, Samuel, 198
Hussein de Jordanie, 106, 138
Hussein, Saddam, 27, 111, 118, 156, 168, 170, 177, 184, 205
Hutu, 18, 83, 109, 110, 176
Hutu Power, 110, 204, 215, 220

Ibos, 108
Imia, 94, 95, 96
Inde, 32, 75, 77, 84, 101, 120, 124, 128, 132, 196, 206, 208, 210, 216, 217
Indien (océan), 77, 78
Indochine, 159, 165
Indonésie, 105, 196, 207
Irak, 27, 29, 34, 78, 88, 106, 111, 118, 130, 131, 132, 133, 156, 161, 162, 163, 166, 168, 184, 185, 186, 187, 190, 208, 212, 213, 218
Iran, 27, 29, 34, 65, 77, 78, 107, 123, 132, 133, 134, 140, 153, 156, 157, 158, 168, 183, 188, 192, 198, 199, 204, 205, 210, 211, 212, 219
Iskenderun, 81
Islamabad, 104, 212
Islande, 112
Israël, 23, 24, 26, 30, 31, 64, 65, 67, 75, 76, 80, 84, 85, 97, 101, 106, 124, 125, 126, 128, 129, 130, 135, 138, 140, 143, 148, 149, 150, 152, 157, 158, 166, 168, 171, 174, 176, 183, 189, 190, 191, 192, 205, 208, 210, 216
Istanbul, 31, 100
Italie, 27, 43, 87, 185, 187, 192, 196, 217

Japon, 27, 40, 49, 51, 67, 97, 116, 117, 127, 131, 132, 133, 155, 177, 187, 198, 208, 211, 212, 216
Jérusalem, 21, 22, 30, 31, 63, 64, 125, 138, 149, 151, 158, 171, 176

Jeune-Turc, 83, 137, 204
Jomini, Henri de, 45
Jordanie, 75, 106, 119, 130, 138, 167, 189
Jourdain, 74, 168
Joxe, Alain, 102
Juan Carlos Ier, 95

Kaboul, 154, 181
Kadhafi, Muammar al-, 160, 164
Kagamé, Paul, 176
Karabakh, 79, 86, 88, 126, 174
Kardak, 94, 95, 96
Katanga, 106
Khartoum, 164
Kjellén, Rudolf, 36, 37, 45
Kiel, 53
Kigali, 83, 110, 176, 183
Kim Il-sung, 26
Kim Jong-il, 26
Kippour (guerre du), 80, 149, 151, 209
Kiribati (îles), 88, 96
Kirghizistan, 136
Kissinger, Henry, 138, 208
Kivu, 65, 104, 106, 174, 215
Khan (réseau), 208
Khmers rouges, 26, 108, 198, 204
Klein, Jean, 146
Korinman, Michel, 42
Kosovo, 66, 88, 160, 190, 213
Kouchner, Bernard, 108, 186
Koweït, 27, 34, 131, 168, 170, 190, 205, 211, 213

Lacoste, Yves, 15, 57, 61, 62, 65
Lawrence d'Arabie, 29
Leïla, 94, 96
Leipzig, 37
Lettonie, 184, 187
Liban, 65, 76, 84, 107, 126, 133, 138, 140, 151, 152, 154, 157, 158, 163, 171, 183, 192, 213, 214
Libye, 76, 81, 82, 130, 160, 191, 192, 218
Liechtenstein, 96
Ligne Violette, 80, 97
Ligue arabe, 80
Likoud (parti), 152, 153
Lituanie, 184, 187
Lloyd George, David, 48
Lockerbie, 164
Londres, 54, 66, 103, 132, 144, 168, 207
Luxembourg, 96, 112

Macédoine, 88, 187
Machrek, 65, 86
Mackinder, Halford J., 41, 46 *sq.*
Madrid, 186, 207
Maghreb, 86, 88, 135, 137, 191, 192, 200
Maginot (ligne), 24
Mahan, Alfred Thayer, 44 *sq.*, 52
Mahomet (caricatures), 188
Malacca, 105
Malawi, 112
Malouines (îles), 28, 66, 92, 170
Malte, 112

Manche, 53
Manta (opération), 160
Mao Zedong, 159, 161, 170
Maracaïbo, 82
Marcuse, Herbert, 135
Mari, 129
Mariannes (îles), 39
Maroc, 24, 62, 94, 95, 96, 117, 188, 191, 192
Martonne, Emmanuel de, 55, 58, 60
Marshall (plan), 28
Massoud, Ahmad, 154
Meddeb, Abdelwahab, 204
Méditerranée, 49, 65, 85, 184, 191 *sq.*
Medgyessy, Péter, 187
Medvedev, Dmitri, 80, 137, 177
Mélanésie, 77, 87
Mendès France, Pierre, 137
Mengele, Yossef, 220
Mengistu Hailé Mariam, 108
Merkel, Angela, 189
Mésopotamie, 22, 34
Metzamor, 77
Mexico, 81
Meyssan, Thierry, 182
Micronésie, 96
Miller, Leszek, 187
Milošević, Slobodan, 66, 160
Ming, 136
Mitterrand, François, 76, 160
Mobutu, Sese Seko, 106
Mohammed VI, 95
Moldavie, 88, 187
Molotov, Viatcheslav Mikhaïlovitch Skriabine, dit, 49
Montbrial, Thierry de, 146
Monaco, 96, 97
Mongolie, 107, 187
Montego Bay (convention de), 77
Monténégro, 88
MONUC, 104, 215
Moreau-Defarges, Philippe, 38, 50
Moreno Ocampo, Luis, 113
Moscou, 54, 103, 131, 154, 197
Moubarak (gouvernement), 188
Mugabe, Robert, 114, 197
Munich, 34, 37, 132
Mussolini, Benito, 177

Nadjd (désert), 118
Nagasaki, 161, 207
Nagorny, 79, 86
Nakhitchevan, 79
Namibie, 39, 139
Nankin, 177
Naplouse, 126
Napoléon Ier, 48, 51, 52, 54, 86, 100, 118
Napoléon III, 38
Nasser, Gamal Abdel, 34, 149, 189
Nehru, 117
New York, 96, 134
Nietzsche, Friedrich, 116
Nigeria, 85, 89, 108, 217
Nixon, Richard, 165, 209

N'Kunda, Laurent, 215
Noire (mer), 53
Nord (mer du), 118
Normandie, 24
Norvège, 94, 121, 187
Nouvelle-Zélande, 94, 187
Nuremberg (procès), 43
Nye, Joseph, 134
Nyiramasuhuko, Pauline, 220

Obama, Barack, 135, 193
Oder-Neisse (ligne), 80
Öcalan, Abdullah, 167
Olmert, Ehoud, 158
OLP, 151, 152, 153
Oman, 211
Omar el Bachir, 113
Omar (calife), 22
ONU, 39, 79, 80, 81, 84, 86, 87, 91, 96, 104, 109, 114, 131, 140, 160, 164, 176, 194, 200, 212 *sq.*
Ormuz, 105
Osirak, 208
Ossétie du Sud, 80, 86, 88, 177
Oslo (accords), 23, 26, 101, 153
OTAN, 29, 32, 51, 72, 81, 94, 106, 131, 137, 144, 160, 192, 212, 213
Ouganda, 26, 106
Oumma, 65, 85, 192

Pacifique (océan), 39, 77, 78, 82, 86, 88, 93, 94, 107, 118, 131, 132
Padanie, 89
Pakistan, 75, 87, 101, 103, 107, 131, 132, 135, 147, 170, 181, 188, 206, 207, 208, 210, 212, 215, 216, 217
Palestine, 31, 67, 84, 85, 86, 152, 191
Pan Am, 164
Panamá, 105, 131
Paraguay, 82
Paris, 56, 58, 59, 103, 130, 131, 132, 144, 147, 159, 183, 187, 193, 218
Pascal, Blaise, 28
Pays baltes, 131, 184
Pays-Bas, 39, 89, 105, 185, 187, 196
Pearl Harbor, 27
Pékin, 32, 33, 117, 120, 124, 126
Pentagone, 26, 154, 157
Pérou, 82, 86, 98, 167
Perse, 29, 52, 168, 211
Persil, 94, 96
Persique ou Arabo-Persique (golfe), 78, 121, 133
Pétré-Grenouilleau, Olivier, 195
Philippines, 86, 187
Pierre Ier le Grand, 51
Pitt, William, 48
PKK, 167
Poirier, Lucien, 61
Pologne, 54, 80, 131, 184, 187
Pol Pot (Saloth Sar, dit), 204
Polynésie, 77, 87, 114
Poméranie, 80

Portugal, 39, 98, 159, 187
Poutine, Vladimir, 80, 137
Preah Vihar (ou Phra Wihan), 95
Proche-Orient, 23, 31, 64, 80, 107, 119, 125, 133
Prunier, Gérard, 131, 175
Prusse, 51, 60, 80, 87

Rabat, 94
Rabin, Yitzhak, 153
Rajoy, Mariano, 186
Rasmussen, Anders Fogh, 185, 187
Ratzel, Friedrich, 37 *sq.*, 41, 42, 43, 46, 50, 55, 56, 57, 61
Reagan, Ronald, 138, 153, 154
Reclus, Élisée, 55 *sq.*
Renan, Ernest, 101
République démocratique du Congo (RDC), 104
République tchèque, 77, 88, 184, 187
Revel, Jean-François, 112
Reynié, Dominique, 184
Rhin, 46, 74, 76
Ribbentrop, Joachim von, 49
Río Bravo, 81
Rome, 24, 28, 80
Rouge (mer), 78, 105
Roumanie, 84, 132, 187
Royaume-Uni, voir Grande-Bretagne
Ruanda-Urundi, voir Rwanda et Burundi
Rumsfeld, Donald, 111
Russie, 23, 39, 40, 46, 48, 51, 53, 54, 56, 74, 80, 88, 89, 90, 94, 107, 113, 118, 124, 137, 139, 173, 184, 212, 216
Rwanda, 18, 23, 39, 65, 83, 104, 106, 110, 113, 129, 130, 131, 161, 174, 175 *sq.*, 183, 199, 204, 205, 213, 220, 221

Saakashvili, Mikhaïl, 177
Sadate, Anouar el-, 125, 148 *sq.*, 189
Sadowa, 38
Sahara, 24, 52, 74, 86, 89, 121
Sahel, 105, 119, 196
Saint-Martin (île), 78
Saladin, 224
Salomon (îles), 39
Sarkozy, Nicolas, 180, 185, 186
Sartre, Jean-Paul, 201, 224
Schröder, Gerhard, 185
SDN, 39, 138, 219
Septime Sévère, 100
Serbes, 18, 66, 137, 160, 177, 213
Shanghai, 88
Sharon, Ariel, 126
Shatt el Arab, 78
Sibérie, 39, 48, 51, 118, 124
Siegfried, André, 44
Sinaï, 64, 125, 149, 150, 152,153
Six-Jours (guerre des), 80, 106, 138, 166, 171
Slovaquie, 187

Slovénie, 88, 187
Somalie, 109, 160, 198
Soudan, 89, 109, 113, 120, 164, 215
Sparte, 129
Spykman, Nicholas John, 49 *sq.*
Srebrenica, 215
Staline, Iossif, 79, 80, 204
Stauffenberg, Claus Schenk, comte von, 43
Strasbourg, 207
Suède, 36, 98, 127, 128
Suez (canal), 34, 105
Suisse, 45, 56, 128
Sun Zi (ou Sun Ze), 16, 129, 164

Taguieff, Pierre-André, 182
Talat Paşa, Mehmed, 204, 220
Taïwan, 34, 86, 90, 131
Taliban, 32, 154, 160, 180, 181
Tanganyika, voir Tanzanie
Tanger, 43
Tanzanie, 39
Tbilissi, 29, 80
Tchad, 82, 130, 160
Tchécoslovaquie, 60, 88, 132
Tchernobyl, 76, 77
Tchétchénie, 114
Téhéran, 78, 134, 153, 183, 212
Tel-Aviv, 84
Temelin, 77
Tertrais, Bruno, 157
Thierry, Augustin, 35
Thrace, 31
Thual, François, 86
Tibériade (lac de), 84, 166
Tibet, 32, 48
TNP, 132, 210, 211, 212
Togo, 39
Tojo, Hideki, 204
Tonga, 112
Trajan, 52
Transcaucasie, 74, 79, 89
Transnistrie, 86, 88
Triple Entente, 157
Triplice, 157
Tsahal, 152, 157
Tsitsernagabert, 176
Tskhinvali, 177
Tumb (îles), 78
Tunis, 207
Tunisie, 137, 189, 192
Turquie, 29, 30, 31, 81, 83, 94, 126, 132, 136, 167, 183, 191, 192, 212
Tutsi, 18, 23, 65, 83, 110, 113, 129, 176, 183, 204, 205, 215, 221
Twin Towers, 26, 154
Tyrol, 43

Ukraine, 31, 48, 136, 187
UMA, 88, 192
Union africaine (UA), 144
Union européenne (UE), 23, 29, 30, 72, 80, 88, 94, 99, 101, 114, 120, 128, 131, 136, 137, 144, 183, 184, 185, 186, 187, 192
UPM, 193
Urbain II (pape), 22

URSS, 29, 44, 49, 53, 76, 79, 88, 100, 121, 137, 138, 145, 153, 154, 155, 192, 216
Uruguay, 107

Vallaux, Camille, 55
Vanuatu (îles), 96
Varsovie (pacte de), 50, 106, 131
Venezuela, 82, 121
Versailles (traité de), 38, 39, 41, 58, 59, 60
Vidal de La Blache, Paul, 55, 57, 58, 60
Videla, Jorge Rafael, 27, 67, 170
Vienne, 106
Vietcong, 162, 165
Vietnam, 153, 158, 159, 162, 165, 198
Washington, 81, 94, 102, 103, 110, 111, 117, 131, 132, 133, 136, 139, 144, 149, 153, 154, 157, 164, 168, 183, 184, 186, 187, 193, 218
Weber, Max, 103, 225
Weimar, 122
WikiLeaks, 181
Wilson, Thomas Woodrow, 58, 59, 60, 138

Yad Vashem, 176
Yalta, 106
Yamit, 152
Yémen, 73, 78, 81, 89, 164, 168, 211
Yougoslavie, 60, 213

Zaïre, 106
Zapatero, José Luis, 186
Zarit, 157
ZEE, 66, 77, 78

Table

Avant-Propos 15
Pourquoi cet ouvrage ? 15
Quelques rappels et précisions d'importance 16

Préambule
Contre ces lieux communs qui entravent
le raisonnement géopolitique 21

Depuis toujours. 21
Les murs finissent par tomber 23
Le mieux socio-économique, un infaillible
pourvoyeur de paix 25
Ponts, carrefours, lieux de passage. 28
Grand pays, grande culture, grande histoire, etc. 33

1. Qu'est-ce que la géopolitique ?. 35

LES PRÉCURSEURS. 36

L'école géopolitique allemande 36
Friedrich Ratzel (1844-1904) 37
Karl Haushofer (1869-1946) 40

L'école géopolitique anglo-saxonne 44
Alfred Thayer Mahan (1840-1914) 44
Halford J. Mackinder (1861-1947) 46
Nicholas John Spykman (1893-1943) 49
Quelques critiques de la géopolitique anglo-saxonne 51

L'école géographique française, ou l'anti-*Geopolitik* allemande 55
Élisée Reclus (1830-1905) 55
Paul Vidal de La Blache (1845-1918) 57
Jacques Ancel (1878-1943) 58

UN RAISONNEMENT GÉOPOLITIQUE CONTEMPORAIN : YVES LACOSTE 61

Les rivalités de pouvoir sur des territoires 63
Les représentations 64
Mode de réduction scientifique de la géopolitique, ou l'accusation de déterminisme 68

2. La frontière 71

Mauvaise réputation 71

ASPECTS ET NATURE DE LA FRONTIÈRE 74

Frontières étatiques terrestres ; matérialisation et statuts géopolitiques 74
Frontières aériennes et maritimes 75
Frontières de force ou de droit, les anciennes limites coloniales 79

Frontières immatérielles et intra-étatiques : dans les cœurs, les esprits ou les portefeuilles 82

Le « désir de territoire » (François Thual) 86

3. La souveraineté 91

Nature et qualité de la souveraineté 92

Les trois critères paradigmatiques de la souveraineté 93
Symboles 93
Force armée 96
Système de lois 97

Logique d'empire, logique de nation 99
Logique d'empire 99
Logique de nation 101

Zones grises 103
États ventres mous 105

Transgresser ou respecter la souveraineté ? 107

En faveur de l'ingérence 107
Humanitaire, les « French doctors » 107
Politique, les néo-conservateurs 110

Contre l'ingérence 112
Le souverainisme populaire et intellectuel 112
Le souverainisme des États 113

4. La puissance 115

CRITÈRES ET FACTEURS 116

Les espaces 117
En soi 117
Ressources énergétiques 119
Malédiction du pétrole 120

Le nombre : réalités et fantasmes démographiques ... 122
Fluctuant et aléatoire 122
Le high-tech 127
Non quantifiables mais décisives : détermination et confiance 129

MODALITÉS ET CONDITIONS D'EXERCICE DE LA PUISSANCE ÉTATIQUE 134

Le *soft power* 134
Lorsque la puissance se rétracte… pour mieux se renforcer 136
L'État-nation, seul garant et dépositaire de la puissance ? 139

5. Les rapports de force 143

OBJECTIFS, STRATÉGIES, TACTIQUES 145

Définitions sommaires 145
Objectif 145
Stratégie 146
Tactique 147

Deux cas de figure : le parallèle Sadate/Begin, et les États-Unis en Afghanistan 148
Sadate : sacrifier l'état de guerre avec Israël pour développer l'économie 148
Begin : sacrifier le Sinaï pour interdire un État palestinien dans les Territoires 152
Les Américains en Afghanistan 153

Les buts de guerre 154
Irak et Hezbollah 156

RIVALITÉS ASYMÉTRIQUES 159

Le concept « 0 mort » 159
Jusqu'où supporterez-vous vos *pertes ?* 159
Jusqu'où supporterez-vous nos *pertes ?* 161

Quelques combinaisons 163
Fort au faible, ou la démonstration de force vaut force 163
Faible au fort 164
Fou au faible 165
Fou au fort 165

Un rapport de force plus classique qu'il n'y paraît ; la guerre de l'eau n'aura pas lieu 166

UNE STRATÉGIE ÉPROUVÉE : TIRER SA FORCE DE L'ENNEMI 169

Tension à l'extérieur pour ressouder à l'intérieur : la « ligne bleue des Vosges » 169

Usage de la mémoire traumatique génocidaire 174
Exprimer et montrer l'horreur : le Rwanda 175

6. Internet, l'opinion publique et les mots piégés 179

INTERNET, UNE RÉVOLUTION GÉOPOLITIQUE ? 179

Le syndrome de l'ordinateur d'Al-Qaïda..... 180
Complotisme et négationnisme 181

EUROPE, MÉDITERRANÉE, MONDE MUSULMAN ; LE MYTHE DES OPINIONS PUBLIQUES GLOBALES 184

Guerre d'Irak : émergence d'une opinion publique européenne ? 184

L'affaire des caricatures de Mahomet, ou un milliard de gens irritables..... 188
Un concept commode : la « rue arabe » 189

QUESTIONS SÉMANTIQUES 191

Mare nostrum, ou le mythe entretenu d'une opinion publique méditerranéenne..... 191
Résistance ou terrorisme ? Esclavagisme, impérialisme ou colonialisme ? 193
« Choc des civilisations » et « valeurs occidentales » 198

7. Penser la guerre (pour mieux la combattre) 203

PÉRILS ANCIENS, PÉRILS NOUVEAUX 203

Le fanatisme..... 203
Le terrorisme : menace stratégique ? 206

La prolifération nucléaire........................ 207
Le cas iranien................................ 210

L'ONU ENTRE *REALPOLITIK*, MORALE ET DROIT INTERNATIONAL........................ 212

Quelle efficacité ?.............................. 213
Quelle représentativité ?........................ 215
Quelle moralité ?................................ 217

POUR UNE GÉOPOLITIQUE À VISAGE HUMAIN...... 220

Bibliographie introductive et livres cités........ 227

Index.. 231

RÉALISATION : PAO ÉDITIONS DU SEUIL
IMPRESSION : NORMANDIE ROTO IMPRESSION S.A.S. À LONRAI
DÉPÔT LÉGAL MARS 2011 : N° 104514-3 (120659)
IMPRIMÉ EN FRANCE